Entre
ESTAS PAREDES

TITANIA

Argentina • Chile • Colombia • España
Estados Unidos • México • Perú • Uruguay • Venezuela

Título original: *Within these walls*
Traducción: Juan Pascual Martínez Fernández

1.ª edición Febrero 2018

ISBN: 978-84-16327-42-3
E-ISBN: 978-84-17180-28-7
Depósito legal: B-1.418-2018

Fotocomposición: Ediciones Urano, S.A.U.

Impreso por Romanyà Valls, S.A. – Verdaguer, 1 – 08786 Capellades (Barcelona)

Impreso en España – *Printed in Spain*

A mis hijas,
por mostrarme cuánto amor
puede albergar un corazón.
Lo sois todo para mí.

«Dos caminos se separaron en un bosque y yo...
Tomé el menos transitado.
Y eso marcó la diferencia.»

Robert Frost

Prólogo

Entre estas paredes, él se convirtió en mi consuelo, mi santuario y mi fuerza. Como un caballero andante, me salvó de una vida gris y me mostró un mundo lleno de color. Entre estas paredes, me entregué a un hombre que me dijo que siempre lucharía por mí y que me amaría hasta el fin de los días. Pero, a veces, ni siquiera el amor es suficiente cuando la vida se interpone. Cuando te han roto el corazón, ¿qué más puedes perder? Entre estas paredes le entregué mi corazón imperfecto al hombre que amaba. Y después... después él se marchó.

1

Vuelta a casa

Lailah

Bip, bip, bip... Muy, muy despacio fui tomando conciencia de dónde estaba. De todo mi dolorido y entumecido cuerpo las orejas fueron las primeras en despertarse. Me llegó el sonido repetitivo del monitor que vigilaba mi pulso y su cadencia me sacó poco a poco del mundo de los sueños. Como casi todos los días, antes de abrir los ojos escuchaba los sonidos que me rodeaban y así me hacía una idea de la situación en la que me encontraba.

Alguien empujaba un carrito desvencijado por el pasillo, las ruedas chirriaban con cada giro hacia su destino. Un poco más allá, en el mismo pasillo, otra persona hablaba delante de una habitación. Junto a mi cama, los siempre presentes aparatos médicos zumbaban y pitaban al comprobar el nivel de oxígeno en sangre y el ritmo cardíaco.

Aquella cacofonía unísona solo podía significar una cosa: estaba en el hospital. Todavía.

La mayoría de niños tienen una abuela favorita cuya casa visitan todos los días o un amigo especial al que siempre quieren ver más. Yo tenía el Memorial Regional. El hospital había sido mi segundo hogar desde pequeña.

Aunque de hogar no tenía nada.

Un hogar era tranquilo y acogedor.

El hospital era un bullicio de sonidos a cualquier hora, sin importar que en el cielo brillase el sol o la luna.

Quedarse allí era como pasar la noche en una cámara frigorífica. Gracias a mis frecuentes visitas había descubierto que el aire caliente era un excelente caldo de cultivo para las infecciones y por eso las enfermeras enterraban a los pacientes bajo varias mantas en vez de subir la calefacción. Yo de puntillas medía poco más de un metro sesenta y cinco y pesaba poco más de cuarenta y cinco kilos, así que por muchas mantas que me pusieran, no entraba en calor. Quería con toda mi alma un poco de calefacción.

Me froté el pecho mientras los pulmones respiraban trabajosamente. Crujieron al exhalar. Me mordí el labio e intenté ignorar esa sensación y concentrarme en el único objetivo del día.

*Hoy me voy a casa. Hoy me voy a cas*a, canturreé en mi cabeza una y otra vez.

Abrí los ojos a regañadientes, tuve la visión borrosa unos segundos hasta que por fin la habitación quedó bien definida. No había cambiado nada desde la noche anterior. Vi las mismas paredes aburridas y deslucidas de color amarillo yema y el mismo tablón blanco con el nombre de la enfermera de guardia con una pequeña cara sonriente dibujada al lado.

Esa mañana le tocaba a Grace. Era joven, más o menos de mi edad, y se acababa de sacar el título. Le encantaban las caras felices, los corazones y cualquier cosa que pudiera dibujar con el rotulador borrable en esa pizarra. Me recordaba a una princesa de Disney. Incluso con la ropa de cirugía parecía sacada de un cuento de hadas. Estaba segura de que el día menos pensado se iba a poner a cantar y aparecerían los animalitos del bosque para montar un número musical con ella, ardillas y alondras incluidas.

Pero eso tendría que esperar porque yo me largaba de allí. *Hoy.*

Lo que se suponía que iba a ser una simple visita rutinaria se había convertido en otra prolongada estancia en el hospital. Tenía unas ganas tremendas de volver a casa y a mi cama. Odiaba las camas de hospital. Eran incómodas, duras y nunca me sentía a gusto.

En serio, ¿quién fabrica esto? ¿De verdad las prueban? Sé que se supone que las camas de hospital tienen que ser funcionales, pero, sinceramente, las del Memorial podrían poner un poco más de relleno.

Hacía ya dos semanas que estaba en hospital, había ido convencida de que solo estaría un par de días, lo justo para que me cambiasen el marcapasos, pero para variar las cosas no habían salido según lo previsto y había acabado ingresada. Otra vez.

La historia de mi vida.

Pero aquel día todo iba a salir bien. Iba a recuperar mi libertad. Bueno, toda la libertad que me permitían mis circunstancias.

Nací con una dolencia cardíaca. Dicho de otra manera, mi corazón era más grande de lo normal y eso hacía que respirar, y casi todo lo demás, me resultase más difícil que a cualquier otra persona porque mi corazón tenía que trabajar diez veces más. En resumen, ese pequeño defecto controlaba toda mi vida.

Y también me estaba matando. Por eso estaba impaciente por marcharme de aquella prisión. Cuando vives con tiempo prestado, cada segundo que te ves obligado a presenciar la vida a través de la ventana de un hospital es un segundo menos que tienes para vivir de verdad y hacer algo que tenga sentido.

Llevaba una existencia tan protegida que mi idea de «hacer algo que tuviera sentido» podía ser cualquier cosa normal y corriente: lo único que necesitaba era que no sucediese allí.

Exhalé lenta y trabajosamente de nuevo y en ese preciso instante, Grace decidió entrar.

—¡Buenos días! —canturreó.

Me ofreció una reluciente sonrisa blanca, sin duda demasiado animada para aquella hora infame y temprana. Sus rizos negros le saltaron arriba y abajo de la espalda mientras se dirigía con paso animado al ordenador para comenzar el ritual matutino.

—Buenos días, Grace. ¿Cómo estás? —le pregunté.

—¡Me siento de maravilla! El sol brilla y los pájaros cantan. ¡Hoy le dan el alta a mi paciente favorita! ¡Es un día maravilloso!

Vaya, qué respuesta tan maravillosa.

Sonreí torciendo la comisura de los labios en una imitación de su gesto.

—Estás más contenta de lo habitual. ¿Algún motivo en concreto? —inquirí, a sabiendas de que la noche anterior había mencionado algo sobre una cita especial con su novio.

Llevaban saliendo dos años, y desde hacía cierto tiempo insinuaba algo sobre un compromiso. Supuse que el novio por fin se había decidido.

Grace se hizo la tonta.

—No sé a qué te refieres.

Se llevó la mano izquierda a la mejilla mientras negaba con la cabeza.

Allí, en el anular, brillaba un anillo con un diamante que hacía juego con sus ojos centelleantes.

—¡Te has comprometido! ¡Qué sorpresa! —exclamé.

Aunque no era una sorpresa. Grace llevaba hablando de eso desde que llegué al hospital.

Quiero alegrarme por ella. No, borra eso. Me alegro por ella. Se merece toda la felicidad del mundo.

Mi vida no es tan horrible. Simplemente, es distinta, me recordé.

—¡Gracias! Fue todo tan dulce. Se puso de rodillas, vestido con su traje de chaqueta, en la playa, nada menos, y me dijo que era la única mujer con la que había querido compartir la vida, y luego sacó este anillo. Fue tan romántico.

—Suena increíble —comenté.

Empezó a consultar las cifras mientras me revisaba. De repente, frunció el ceño, lo que me alarmó.

—¿Qué pasa?

—¿Qué? Ah, nada. No creo que sea importante. El oxígeno en sangre es un poco bajo. —Se inclinó sobre mí con el estetoscopio y me auscultó los pulmones durante unos segundos—. Voy a avisar al doctor Marcus, y él hablará contigo.

Asentí con gesto ausente mientras ella se marchaba apresurada, dejándome a solas con mis pensamientos.

Bajé la mirada al índice, donde tenía acoplado el aparato que me conectaba a la máquina que vigilaba los niveles de oxígeno, y suspiré. La lectura no era extremadamente baja, al menos no lo bastante para activar una alarma, gracias a Dios. Solté un pequeño gruñido y dejé caer la cabeza hacia delante en un gesto de derrota. Sabía lo que significaba aquello: algo no iba bien, y Grace no me había querido decir nada porque se trataba de un asunto más allá de sus competencias.

Lo único que yo podía hacer ahora era quedarme allí y esperar. Sola.

Esperar, pasar las horas en un hospital, puede llegar a resultar de lo más aburrido. Al final, existía un límite de horas que podía pasarme viendo televisión o leyendo antes de que creyera que iba a estallarme la cabeza. A veces, el ansia por tener alguna clase de interacción humana era tan intensa que me sentía físicamente enferma.

Mi madre había ido a verme todos los días, y significaba mucho para mí tenerla a mi lado, pero las ganas de hablar y relacionarme con alguien de mi edad eran abrumadoras. Quería estar con alguien que no me hubiera ayudado a ir al baño o que no estuviera constantemente pendiente de todos y cada uno de mis movimientos temeroso de que mi siguiente respiración me llevase de vuelta al hospital.

El libro que mi madre había estado leyendo, algo académico, un libro de texto, sin duda, estaba sobre el cojín de la gastada silla azul de la esquina, olvidado junto a su chaqueta y un cuaderno. Seguramente se había quedado hasta tarde y se había marchado después de que me durmiera. No solía quedarse hasta más tarde de las siete, estaba haciendo malabares para acabar el programa de estudios del siguiente semestre y tenerlo listo antes de que yo volviera a casa. Siempre se ponía muy paranoica cuando me daban el alta tras una larga estancia en el hospital. Temía que sufriera una recaída y acabara de nuevo allí donde había comenzado: tendida en esa cama a la espera de mi siguiente crisis. Entonces mi madre llegaba a la conclusión de que su misión era cuidarme el doble o incluso el triple de lo que ya lo hacía. Casi pierde la salud con su obsesión de tenerlo todo terminado antes de mi regreso.

Mi madre, Molly Buchanan, era profesora de estudios religiosos en una de las facultades que había en el pueblo. Probablemente era una de las personas más eclécticas de todo el planeta. Una vez, cuando era pequeña, le pregunté por qué enseñaba religión si no iba a la iglesia. Me sonrió con dulzura y me contestó que le gustaba tanto aprender sobre las religiones que era incapaz de escoger una, así que nunca lo había hecho. En esa época me pareció una respuesta de lo más lógica, yo era muy ingenua, pero ahora me hace gracia. Hace unos años, después de ser alumna suya, entendí que mi madre simplemente sentía una tremenda curiosidad por el comportamiento humano y que no había mejor manera de conocer los entresijos de las personas que a través de sus creencias religiosas.

Pasé la que con un poco de suerte iba a ser mi última mañana en el hospital comiendo los huevos y la tostada de la bandeja del desayuno mientras zapeaba por los catorce canales de la televisión. Después de ponerme al día con las noticias y una reposición de «Yo y el mundo», decidí que había llegado el momento de hacer el equipaje.

Me levanté despacio y, con cuidado de no sacarme el goteo intravenoso que tenía en el hueco del codo, me dirigí al cuarto de baño.

Me cepillé los dientes e intenté recogerme el largo pelo rubio en una cola de caballo. Luego guardé los artículos de aseo en el neceser que me había traído mi madre, volví a la habitación y lo lancé a la maleta que tenía al lado de la cama. Metí otras cuantas cosas, y a los pocos minutos, ya estaba lista para marcharme.

Casi podía oír mi cama, la de mi casa, llamándome, susurrando mi nombre. La gente que tiene la suerte de dormir de un tirón suele dar por sentado que todo el mundo puede hacerlo y no es así. En aquel instante estaba agotada, probablemente más de lo que debería estarlo, pero me daba igual porque me iba a casa.

Después de arreglar la habitación, me dispuse a esperar que terminase el día. Cuando una enfermera te dice que el doctor no tardará en llegar, lo que en realidad quiere decir es que el doctor se pasará en algún momento, así que más vale tomárselo con calma. Había pasado menos de una hora desde que Grace se había marchado, así que me sorprendió que el doctor Marcus apareciese de repente en la puerta. Llevaba mucho tiempo tratándome, esa mañana iba vestido con una bata quirúrgica de color azul, y se pasó sus grandes manos por los rizos entrecanos de su cabello.

Mi madre había modificado su horario para dar clases por la mañana y aquel día ya había terminado, así que estaba sentada en su lugar habitual de la esquina. Estaba totalmente concentrada en el libro que se traía entre manos, del que no paraba de tomar notas, pero levantó de inmediato la vista cuando entró mi atractivo doctor.

El doctor dio unos cuantos pasos, titubeó un momento, y luego terminó de acercarse a la cama. Parecía intranquilo, escudriñó la habitación como si intentara desesperadamente fijar la mirada en cualquier cosa que no fuera yo. Por fin la detuvo en mis ojos y supe que algo iba mal.

—¿Qué tal, Lailah? —me saludó.

—Hola, doctor Marcus.

—Verás, pequeña... —empezó a decir.

Le interrumpí.

—Ya no soy pequeña.

—Es verdad. Siempre se me olvida. Veintidós años. Qué locura.

El doctor Marcus me había atendido desde que era una niña. Había ido a otros hospitales para los tratamientos médicos más complicados, y me habían visto otros especialistas y doctores a lo largo de los años, pero siempre bajo la supervisión del doctor Marcus. Aparte de mi madre, era lo más parecido que tenía a una familia.

—Le he echado un vistazo a tus niveles, y hoy no va a poder ser, Lailah.

—¿Por qué? —le pregunté con un susurro.

Arqueó una ceja y me miró fijamente.

—Por la respiración —me respondí, y él asintió.

—Sí, tu respiración no va demasiado bien. Puedo escucharla desde aquí y el corazón te palpita de forma irregular. Lo siento. Sé que querías marcharte hoy, pero hasta que no logremos que estés mejor, no podemos dejarte ir.

Me giré hacia mi madre, me observaba con una expresión triste y preocupada. Nuestras miradas se cruzaron y le costó sonreírme. No se enfrentaría al doctor. Yo lo sabía por experiencia. Mi madre seguía al pie de la letra las órdenes del médico. En lo que se refería a mi salud, no estaba dispuesta a arriesgarse lo más mínimo.

—Vale —dije, y me volví hacia el doctor mientras intentaba contener las lágrimas—. Supongo que me vuelve a tocar ver la tele todo el día y seguir con la mala comida.

—Me aseguraré de que te manden más postre —me dijo con un guiño.

Luego centró su atención en mi madre y vi como ella se levantaba y se reunía con él en el otro lado de la habitación. Se acercaron mucho para hablar, y apenas pude oír nada de lo que dijeron, pero por lo que logré escuchar, me iba pasar unos cuantos días más entre aquellas paredes.

De repente, la libertad se había desvanecido delante de mis propios ojos.

De vuelta a la cárcel.

2

Cambios

Jude

Era mi cumpleaños.

Cumplía veinticuatro. Espera, ¿eran veinticinco?

Mierda, eso debería saberlo.

Habían pasado tres años desde el accidente. Habíamos ido a California para celebrar mi cumpleaños, pero ese viaje solo sirvió para hacer añicos todos mis sueños y destrozarme por completo. Desde entonces no me importaban lo más mínimo los cumpleaños ni celebrar nada.

Hacía tres años que la había perdido.

Supuse que eso significaba que cumplía veinticinco años.

Feliz cumpleaños, Jude.

Cuatro años atrás, el día que cumplí veintiún años, me pasé la noche yendo de bar en bar y de club en club con mis hermanos de fraternidad, gastando el dinero como si este no fuese a acabarse nunca, y en ese momento, así era.

—Sal a pasarlo bien —me había dicho mi padre.

Y eso fue exactamente lo que hicimos. No recuerdo ni la mitad de lo que sucedió esa noche. Lo único que recuerdo es que me pasé la mañana siguiente con la cabeza metida en la taza del váter mientras Megan me ayudaba a recuperarme.

En el lado opuesto de las cosas, iba a pasarme la noche de mi veinticinco cumpleaños cambiando sábanas mojadas y repasando gráficas médicas; con algo de suerte, dispondría de quince minutos para malgastar junto a la máquina de refrescos.

Tal vez esta noche podría tirar la casa por la ventana y comprarme una barrita de Milky Way.

Llevaba dos años trabajando en el Memorial Hospital de Santa Ana como auxiliar de enfermería, que básicamente es un vigilante venido a más que tiene que pasar pruebas y ganarse certificados. Había empezado como un simple bedel. Una mujer comprensiva de Recursos Humanos, Margaret, se había apiadado de mí después de verme recorrer los pasillos del hospital durante semanas. Se dio cuenta de que no me marcharía de otro modo, así que me ofreció el puesto de conserje, y le dije que sí de inmediato. Cuando incluí mi licenciatura en Empresariales por Princeton en el formulario, alzó un poco una ceja, pero no me preguntó nada. Cuando le rogué que por motivos personales no constase mi apellido en la placa identificativa que llevamos en el uniforme, alzó un poco más la ceja, pero me entregó mi identificación y me indicó que me pusiera a trabajar.

Apenas había salido del hospital desde entonces.

Tenía un pequeño apartamento al otro lado del pueblo, donde dormía entre turnos y comía de cualquier manera, pero el hospital era donde pasaba la mayor parte de las horas que estaba despierto. Hacía extras y asumía turnos de más cuando la gente necesitaba días libres, todo con el objetivo de quedarme entre esas paredes.

Era el único hogar que tenía desde hacía tiempo.

Lo cierto es que no he vivido de verdad desde aquel día, hace tres años, cuando entré en este hospital con la cara cubierta de sangre gritando el nombre de Megan una y otra vez desesperado porque ella recuperara la consciencia. No funcionó en la sala de reanimación, ni en los días horribles que siguieron a continuación. He recorrido estos pasillos vacíos sin ella desde entonces, persiguiendo su fantasma por las esquinas y por los corredores en un vano intento de solo existir.

No podía vivir cuando mi motivo para hacerlo había muerto.

Me paré frente a la máquina expendedora, saqué el cambio que llevaba en el bolsillo hasta obtener la cantidad exacta para mi cena de cumpleaños. Metí una a una las monedas en la ranura, pulsé la combinación correcta de botones y esperé a que la chocolatina saliera y cayera al fondo. Se oyó un impacto seco cuando se estrelló y me apresuré a agacharme para recogerla.

La devoré en menos de tres minutos y el envoltorio no tardó mucho más en acabar en un cubo de basura. Regresé al puesto de enfermería para volver a estar de servicio. Acaba a de doblar la esquina cuando me encontré de frente con Margaret.

—Hola, Jude. Justo a quien estaba buscando. ¿Te importa venir un momento? Quiero hablar contigo un segundo.

Asentí con sequedad y la seguí. Contemplé cómo su pelo corto castaño se balanceaba de un lado a otro por su paso rápido mientras recorríamos el largo pasillo. En aquel maremágnum de batas quirúrgicas, ella era la rareza vestida con un vestido barato azul de lana. Tenía aspecto de picar, y por las marcas rojas en su cuello, supuse que Margaret me lo confirmaría.

La lana barata hacía que a la gente le salieran erupciones en la piel con más rapidez que un paseo desnudo en un bosque de hiedra venenosa. Cuando tenía unos nueve años, a nuestra niñera Lottie le dijeron que me comprara un jersey de lana para la Nochebuena. A mitad de la misa, mi padre tuvo que sacarme porque no paraba de rascarme. Resultó que Lottie había comprado el jersey en una de esas tiendas baratas donde vendían objetos de imitación y se había quedado el resto del dinero. Por supuesto, fue la última Navidad que pasó con nosotros. Fue toda una aventura para el niño de diez años que era en aquel entonces. Cuando se lo conté a mis amigos, incluí policías y ladrones en el relato.

Margaret continuó toqueteándose el interior del cuello del vestido, pero me contuve y no comenté nada. Ya había dejado atrás mi vida de trajes caros hechos a medida y de reuniones de ejecutivos.

Jude, el auxiliar de enfermería, no tenía ni puta idea de eso. Era un tipo callado, sin amigos, y jamás contestaba a ninguna pregunta sobre su pasado. Había hecho falta algo de tiempo, pero mis compañeros habían aprendido a respetar mis barreras. Después de pasarme un año rechazando tanto los ofrecimientos para tomar algo al salir del trabajo como las citas más insinuantes y todas las invitaciones a fiestas, se habían dado cuenta de que era un tipo solitario con unas paredes impenetrables a mi alrededor.

No iba a joderlo todo con un comentario sarcástico a mi jefa de Recursos Humanos sobre su costumbre de rascarse el cuello. Ya puestos, también podía acabar dándole consejos sobre su plan de jubilación y su cartera de acciones.

Margaret abrió la puerta de su despacho y encendió las luces fluorescentes.

—Siéntate, por favor —me pidió a la vez que señalaba uno de los sillones que había delante de su escritorio.

Me acomodé en uno de los sillones orejeros y me incliné hacia delante, preparado para lo que se avecinaba.

Movió unos cuantos papeles encima del escritorio y pulsó un botón del teclado antes de volverse hacia mí.

—Probablemente te preguntas por qué estás aquí.

Asentí.

—Verás, se han producido algunos ajustes y...

Se me aceleró el pulso y la interrumpí.

—¿Qué quieres decir con eso de ajustes? ¿Me van a despedir?

No podía perder el trabajo. Era el último sitio donde la había visto, donde le había sostenido la mano. Si no trabajara allí, no podría sentirla conmigo, y no sabía cómo vivir sin ella.

—Tranquilo, Jude. No van a despedir a nadie. Simplemente se van a efectuar unos cuantos traslados de departamento.

—¿Qué? ¿Adónde?

Llevaba trabajando en emergencias desde mi primer día como auxiliar de enfermería. Era exactamente la clase de sitio donde necesitaba estar. En emergencias se tenía que pensar y actuar con rapidez, y eso me mantenía la mente ocupada. También era el primer sitio al que nos habían llevado, heridos y magullados después de estrellarnos contra una barrera de hormigón porque Megan se había quedado dormida al volante. A mí me atendieron y dieron el alta en un abrir y cerrar de ojos, solo tenía un brazo roto y unas cuantas contusiones y moratones, pero Megan había sufrido la mayor parte del impacto y sus heridas eran mucho más graves.

—Te van a transferir a cardiología.

Solté un gruñido en mi fuero interno. En mi mente aparecieron imágenes de ancianos con corazones envejecidos y operaciones de marcapasos. De repente, cambiar sábanas mojadas me parecían de lo más interesante.

—¿Por qué? ¿Hay alguna razón en concreto?

Quería saber qué había hecho para merecerme aquel infierno.

—Simplemente, pensamos que será bueno para ti hacer algo distinto —me respondió con una sonrisa de ánimo.

Lo ha hecho a propósito.

—No quiero que nadie me recomponga, Margaret. No soy tu obra de caridad —le dije apretando los dientes.

Ya me había encontrado con gente como ella, pero Margaret era la más persistente. Ella me había conseguido ese trabajo a sabiendas de que estaba destrozado y me había convertido en un alma en pena que solo quería vagar por esos pasillos. Probablemente había supuesto que ese trabajo conseguiría que me abriera al mundo y me obligaría a recuperarme y seguir adelante. Estaba equivocada. Para recuperarse hay que querer hacerlo y yo no quería, igual que tampoco quería seguir adelante. No había dejado atrás mi vida y aceptado un trabajo en el lugar donde había muerto mi novia para calmar el dolor de mi alma. No. Iba al hospital cada día para hacer penitencia por la vida que había segado con mi egoísmo y seguiría haciéndolo sin importar el departamento al que Margaret me asignase.

—Lo siento, Jude —susurró—. No eres el único al que han trasladado. Por favor, no creas que es algo personal.

—¿Cuándo empiezo? —le pregunté a la vez que trataba de calmar la rabia que sentía en mi interior.

—Esta noche. Puedes dirigirte allí ahora mismo, si quieres —me contestó con una sonrisa educada.

Me puse en pie mientras Margaret volvía a concentrarse en las pilas de papeles. Caminé hacia la puerta para irme, pero me detuve en seco cuando la suave voz de Margaret interrumpió el silencio.

—Por cierto, Jude. Feliz cumpleaños.

Cada paso que daba hacia la tercera planta parecía un kilómetro, un movimiento que me alejaba cada vez más del caparazón que había conseguido crear a mi alrededor a lo largo de esos tres años para protegerme. Decir que me gustaba sería una exageración, pero sin duda me había acostumbrado a llevar esa vida tan simple. Me había adaptado a ella, a su manera de desarrollarse, y aquel giro tan brusco me puso en estado de alerta.

Megan jamás había pasado por cardiología. Me asaltaron unos vagos recuerdos sobre los padres de Megan suplicándome algo referente a su corazón, pero me obligué a bloquearlos. Después de pasar por emergencias, Megan estuvo varios días en la unidad de cuidados intensivos y también la sometieron a una serie de intervenciones para reparar los daños cerebrales que había sufrido, pero todo fue en vano; igual que una bala que se dirige directa al corazón, la gravedad de las heridas había sido irreversible y mortal. Como todo lo demás.

Al acercarme al puesto de enfermería, mis leves dudas desaparecieron al ver al doctor Marcus Hale. El doctor Marcus, como le gustaba que lo llamasen, era un cardiólogo que conocía de mis tiempos de bedel. No era como la mayoría de los demás doctores. Era un individuo tranquilo sin el menor rastro de pomposidad. Siempre llegaba a sus turnos con unas bermudas de color arena y el pelo mojado por haber hecho surf. Llevaba años intentando que me animase a probarlo.

La primera vez que coincidí con él fue una madrugada que me llamaron para limpiar uno de los lavabos. Uno de sus pacientes había vomitado. Cuando llegué, me puse de inmediato manos a la obra y limpié algo que me niego a describir mientras él y los familiares del enfermo hablaban en la habitación. Terminé prácticamente a la vez que el doctor Marcus y cruzamos la puerta juntos.

Soltó un suspiró de exasperación y se volvió hacia mí.

—¿Quieres un café? Estoy agotado.

Creí que me lo decía en broma. Yo no era más que un simple bedel y él era cardiólogo, que probablemente ganaba más en lo que duraba un estornudo de lo que yo en todo un año.

Pero no lo dijo en broma. Fuimos juntos a la cafetería y charlamos mientras nos tomamos un café y unos cuantos dulces apenas pasables. Se había convertido en una tradición desde entonces.

—Hola, doctor Marcus —le saludé, lo que le hizo apartar la mirada de la pantalla del ordenador.

—Hola, Jude. ¿Qué te trae por aquí?

—Es mi nuevo puesto. Me han trasladado —le expliqué.

Alzó las cejas intrigado.

—¿En serio? Bueno, es la mejor noticia que he tenido esta noche. Me alegro de tenerte a bordo.

Miré a mi alrededor y vi de inmediato a un anciano que arrastraba los pies por el pasillo. Gemí en mi interior. Un momento después, noté una fuerte palmada en la espalda.

—A lo mejor esto te gusta más.

Su intento de animarme no ayudaba precisamente a mejorar la situación.

Le miré incrédulo.

Sus risotadas llenaron el pasillo.

—Vale, puede que no, pero nunca se sabe. A lo mejor es el sitio donde realmente tenías que estar.

Después de hablar con la enfermera jefe del turno de noche, que me recordó un poco a la enfermera de *Alguien voló sobre el nido del cuco*, hice mi primera ronda por la nueva planta. Ayudé a las enfermeras, cambié sábanas, respondí a las llamadas de los pacientes y realicé el resto de tareas que ya había llevado a cabo un millón de veces. El trabajo no variaba porque me hubieran colocado en otra planta. Simplemente era un poco más lento. Las enfermeras caminaban con tranquilidad. El estilo de vida acelerado de emergencias había desaparecido y lo había sustituido algo mucho más relajado.

Vaya mierda.

Aunque gracias a ese ritmo lento tuve la oportunidad de conocer a unos cuantos personajes interesantes a lo largo de la noche. En eso también se diferenciaba de emergencias. Allí no teníamos mucho tiempo para relacionarnos con los pacientes, todos lo eran de un modo temporal. O se les daba el alta o los mandaban a otro lugar del hospital. Sin embargo, en el ala de cardiología, los pacientes solían quedarse cierto tiempo.

El tipo de la habitación 305 se estaba recuperando de una triple derivación en el corazón y, en cuanto entré en su habitación, supe que tenía cosas que contar. La pequeña estancia estaba abarrotada de libros. Había novelas con tapas de cuero, libros de arte y libros sobre casi cualquier cosa que uno pudiera imaginarse, todos apilados sobre prácticamente cualquier superficie disponible.

—Son hermosos, ¿verdad? Como una mujer desnuda cubierta solo por una capa de seda, a la que quieres tocar, devorar y poseer —me dijo con una voz profunda que indicaba un origen hispano.

Bueno... vale...

No tuve muy claro cómo reaccionar a eso, así que le hice mi habitual gesto de asentimiento que no decía nada y comprobé sus constantes vitales mientras me esforzaba por no mirarle a los ojos y animarle a hablar más.

Sonrió levemente ante mi obvio intento de esquivar la conversación y su pechó se alzó y bajó con una risa silenciosa.

—Me llamo Nash —me dijo.

—Jude —le respondí rápidamente.

Me miró de arriba abajo y se fijó en mi pelo de color rubio claro al que le hacía falta ya un buen corte y en los tatuajes que se adivinaban en los antebrazos y en los bíceps debajo de las mangas de la camisa. Estaba acostumbrado a eso. Me habían mirado con descaro desde que había empezado a tatuarme. Había abandonado la apariencia perfecta de la clase social superior que había mostrado desde mi niñez y la había cambiado por un aspecto algo más rudo.

Ya no era el hombre que había sido. Cuando Megan murió, abandoné mi familia y la vida que se suponía que debía tener. Cuando me miraba en el espejo, no quería ver al antiguo Jude, así que cambié tanto como pude mi aspecto. Me había comprado aparatos de gimnasia y los había instalado en casa y cuando no estaba en el hospital me ponía a levantar pesas, y también salía a correr a primera hora de la mañana. Todo con el único objetivo de no volver a ver nunca en el espejo el hombre que era cuando entré por primera vez en ese hospital.

—No eres muy hablador, ¿verdad? —dijo Nash interrumpiendo todas las tonterías que me bloqueaban el cerebro.

—La verdad es que no —le respondí con sinceridad.

—Me parece bien. Yo ya hablo por dos.

Y lo hizo. En menos de veinte minutos, sabía más sobre Nash que sobre mi propia madre. Era un antiguo hippy que había pasado sus años de juventud viviendo en distintas comunas de toda la Costa Oeste.

—Me encantaba vivir y absorber lo que me rodeaba por los poros —se justificó.

Lo traduje como que se había acostado con un montón de mujeres y que había probado todas las drogas imaginables, pero pensé que era un individuo de palabras poéticas.

Más tarde, se había asentado y se había casado, varias veces, de hecho. Tenía unos cuantos hijos, que al final también habían tenido hijos. Era escritor y, al parecer, de éxito. Tomé nota mentalmente de buscar su nombre cuando volviera a casa. Su amor por la carne roja y el chocolate le había pasado factura y allí estaba, pagando el precio con un largo periodo de ingreso hospitalario.

—Pero todas las partes de nuestra vida forman un viaje, ¿verdad? —me dijo.

Me dirigí hacia la puerta sin responder y salí al pasillo.

Mi vida era cualquier cosa menos un viaje. Era un callejón sin salida.

Al pasar por delante de la habitación 307, me di cuenta de que tenía la puerta un poco entreabierta. Era una de las habitaciones por las que todavía no había pasado. Asomé un poco la cabeza y vi a una joven sentada en la cama. Por la espalda le bajaba una mata de cabello liso y suelto que parecía trigo sedoso iluminado por el sol. Era delgada y estaba pálida, con un aspecto frágil y angelical. Estaba concentrada, con la mirada en alto, fija en la pantalla de la tele que había en una de las esquinas de la habitación. Se reía en silencio, tapándose la boca.

Me fijé en que tenía el índice manchado de chocolate.

En la otra mano sostenía unas natillas. Sacaba el chocolate con el dedo y lo lamía como un bebé su chupete preferido. No pude evitar sonreír al ver que utilizaba el dedo en vez de una cuchara. Era un poco asqueroso, pero a la vez tierno. Terminó las natillas poco a poco, sacaba pequeñas cantidades hasta que la copa quedó completamente vacía. Luego se dispuso a lamer los bordes hasta dejarlos limpios.

No sabía por qué me sentía tan fascinado por aquello. Quizás fuera por su sencillez o por la increíble tontería de ser testigo de algo tan inocente.

¿Cuándo fue la última vez que disfruté de algo tan simple? ¿Lo he hecho alguna vez?

Había tenido una infancia y adolescencia privilegiadas y las había disfrutado, pero no sabía si alguna vez me había detenido a disfrutar de algo tan simple e insignificante.

¿Me he dado la oportunidad de hacerlo?

Volví al pasillo antes de que la chica pillase al acosador que estaba en la puerta de su habitación. Todavía estaba sonriendo cuando me dirigí a la cafetería del hospital. Decidí que tenía que hacer una entrega de última hora.

3

El gran misterio de las natillas

Lailah

Esa mañana no tuve que pasar lista. En menos de un segundo, mis pequeños tímpanos captaron el suave susurro del oxígeno que me estaban bombeando. Abrí los ojos parpadeando y llevé la mano a los tubos de plástico que tenía en la nariz. Fruncí el ceño de inmediato. Ya tenía la nariz reseca y escamosa por el puñetero tubo.

Qué asco.

Odiaba dormir así. Era incómodo, desagradable y me ponía de mal humor, pero puesto que mi respiración no era precisamente la más adecuada, me había puesto el oxígeno por la noche.

Lo bueno es que, al menos, en días así tenía máquinas y monitores disponibles.

La cosa podía ser mucho peor, y cuando me daba cuenta de que me deslizaba hacia la amargura, siempre procuraba recordarme ese pequeño detalle. Si hubiera nacido medio siglo antes, nunca habría llegado a salir del hospital. A lo largo de mis veintidós años, ya me había quejado bastante. Había llorado hasta quedarme dormida más veces de las que era capaz de recordar. Había discutido con mi pobre madre. Le había suplicado e implorado mientras me llevaba al hospital para otro tratamiento más.

Pero a pesar de todo ello, mi parte racional y realista era consciente de algo muy importante: tenía la tremenda suerte de seguir viva.

Había tenido la suerte de nacer en un siglo con tecnología avanzada y en un país con doctores experimentados que podían tratar mi enfermedad y me ayudaban a llegar a mi siguiente cumpleaños. Sabía que, sin ellos, no hubiera vivido tanto. Mi vida siempre sería una batalla ardua y, aunque nadie podía afirmar qué me depararía el futuro, sabía que era afortunada por haber vivido hasta ahora. La longevidad no estaba garantizada en mi caso y hacía mucho tiempo que lo había aceptado, mucho antes de lo que nadie debería, pero era mi realidad, mía y de nadie más.

Llevaba tantas visitas y estancias en el hospital que ni siquiera me molesté en llamar a una enfermera para que me ayudara y cerré el oxígeno por mi cuenta. Me saqué los tubos, inspiré profundamente y me limpié la nariz. Odiaba la sensación que me quedaba en las fosas nasales después de haber respirado toda la noche a través de esas cánulas.

Me desperecé un poco y miré rápidamente a mi alrededor. El último libro de mi madre estaba otra vez en su silla, olvidado junto a un jersey. En una mesa cercana había una taza vacía. Busqué mi diario. Había escrito hasta bastante tarde.

Fue entonces cuando lo vi. Había una copa de natillas de chocolate —con una cucharilla— en una bandeja al lado de mi cama.

Escudriñé de nuevo a mi alrededor, como si las paredes del hospital fueran a darme la respuesta. No lo hicieron, y me rasqué la cabeza, confundida.

¿Cómo había llegado eso hasta aquí?

Era idéntica a la copa de natillas que me había tomado la noche anterior.

Me la comí anoche, ¿verdad?

Mi mente retrocedió hasta la velada anterior.

Me quedé tendida en la cama con las zapatillas puestas viendo una reposición de «New Girl» para entretenerme un rato. El doctor Marcus había cumplido su promesa y me habían servido ración doble de postres. No solo me dieron dos trozos de pastel de zanahoria, también me llevaron una pequeña copa de natillas de chocolate. Me había guardado esa pequeña delicia para el final.

Cuando se llevaron la bandeja, me di cuenta de que les había dado la cucharilla junto al resto de los cubiertos, así que no tenía nada con lo que comerme las natillas. Me quedé sentada contemplando las natillas durante un rato mientras decidía si de verdad quería molestar a las ya de por sí atareadas enfermeras o si me esperaba. Entonces recordé lo que había pasado a lo largo del día y el hecho de que se suponía que debía sentirme cómoda en mi propia cama, así que decidí abrir la tapa y empezar a comérmelas como fuera.

De todos modos, estaba sola en la habitación y no intentaba impresionar a nadie.

Así que sí, me había comido las natillas con el dedo, después de lavarme las manos, por supuesto.

Mi pequeño recorrido por la senda de los recuerdos me había demostrado una cosa, bueno, dos cosas: una, no estaba perdiendo la cabeza, y dos, no cabía ninguna duda de que lo que tenía delante era una nueva delicia de chocolate.

Pero, ¿quién me la había traído?

La primera me la había traído el doctor Marcus, así que supuse que lo más lógico era pensar que la segunda también me la había traído él. Sonreí levemente. Siempre le había gustado malcriarme. Tomé nota de que debía darle las gracias cuando volviera a ver cómo estaba.

Me levanté y me preparé para enfrentarme al día. Me duché, me cepillé los dientes y me peiné el cabello mojado. Después, es posible que me comiera esas natillas antes de que me llevaran el desayuno.

—Una cosa. ¿Ayer por la noche entró a escondidas en mi habitación? Ya sabe, después de que me durmiera, para dejar otra copa de natillas para cuando me levantara. —Le pregunté al doctor Marcus.

Apartó la vista de la pantalla del ordenador con la boca un poco abierta y me miró con expresión de asombro total. Ojalá hubiera podido hacerle una foto.

—¿Si hice qué?

—¿Entrar en mi habitación? ¿Cuándo estaba dormida? ¿Para traerme otra copa de natillas de chocolate? —le repetí sin ni siquiera intentar contener la sonrisa que comenzaba a aparecerme en la cara.

—No, te aseguro que no he hecho nada parecido. Puede que a veces sea poco convencional, pero colarme en la habitación de uno de mis pacientes a las tantas de la madrugada es algo que todavía no he hecho —me contestó con un guiño.

Terminó con la comprobación y me dio buenas noticias.

—Esta noche no te hará falta oxígeno, Lailah. Vamos a ver cómo sigue todo. Mañana volveré a comprobar cómo estás —me comunicó con una sonrisa cálida y llena de ánimo.

Mi ritmo cardíaco seguía siendo irregular y no me sentía nada bien. Eran dos señales claras de que tardaría en salir del hospital. Ni todas las sonrisas de ánimo del mundo podían hacerme olvidar esa desagradable realidad.

Los dos días siguientes transcurrieron sin muchos cambios. Lo único que varió fue la llegada del nuevo auxiliar de enfermería. Solo lo había visto unas cuantas veces, pero cada vez que pasaba por delante de mi puerta, me echaba hacia un lado para verle lo mejor posible. Era un dios griego cubierto de tatuajes y una bata quirúrgica.

O al menos así lo describían las enfermeras.

Había pasado la mayor parte de mi vida en una cama de hospital y sabía que era un poco inocente en lo que se refería a los hombres, pero era perfectamente capaz de distinguir a un tío bueno cuando lo tenía delante... o cuando pasaba por delante de la puerta de mi habitación, y lo poco que había visto de ese era digno de babear.

No solo estaba buenísimo. Era distinto.

Distinto y atractivo era la combinación letal para todas las mujeres, yo incluida, y eso le convertía en un tipo interesante.

Había pasado por delante de mi habitación unas cuantas veces, incluso había comprobado mis constantes vitales en varias ocasiones, pero en ninguna apenas había dicho nada. Murmuraba algo parecido a un saludo u otra fórmula similar mientras tecleaba en los distintos aparatos. Hacía su trabajo con la cabeza agachada, me tomaba de forma metódica la presión sanguínea, que con toda seguridad se me disparaba en su presencia, y luego procedía a cumplir con la siguiente tarea. Lo único que era distinto era cómo me tocaba, como si le doliese. Era algo que yo no lograba comprender. Cada vez que acababa, yo buscaba sus inquietantes ojos de color verdemar y al encontrarlos él asentía y se marchaba.

Cada vez que entraba en mi habitación, quería hablar con él, preguntarle algo, cualquier cosa, simplemente para oírle hablar otra vez, pero yo apenas había hablado con gente de mi edad.

¿Qué iba a decirle? Oye, ¿viste a Jimmy Fallon anoche? ¿Las fiestas de la universidad son tan locas como en las pelis? ¿De verdad que la gente dice cosas como "Es total" o "Es guay"?

Aparte de lo que veía y leía en la tele y los libros, no tenía ni idea de lo que pasaba en el mundo real. Mi vida se basaba en entrar y salir del hospital. Cuando no estaba allí, estaba en mi casa. Mi madre tenía tanto miedo de lo que el mundo exterior pudiera hacerle a mi salud que me había protegido de todo lo que escapaba de su control. Después de la guardería, seguí con mi educación en casa, nunca me había dejado hacer nada al aire libre y no tenía prácticamente ningún recuerdo que no implicara un médico de alguna clase.

Además de la incorporación del tío bueno tatuado al personal de la planta, la segunda emoción de mi vida fue que las copas de natillas siguieron apareciendo. Al igual que el primer día, me encontraba una copa de natillas de chocolate esperándome junto a la cama cada vez que me levantaba.

Al cuarto día ya tenía una lista de posibles sospechosos. Puesto que tuve que descartar al doctor Marcus, la lista quedó reducida a tres personas: Grace, mi enfermera de día, extremadamente entusiasta y recién comprometida; la niña que estaba un poco más abajo en el pasillo, y que me visitaba de vez en cuando, y mi madre, que sabía que necesitaba que me animaran. Miré la lista mientras empujaba el brécol de un lado a otro del plato. Sí, había llegado a escribir la lista en un papel. Tenía tiempo de sobra para hacer esas cosas.

Recibir un regalo misterioso en forma de natillas de chocolate era el mejor momento del día.

Vale. El mejor momento del año.

Repiqueteé una de mis uñas cortas pintadas de rosa contra la mesa de madera mientras estudiaba la lista y finalmente llegué a una conclusión. Tenía que ser Grace.

Acababa de pasar por lo que solo se podía describir como uno de los mejores momentos de su vida, así que era natural que quisiera contagiar su alegría a los demás. Además, cantaba tonadillas de series por el pasillo y le encantaba Hello Kitty, era la respuesta más obvia.

¿Por qué no me trae las natillas durante el día cuando está de guardia, en vez de en mitad de la noche?

No le encontraba la lógica.

¿Quién necesita la lógica?

Decidí que le haría confesar que ella era la acosadora de las natillas en cuanto volviera a verla. Un gesto amable como aquel no se podía pasar por alto, y quería que supiera que valoraba mucho el detalle. También quería preguntarle si me podía traer más, por si una se perdía por el camino.

Puede pasar perfectamente.

No tuve que esperar mucho. Unos treinta minutos más tarde, oí su canturreo habitual. A los pocos segundos, estaba en mi puerta, y su hermosa sonrisa iluminó la habitación llena de luz fluorescente como un rayo de sol llegado directamente del cielo.

—¿Seguimos con el subidón de «voy a casarme»? —le pregunté.

Meneé la cabeza ante el espectáculo cómico de verla simular un vals por la habitación.

—Mmm... Sí. Dentro de unos seis meses, creo que cambiaré a subidón por «estoy casada», y después a subidón por «estoy embarazada» y... ¡Oh!

Se detuvo en mitad del vals y se llevó una mano a la boca al darse cuenta de lo que había dicho.

—Grace, no tienes que esconderme la felicidad que sientes —le dije con voz suave—. Todos tenemos momentos felices. Los míos simplemente son distintos a los tuyos.

—Lo sé. Es que... lo siento. Aquí me tienes, hablando sobre niños.

—No pasa nada. Sé desde hace mucho que no podré tener hijos. No es ni un secreto ni una sorpresa. Además, tampoco es que tenga pretendientes esperando en fila en el pasillo, dispuestos a luchar por mi mano —dije en tono de burla.

Sonrió de medio lado mientras se acercaba para sentarse conmigo en el borde de la cama. Llevaba su sedoso pelo negro recogido en una cola de caballo, y me miró con sus ojos azul zafiro. No era simplemente mi enfermera. Era mi amiga, mi única amiga.

—Eso es porque no te han visto. Eres como Rapunzel, encerrada en una alta torre a la espera de que llegue tu atractivo príncipe y te robe el corazón.

Sonreí mientras se ponía a revisar mis constantes vitales y la escuché mientras comentaba el escándalo de algún famoso del que yo había oído hablar en la televisión. Volví a pensar en lo que me había dicho sobre lo que estaba encerrada, a la espera de que alguien me robara el corazón. Normalmente solía ser optimista con mi salud, pero no sé por qué, en lo primero que pensé fue que quienquiera que fuera ese príncipe, sería mejor que se diera prisa, porque no tenía muy claro cuánto tiempo me iba a aguantar el corazón.

Sorprendentemente, resultó que Grace tampoco era la responsable, y con el paso de la semana, mi lista de sospechosos se redujo. Sin duda, mi madre no era la culpable porque la veía marcharse cada noche a las ocho. Eso solo me dejaba a Abigail, la niña que venía de otra habitación un poco más allá en el mismo pasillo.

En realidad, no era una paciente, pero no sabía cómo describirla de otra manera, así que siempre me refería a ella como la niña de más allá del pasillo. Me parecía que era la nieta de uno de los pacientes, y a veces venía a mi habitación, cuando se aburría de escuchar a su abuelo.

Abigail entró en mi habitación dando saltitos justo cuando me estaba metiendo en el tercer capítulo de mi nuevo libro favorito. El libro que estaba leyendo en cada ocasión siempre era mi favorito, y el que estaba a punto de leer, mi siguiente favorito. Me encantaba leer. Había pasado la mayor parte de mi vida con la nariz metida en los libros. Había heredado el amor por las letras de mi erudita madre, y había conseguido aprender un universo de conocimientos entre las páginas escritas. Había leído de todo, desde Chaucer hasta Shakespeare, incluso Anne Rice.

—¿Qué estás leyendo? —me preguntó Abigail, y sus esponjosos rizos de color chocolate se balancearon en el aire cuando se subió de un salto a mi cama.

—La verdad es que es un libro sobre una chica de tu edad, quizás unos pocos años mayor.

—¿Estás leyendo un libro de niños?

Se agachó para intentar ver la portada del gastado libro de bolsillo.

Había leído ese libro varias veces en mi juventud y mi ejemplar indicaba ese buen uso.

—*El diario de Anna Frank.* ¿Quién es? —me preguntó.

—Era una chica que vivió durante la Segunda Guerra Mundial, y esto es el diario que escribió.

Miró un poco más la portada, al rostro en blanco y negro de la joven judía que le devolvía la mirada.

—Yo tengo un diario —me contó.

—¿Sí? Y yo también.

—¿De verdad? ¿No eres un poco mayor? —dijo frunciendo la nariz al levantar la cabeza para mirarme.

Distinguí las diminutas pecas que le cubrían las mejillas rosadas.

—¡Por supuesto que no! —repliqué fingiendo sentirme ofendida, pero cambié el tono antes de seguir hablando—. Pero al mío lo llamo memorias para quedarme tranquila.

Le hice cosquillas en las costillas, y se echó a reír en voz baja.

—¿De qué escribes?

—No sé —me contestó—. Mi abuelo me lo regaló por mi cumpleaños. Me dijo que escribiera lo que tuviera en el alma, pero no sé exactamente qué es un alma, así que normalmente escribo lo que hice en el cole y cosas así.

Cómo no.

Recordé lo que Grace me había contado sobre el abuelo de Abigail. Era un escritor y bastante hablador. Grace me dijo que le resultaba imposible marcharse de la habitación sin haber oído alguna de sus originales anécdotas sobre su pasado.

—Tu alma es algo parecido a tu corazón, así que supongo que lo que tu abuelo te quiso decir es que escribas lo que sientas aquí —le dije señalando el punto del pecho donde su perfecto corazoncito estaba latiendo—. Mira, ¿por qué no te llevas este? —le sugerí mientras le entregaba el libro que tenía en la mano.

Lo tomó con cierta duda y levantó los ojos para mirarme fijamente a los míos.

—¿Estás segura? No lo has acabado.

—Me lo he leído tantas veces que casi lo he memorizado. Te toca a ti.

La cara se le iluminó con una sonrisa, y se lanzó a mis brazos. Me dio un abrazo tan fuerte que tuve que resistirme al impacto. Me eché a reír y rodeé con mis brazos su cuerpecito.

Me soltó a regañadientes y se bajó de un salto de la cama antes de estirarse el vestido rosa veraniego.

—Bueno, será mejor que me vaya. Gracias por el libro. Te lo traeré en cuanto me lo lea.

—No hay prisa. Tómate el tiempo que necesites.

Se dirigió hacia la puerta, pero la llamé.

—Oye, Abigail. ¿Alguna vez me has dejado unas natillas en la habitación?

—¿Natillas? ¿Como las que mi madre me da para que me lleve al cole? —me preguntó con expresión algo confusa.

Solté un resoplido de frustración.

—No importa.

Vuelta al tablero de dibujo.

4

Callado como un ratón

Jude

La encargada de la cafetería iba a terminar pidiendo una investigación sobre mi elevado consumo de natillas. Eso o acabaría poniéndome algún apodo ridículo.

Espera. Ya lo ha hecho.

—Hola, Natillas. ¿Lo de siempre esta noche? —me preguntó con una sonrisa burlona pero dulce.

Asentí y pagué las natillas y la botella de agua, y luego volví al ascensor.

Me había acostumbrado a la rutina de la chica de la habitación 307 a lo largo de la semana anterior. Solía estar dormida a las once, cuando ya me podía colar sin que nadie se diera cuenta para dejarle el pequeño dulce de chocolate y lo viera a primera hora de la mañana.

Había empezado como un único incidente aislado. Esa noche, cuando la vi lamerse el chocolate del dedo, me sentí como si hubiera visto algo humano por primera vez desde hacía años. Era una locura si se tenía en cuenta el lugar donde trabajaba. De entrada, los hospitales eran un sitio donde la humanidad y la compasión alcanzaban las cotas más altas. Las vidas de la gente que amabas o de cualquier paciente acababan en manos de otra persona y se generaban todas las emociones básicas imaginables: el miedo invencible, el amor eterno, la alegría insuperable y el dolor desgarrador. Todo cabía en un único paquete desordenado.

Entre las paredes de ese hospital había visto de todo, pero ya no sentía nada. Me había vuelto inmune.

La muerte de Megan había actuado como una bomba atómica para mi psique. Había arrasado todas las emociones hasta que dejé de ver nada. Supongo que alguien lo podría calificar de sobrecarga emocional.

Cada paciente del que me ocupaba no era más que un rostro sin emoción que me llevaba al siguiente.

La única razón por la que estaba allí era Megan. No tenía nada que ver con ocuparme del siguiente enfermo ni con relacionarme con la familia de esa persona. Ya no era capaz de recordar lo que era sentir.

Y de repente vi a esa chica que comía unas natillas sin cuchara como si no tuviera ninguna preocupación en el mundo, como si estar ingresada en un hospital no importase. En ese instante, experimenté la levísima sensación de algo distinto al dolor.

Y desde entonces, le había suministrado lo necesario para que siguiera con esa costumbre.

No sabía cuánto tiempo lograría mantener aquella farsa o si podría seguir sin que me pillasen, pero era el único momento del día que no estaba teñido de distintos tonos de gris sin emoción.

Era el ejemplo perfecto de sigilo con una copa de natillas metida en el bolsillo.

Crucé el umbral en silencio, sin hacer caso del hecho que parecía un acosador al acecho, y entré en la habitación a oscuras como si tuviera que hacer algo.

Trabajaba allí, así que podía haber decenas de razones por las que tuviera que entrar en la habitación de un paciente.

Dejar allí un pequeño manjar de chocolate probablemente no era una de ellas.

Como muchas otras veces antes, procuré no demorarme, pero con cada visita, me costaba más y más.

La primera noche que decidí hacerlo, había dejado la copa con rapidez. Había entrado y salido sin ni siquiera mirarla.

Pero luego la conocí. Entré en su habitación y estuve cara a cara con la chica que me llevaba a traficar natillas de noche. Era tímida, llena de

gestos torpes y carentes de práctica. Era tan diferente de las chicas sofis-
ticadas y refinadas con las que había crecido. Incluso su nombre era
raro. Sonaba como el clásico de Eric Clapton, «Layla», pero ella lo escribía de un modo diferente.

Había despertado mi curiosidad. De repente, quería saber qué más
la haría sonreír.

*¿Qué la hace reírse? ¿Por qué se tira del cuello de la camisa cada vez que
entro en la habitación?*

Hacía tiempo que no sentía curiosidad, y eso hacía que me quedara
un poco más cada vez que entraba de noche en la habitación. Al final,
eso sería mi perdición.

—¡Ay! ¡Mierda! —susurré cuando me di con la rodilla contra la
puerta del cuarto de baño, que había dejado abierta.

Me quedé inmóvil, a la espera del más mínimo atisbo de movimiento. Mi mente se adelantó y buscó alguna razón que explicase qué hacía
allí a esas horas de la noche.

*¿Para cambiarle las sábanas? No, idiota, todavía está acostada. ¿Oíste
un ruido y te acercaste a comprobar que todo iba bien? Sí, vale. Eso podría
valer.*

No importaba que fuera yo el que había provocado el ruido.

Pasaron cinco segundos, durante los cuales me quedé inmóvil como
una estatua en la oscuridad, con los oídos totalmente alerta mientras
esperaba algún sonido que indicara que necesitaría una excusa para
justificar mi presencia.

Pero no ocurrió nada: ningún movimiento, ni gritos ni nada parecido.

Así que continué con mi peculiar misión nocturna. A esto se dedica-
ban los tipos que no tenían otra cosa que hacer por la noche, ¿verdad?
¿A llevar natillas a las habitaciones de hospital en plena oscuridad?

Algo totalmente normal.

Saqué el pequeño paquete del bolsillo y lo dejé cuidadosamente
junto a una cucharilla de plástico en la mesa de madera que estaba al
lado de su cama. No estaba seguro si lo de comerse las natillas con el
dedo había sido algo voluntario o no. Todos teníamos nuestras manías,
así que supuse que le daría la opción de elegir. La higiene es algo maravilloso, sobre todo en un hospital.

La luz de la luna que entraba por la ventana le iluminaba los mechones de cabello, por lo que parecía que tuviera un halo dorado alrededor de la cabeza. Daba la impresión de ser inocente, pero había una sabiduría que iba más allá de nada de lo que yo hubiera visto y que le salía por los poros de la piel. Tuve ganas de alargar una mano y tocarle un simple mechón simplemente para saber cómo sería el tacto del pelo de un ángel entre mis dedos.

En vez de eso, me di la vuelta. Ya me había entretenido bastante por una noche.

Me dirigí esta vez en un silencio más profundo hacia la puerta. Alargué una mano y le di la vuelta al picaporte poco a poco antes de salir.

En ese momento, una voz alegre murmuró algo a mi espalda.

—Desde luego, tú no estabas en mi lista.

Pillado.

Sabía que no podía hacer nada para escapar, así que me metí las manos en los bolsillos y me giré en redondo. Estaba muy despierta. Se había incorporado hasta quedarse sentada en la cama, con una camiseta ancha y unos pantalones cortos, y me miró en silencio mientras se abrazaba las piernas a la altura de las rodillas.

—¿Tu lista? —le pregunté a la vez que pulsaba el interruptor que encendía la luz del techo. Estar de pie en mitad de la oscuridad cuando ya estaba despierta me pareció raro y desconcertante.

—Sí, hice una lista con los sospechosos más probables para investigar quién me dejaba las natillas por las noches. Tú no estabas, ni de lejos. Vaya, no suelo estar tan equivocada —dijo un tanto sorprendida.

—¿Y cómo te sientes?

—¿Qué?

—Con lo de estar equivocada.

—Bueno... creo que me gusta. Es emocionante —me respondió con una sonrisa tímida.

—¿Y quién estaba en esa lista?

Di unos cuantos pasos hacia el interior de la habitación sin sacarme las manos de los bolsillos.

—Mmm... bueno, mi madre. La borré casi de inmediato. Se marcha demasiado pronto. Ahora da clases por la mañana. No solía hacerlo porque a esa hora me las daba a mí, pero desde que terminé el instituto eso ya no es un problema, como es evidente, y... oh, estoy hablando por los codos.

—Entonces, ¿no fuiste a la escuela? —le pregunté mientras me sentaba en el sillón gastado de la esquina, con la esperanza de que eso le calmara los nervios.

Bajó la mirada y jugueteó con los dedos.

—No, nunca. Estudié en casa —me respondió lentamente—. Mi madre da clases en una de las facultades del pueblo. Era profesora en la universidad de California, pero cuando empecé a ir a la guardería, decidió renunciar a su puesto de catedrática en el departamento de estudios religiosos. En vez de eso, empezó a dar clases nocturnas para poder estar de día conmigo. Siempre he odiado que tuviera que renunciar a la carrera por la que tanto había luchado simplemente para enseñarme historia y álgebra a lo largo de los años, pero a ella nunca pareció importarle, o al menos, nunca lo ha demostrado. Mi abuela se quedaba por las noches cuando yo era pequeña, y después de que se muriera, venía una enfermera.

La última parte la dijo en voz baja.

—¿Quién más había en esa lista? —le pregunté para que dejara atrás un tema que me pareció que le resultaba difícil.

—Grace.

—¿Quién?

—Grace. Es una enfermera del turno de día. Tiene el pelo negro y largo y lleva batas de Disney y de Hello Kitty aunque nunca ha trabajado en pediatría.

—Ah, te refieres a Blancanieves —le dije.

Soltó un resoplido de risa por la nariz, y eso me hizo sonreír. Nadie en mi casa había soltado un sonido semejante en público. Era un sonido sincero, agradable.

—Es un buen apodo para ella. Es perfecto.

—No me lo inventé yo. Fue otro de los que trabaja aquí. Dijo que la oyó cantar, y jura que los pájaros se acercaban a la ventana para escucharla. Así que, desde ese día, es Blancanieves.

—Es que le gusta mucho cantar. Pero deduje que tampoco era ella, así que eso solo dejaba a Abigail.

—Ah. ¿La nieta de Nash? La he visto por aquí. Es encantadora, pero no compartiría unas natillas contigo. Los niños no comparten los postres de chocolate —le expliqué con una sonrisa.

—Es una buena filosofía de vida —respondió en voz baja—. ¿Cómo tienes la rodilla?

La miré sorprendido.

—¿Estabas despierta?

Asintió.

—¿Cómo crees que iba a descubrir la identidad secreta de mi proveedor de natillas?

—Vaya... una mujer inteligente.

—Me alegro de que te hayas dado cuenta.

—¿Todas las mujeres inteligentes se comen las natillas con los dedos?

Me recosté en el sillón y alcé una ceja en un gesto de interrogación.

Abrió la boca avergonzada.

—Ay, Dios. ¿Lo viste?

Un breve gesto de asentimiento y una leve sonrisa burlona, que no pude evitar, fueron mi única respuesta.

Empezó a parlotear de nuevo.

—Normalmente utilizo una cuchara. Como una persona normal. Es decir, ¿quién se come las natillas con los dedos? Es asqueroso. Y tenía las manos limpias. ¡De verdad, limpias de verdad! —afirmó afligida.

—Tampoco es que nadie estuviera mirando.

Alcé una ceja y ella escondió la cabeza en las rodillas.

—Bueno, pues por lo que parece, tú sí que estabas mirando. ¡Qué vergüenza! —exclamó entre risas.

—Eh, Lailah, no pasa nada. Todos tenemos costumbres raras. Seguro que yo tengo unas cuantas. Hay gente que se come bocadillos de mantequilla de cacahuetes y pepinillos o moja las patatas fritas en helado. A nuestra propia manera todos estamos un poco locos.

—Estoy bastante segura de que esos ejemplos son de mujeres embarazadas —señaló.

—¿Qué?

—No creo que nadie que no lleve a otra persona en el útero pueda ser capaz de tragarse mantequilla de cacahuete y pepinillos al mismo tiempo. Es asqueroso. Y lo repito para que lo sepas: siempre utilizo una cucharilla, excepto esa vez.

—Vale, vale —respondí, pero dejando que la incredulidad tiñera mi voz.

Ella soltó un bufido de frustración y yo no pude evitar reírme en voz baja mientras me levantaba del sillón.

El sonido de mi propia risa me llegó a los oídos y, de repente, tuve un dilema. No recordaba la última vez que de mis pulmones había salido algo remotamente parecido a la risa. No estaba seguro de qué sentir al respecto.

—Será mejor que vuelva al trabajo. ¿Necesitas algo antes de que me vaya? —le pregunté con rapidez a la vez que miraba a mi alrededor y comprobaba brevemente su vía intravenosa y el monitor de oxígeno.

—Pues... no. Estoy bien.

Al oír mi tono de profesional clínico, volvió de inmediato a comportarse como la chica tímida que había conocido días antes.

—Vale, pues nos vemos.

—Vale.

Esta vez, tenía la puerta medio abierta cuando su hermosa voz hizo que me detuviera de nuevo.

—¿Jude?

El hecho de oír mi nombre por primera vez en sus labios hizo que algo me apretara el pecho. Era algo extraño y olvidado hacía ya tanto tiempo que ni siquiera lo reconocí.

Me volví hacia ella.

—¿Sí?

—¿Te parece bien que te llame así? —me preguntó dubitativa, con sus brillantes ojos azules clavados desde el otro lado de la habitación en la placa que me colgaba del cuello.

Asentí y tomé en una mano la identificación de plástico.

—Es mi nombre.

—La próxima vez... ¿podrías venir un poco antes y quedarte un ratito?

No pude evitar sonreír de oreja a oreja, y asentí antes de darme cuenta de que lo hacía.

—Claro. Nos vemos.

5

Sin más opciones

Lailah

Jude es mi admirador secreto.

Mi admirador secreto es Jude.

¿Puedo llamarlo así? ¿Cómo llamo a la persona que me ha traído postres de chocolate de madrugada? ¿Hay un nombre para eso?

Me gusta admirador secreto, así que me lo quedo.

Jude.

Chocolate.

Suspiré.

—¿Lailah? ¿Has oído algo de lo que te he dicho?

—¿Eh? —exclamé a la vez que me obligaba a salir de la ridícula espiral de pensamientos adolescentes que no paraban de darme vueltas por la cabeza.

—¿Estás bien? hoy pareces un poco ausente.

—Estoy bien. Solo un poco cansada.

Me había quedado completamente despierta después de aquella visita nocturna, con la cabeza llena de preguntas, pensamientos y posibilidades. Lo primero que me pregunté fue «¿Por qué lo hace? ¿Qué lo impulsa a hacerlo? ¿Simplemente está siendo amable, o hay algo más?».

Rechacé rápidamente cualquier idea de que aquello fuera más de lo que parecía y llegué a la conclusión de que tan solo estaba siendo amable. Ese hombre podría tener sin problemas a cualquier mujer que le apeteciera. Probablemente podría chasquear los dedos y aparecerían sus admiradoras aturulladas con batas bordadas con «Te queremos, Jude», dispuestas a jugar a la enfermera traviesa. Seguro que no necesitaba llevarles postres a las pacientes del hospital para conseguir acostarse con alguien.

Incluso en un universo alternativo en el que quizás me viera como algo más que una paciente, yo no podría seguir ese camino. Nunca. Mi vida era demasiado estresante y emocionalmente turbulenta como para compartirla con nadie. Pedirle a alguien que entrara en mi mundo sería como pedirle que renunciara a su propia vida para cuidar de la mía. No podría hacerle eso a nadie.

El amor no era una opción para mí.

Sin embargo, me encantó la idea de tener otro amigo. Aparte de a Grace, no conocía a nadie de mi edad. Las conversaciones con el doctor Marcus y con Abigail eran entretenidas, pero a veces deseaba relacionarme con alguien que estuviera en mi mismo plano emocional.

—Bueno, pues necesito que prestes atención —me insistió mi madre llevándome de vuelta a la conversación que se suponía que estábamos teniendo—. He hablado con el doctor Marcus a primera hora de la mañana.

—¿Y por qué no ha hablado conmigo?

Odiaba que todavía me trataran como a una niña.

—Iba a hacerlo, pero le pedí que antes me dejara hablar contigo a solas. Llegará dentro de poco.

Eso no suena bien.

—Ha revisado las pruebas de la última semana y las ha comparado con las dos semanas anteriores —me dijo titubeando.

Apartó la mirada, pero me dio tiempo a ver la lágrima solitaria que le bajaba por la mejilla. El cabello rubio le tapó la cara, pero supe que su expresión sería triste.

—¿Sí? ¿Y qué ha encontrado? ¿Qué pasa, mamá?

—Cree que tu corazón ha empeorado.

—Siempre va a peor, mamá —le dije mientras intentaba que no me afectara lo que acababa de oír.

—Ha llegado el momento, Lailah.

Me lo dijo con dulzura, pero yo sabía lo mucho que le había dolido pronunciarlo.

Insuficiencia cardíaca congestiva.

Había oído esas palabras antes y sabía que todos los tratamientos y las cirugías acabarían llevándome a este punto.

—Eso lo hemos oído antes, cuando nos dijeron que la única opción era un trasplante. Lograron hacer otras cosas, como sustituirme el marcapasos. Me ha ido bien.

—Lailah, esta vez no hay solución posible. Ya no hay más tratamientos o cirugías viables. Tuvimos suerte la última vez, Marcus consiguió darte unos cuantos años más, pero esta vez no puede. Lo único que nos queda es buscar un corazón nuevo.

Una lágrima solitaria se multiplicó y la cara le quedó cubierta de manchas de rímel que le bajaban por las mejillas.

—Bueno, ¿qué hacemos ahora? —pregunté en voz baja.

No llores, Lailah, no llores.

—Marcus se está encargando de que te trasladen al hospital de la UCLA otra vez. Aparte de eso, solo podemos rezar para que la compañía de seguros haga lo que tiene que hacer.

Asentí, aturdida, cuando se acercó para sentarse a mi lado, antes de atraerme hacia ella con un abrazo. Todo se había vuelto dudoso y desconocido desde que el jefe de mi madre había cambiado de compañía de seguros el año anterior. Las primas de riesgo se habían disparado, y a eso se le habían añadido las nuevas leyes sanitarias, y nadie sabía qué estaba ocurriendo.

Los sonidos habituales de la habitación, los pitidos, el ruido de los pasos en el exterior, todo se desvaneció. Lo único que oía era el retumbar en mis oídos y las palabras que se repetían una y otra vez en mi cabeza.

Trasplante de corazón.

No hay otra opción.

Mi madre se había gastado todo el dinero que tenía en pagar las facturas médicas. Vivíamos al día en un pequeño apartamento en las afueras de Santa Mónica. No hablaba de ello, pero yo sabía que había gastado todos los ahorros y el dinero del plan de jubilación para pagar las facturas atrasadas del hospital. Si me denegaban el trasplante o algo me pasaba, no sería capaz de cubrir esos gastos. Eso la destrozaría.

Odiaba que mi enfermedad hubiera llegado a ese punto.

Era la eterna carga.

—Bueno, ya encontraremos una solución —le dije con la cabeza apoyada en su hombro.

—Sí, sí que lo haremos. Tú y yo, ya está.

Mi madre me trajo la cena esa noche, y nos quedamos sentadas en mi cama, con una sencilla comida de bocadillos y fruta.

Cuando nos daban una mala noticia, mi madre traía la cena. Creo que era su modo de hacer frente a la situación. Las malas noticias eran algo que ella no podía controlar. A mi madre le encantaba controlarlo todo. Prácticamente me había criado dentro de una urna de cristal en su intento de protegerme de todo lo que pudiera afectar a mi débil corazón. Cuando la cosa iba mal, se quedaba cada vez más callada mientras reagrupaba sus fuerzas y lo planificaba todo de nuevo.

Después de cenar, me anunciaba su plan maestro. Cuando llegaban malas noticias, mi madre siempre respondía con alguna clase de plan. Aunque fuera uno tan simple como seguir todas las indicaciones del médico o mandarme a la cama una hora antes, eso hacía que volviera a tener el control.

A mi madre le encantaba tener el control.

Temí que en aquel caso no pudiese trazar ningún plan maestro para recuperar las riendas de la situación.

Después de que mi madre se marchara esa noche, no tardé mucho en ponerme a juguetear con el pelo.

Me hice una trenza hacia un lado, y luego la deshice de repente con los dedos. Me recogí el pelo en una cola de caballo, pero luego me lo solté de nuevo de golpe. Finalmente, dejé que los mechones de color rubio platino me cayeran sobre los hombros.

¿De verdad estoy aquí sentada jugueteando con mi pelo?

Una única conversación con Jude, y tuve que recordarme que simplemente había sido amable conmigo, y me había convertido en una de «esas chicas» de la noche a la mañana. Me sentí totalmente ridícula, así que agité la cabeza para sacudirme el pelo y que se quedara como quisiera. El hecho de que me hubiera puesto mi mejor camiseta y un par de mallas negras era una mera coincidencia.

Soy tan débil.

Me dejé caer en la almohada y cogí el último libro que había escogido para abrirlo por la página donde me había quedado. Apenas había leído una página cuando alguien llamó suavemente a la puerta.

—Adelante.

La manija giró y apareció Jude, con una bata de color verde azulado. Llevaba una copa de natillas y...

¿Un juego de tablero?

—¿Quieres que juguemos al Scrabble? —le pregunté mientras me echaba el pelo detrás de una oreja a la vez que intentaba no sonrojarme.

Dejé el libro a un lado, me senté con las piernas cruzadas y miré cómo entraba.

—No, vamos a jugar a Operación —me contestó a la vez que colocaba el juego a los pies de la cama—. Lo encontré en el cuarto de los empleados. Creo que se lo regalaron de broma a uno de los cirujanos. Bueno, espero que no te moleste que haya elegido este juego, pero se me ocurrió que a lo mejor querías hacer algo distinto.

Bajé la mirada al tipo de aspecto torpe de la tapa de la caja y sonreí.

—Es perfecto —respondí, y dejé escapar la respiración que había estado conteniendo sin darme cuenta—. Justo lo que necesitaba.

Puso no una, sino dos copas de natillas en la mesa que había al lado de la cama y luego dejó dos cucharillas al lado.

—Una es mía —me avisó con una leve sonrisa.

Se acercó al sillón que había en la esquina y lo arrastró para dejarlo al lado de la cama. Pensé en sugerirle que se sentara a mi lado en la cama, pero perdí de inmediato el valor. La idea de tenerlo tan cerca me provocó un escalofrío. Me dio una de las copas, y los dos nos pusimos a comer. No hubo comentarios burlones sobre comer con una cuchara en vez de con los dedos.

—¿Ha sido un mal día? —me preguntó mientras colocaba la caja en la cama.

Levantó la tapa de cartón y sacó el gran tablero de juego. El mismo individuo de cara boba que había en la tapa nos devolvió la mirada. Su expresión inquieta y con los ojos abiertos era divertida, y eso ya me ayudó a levantar el ánimo.

—¿Cómo lo has sabido? —le pregunté.

«¿Tan mala pinta tengo?»

—Ha sido una suposición. Parece que necesitas desconectar.

—Así es —admití—. La verdad es que sí. Ha sido un día duro.

—¿Quieres hablar de eso? —se ofreció.

Me tocó el primer turno, y saqué con las pinzas diminutas el pequeño cono de helado que estaba congelándole el cerebro al hombre.

No hay zumbido. Un éxito.

—¿Tienes tiempo? —bromeé, pero sin que la risa apareciera en mis ojos.

—Tengo tiempo. ¿Para qué sirven si no los descansos para comer?

Su mirada cálida se cruzó con la mía cuando se preparó para su turno.

—¿Quieres decir que no tienes alguna cita interesante para comer?

—Bueno, sí que tenía planes.

—Ay, lo siento. No tenías que haberlos cancelado. Bueno, quiero decir, todavía puedes...

Las palabras salieron a trompicones como las manzanas de una carreta volcada.

—Era broma, Lailah —me tranquilizó, y alargó una mano para ponerla sobre la mía.

Desvié la mirada hacia el punto donde su mano me había tocado la piel, y no pude apartar la vista. Me sentí marcada. Al igual que en los breves instantes en los que sus dedos me rozaban al quitarme la banda para medir la presión sanguínea o se inclinaba para comprobar el goteo intravenoso, el corazón se me aceleraba y notaba cómo se me enrojecían las mejillas. Llevaba toda la vida aceptando que me tocaran y me examinaran. A los veintidós años, ya estaba más que acostumbrada a que gente desconocida invadiera mi espacio personal, pero mi cuerpo reaccionó a Jude de un modo muy diferente, completamente nuevo. Casi me sentía arder con cada leve contacto de su piel.

—La única cita que he tenido en mis descansos para comer ha sido la máquina expendedora. En serio, créeme, no tengo que estar en ningún otro sitio —me dijo a la vez que apartaba la mano para coger las pinzas.

—Ah. Bueno... vale. Si estás seguro. Quiero decir que lo podríamos dejar para otro momento.

—Estás desviándote del tema, y a propósito. Vamos, cuéntame tu día —me insistió, y me sacó así de mis divagaciones premeditadas.

—Necesito un trasplante de corazón —dije sencillamente.

Jude dejó inmediatamente de prestarle atención al juego y sus ojos verdes se centraron en los míos un instante después.

—¿Están seguros de que no hay otra opción?

—Sí, bastante seguros. Nací con un corazón demasiado grande. Mi primera operación a corazón abierto me la hicieron a los pocos días de nacer. Desde entonces, he pasado por unas cuantas operaciones más y por decenas de otros tratamientos. Me han mantenido con vida, pero un corazón defectuoso no puede durar mucho.

—¿Tienes miedo? —me preguntó con suavidad.

—Sí, por mi madre sobre todo.

—¿Por qué?

—Temo los «¿Qué pasará si...?». ¿Qué pasará si el seguro no lo cubre? ¿Qué pasará si algo sale mal? ¿Qué pasa si no... sobrevivo? ¿A quién recurrirá ella?

—¿No tienes más familia? —preguntó, y tiró la copa vacía a la papelera.

—No. No llegué a conocer a mi padre. Se largó de casa antes de que naciera. Desde que murió mi abuela, solo estamos mi madre y yo. Odio tener que verla pasar otra vez por todo esto.

—¿A qué te refieres con eso de otra vez? —me preguntó

El juego había quedado totalmente olvidado.

—No es la primera vez que me dicen que necesito un trasplante. El corazón empezó a fallarme hace unos cuantos años. Me dijeron que la mejor opción era un trasplante, así que me pusieron en la lista de búsqueda de donantes. Milagrosamente, apareció uno disponible.

Frunció el ceño en un gesto de confusión.

—¿Qué pasó?

—Se suponía que yo no debía saber nada. No te lo suelen decir hasta que es totalmente seguro y te llaman para la operación, pero el doctor Marcus tenía tantas esperanzas... No fue culpa suya —le aclaré.

Solo había intentado hacer lo correcto.

—Encontrar alguien compatible y en el mismo hospital fue como si los ángeles trajeran un milagro. Simplemente intentaba que todo encajara. Vino a mi habitación y me dijo que una mujer había sufrido un accidente de coche, y que era donante de órganos. Dijo que era una equivalencia perfecta, y que tenía muchas esperanzas.

—¿Qué pasó? —preguntó en voz baja.

—La familia cambió de opinión en el último momento.

El silenció se apoderó de la habitación y me quedé contemplando las sombras oscuras recortadas contra la pared. Luego bajé la mirada y vi a Jude recostado contra el respaldo del viejo sillón azul. Se había quedado tremendamente quieto y callado.

—¿Y dices que eso pasó aquí, en este hospital? —me preguntó.

—Sí, aquí —le confirmé, y sentí curiosidad por esa pregunta.

—¿Cuánto hace?

—Mmm… Estaba a punto de cumplir los diecinueve, así que fue hace unos tres años. Creo que hacia finales de mayo.

El silencio se volvió a apoderar de la habitación, con Jude completamente inmóvil. No entendí ese repentino cambio de actitud.

¿Le habré molestado por algo?

De repente, de un modo que casi me sobresaltó, se levantó y se giró hacia mí.

—Tengo que irme. Creo que se acaba de terminar mi descanso para comer —dijo casi monótono.

—Ah, vale —respondí.

—Ahora tengo dos días libres, y cuando vuelva probablemente estaré hasta arriba de trabajo, así que no sé si podré escaparme algún rato —dijo con bastante rapidez a la vez que daba un paso atrás con cada palabra que pronunciaba hasta que desapareció.

Miré a mi alrededor en la habitación e inspiré profundamente. Luego volví la vista a la puerta cerrada.

Estaba a solas. Otra vez.

Bajé la mirada a la partida abandonada, que apenas habíamos empezado, la copa de natillas vacía que había al lado. En ese momento, la realidad de lo que había pasado ese día me dio de lleno por fin.

Ni el chocolate, ni los juegos ni las visitas extrañas de ningún auxiliar de enfermería podían ocultar el hecho de que mi corazón se estaba quedando sin fuerzas.

¿Qué pasa si no estoy preparada para eso?

Cuando me enteré que la familia había cambiado de opinión, me enfadé tanto que le pedí al doctor Marcus que hiciera todo lo posible por eliminar la necesidad de un trasplante. No le gustó nada mi decisión, pero logró que saliera adelante y encontró tratamientos médicos alternativos a lo largo de los años siguientes. Aquella noche me había dado miedo y me había recordado lo valiosa que es la vida.

Debía apagarse una vida para que otra continuara. Todavía no estaba lista para esa responsabilidad.

Después de echarle un último vistazo a la habitación, cerré los ojos. Derribé por fin las paredes que había construido a mi alrededor para contener las emociones, me acurruqué en la cama, me rendí a las emociones de ese día y lloré hasta quedarme dormida.

6

Egoísta

Jude

No sé qué hice el resto del turno después de salir de la habitación de Lailah esa noche. Recuerdo que cumplí con la rutina, fui de una tarea a otra, mientras sus palabras resonaban una y otra vez en mi cabeza hasta que prácticamente se me grabaron a fuego en el alma.

Encontrar alguien compatible y en el mismo hospital fue como si los ángeles trajeran un milagro.

La familia cambió de opinión en el último momento.

No podía ser. No era posible.

No podía creerme que fuera verdad.

Para cuando terminé mi turno y me puse de camino a mi casa, ya me había convencido de que, para empezar, era una locura.

Pero luego, una vez sentado en la oscuridad de mi solitario apartamento esa misma noche, me permití hacer algo que había jurado no volver a hacer jamás. Dejé que mi mente volviera a esos horribles momentos en el hospital, tres años antes, cuando me entregué a mi parte más egoísta.

No podéis hacerlo. Todavía está ahí. ¡La vais a matar! —grité lleno de desesperación. El eco del sonido ronco de mi voz resonó por al pasillo de blanco austero.

—Jude... empezó a decir Paul, el padre de Megan, con un tono de voz pasivo que intentaba ser tranquilizador.

Pero no me tranquilizó. Lo único que consiguió fue aumentar todavía más mi agresividad.

—Escúchame. Esto es muy duro para nosotros, para todos nosotros...

Se le quebró la voz por el dolor y se llevó un puño tembloroso a la barbilla en un intento por controlar las emociones.

La madre de Megan, Susan, se le acercó y entrelazó su mano de dedos diminutos con la suya y apretó suavemente. Me giré.

—Los médicos dicen que ya no se puede hacer nada más. Ha muerto, hijo. Tenemos que dejarla ir.

Esas palabras me chocaron contra el pecho como si fueran un ariete. No había muerto. La veía, estaba justo detrás de aquella puerta.

—Su corazón sigue latiendo. Veo que se le mueve el pecho con cada respiración. Todavía puedo tocarle la piel. No está muerta —afirmé con rotundidad, pero con cada palabra, mi voz sonó más débil.

—Los médicos dicen que es donante de órganos, y que alguien más podría vivir gracias a ella. Su corazón sigue sano. Vivirá a través de alguien más. Jude, es algo que ella hubiera querido. Ya les hemos dicho que sí.

No podía comprenderlo. No podía soportar la idea de que hubieran tomado esa decisión, de que hubieran decidido apagar su vida. No sabían lo que deparaba el futuro.

—¿Cómo sabéis que ha muerto? ¿Y si la estáis matando? —les grité, y vi que aquellas palabras les hirieron antes de que las lágrimas me emborronaran la visión

Me dejé caer de espaldas contra la pared y luego me deslicé hacia el suelo hasta quedarme sentado.

Mi futuro estaba detrás de esa puerta. Ella lo era todo para mí. No podían llevársela. No lo permitiría. Nadie se llevaría su vida o su corazón. Jamás.

Había ganado la batalla ese día. Después unas cuantas discusiones más, a los padres de Megan no les quedaron fuerzas para seguir luchando. Había plantado la semilla de la duda en sus mentes, y finalmente, se vinieron abajo. Les dijeron a los médicos que no habría donación de órganos, y yo pasé el resto del día al lado de Megan, sosteniéndole la mano mientras intentaba que recuperara la consciencia. Quería demostrar que todos se equivocaban y creí que solo sería necesario mi amor para que regresara.

Pero ni siquiera el amor es suficiente para traer a alguien de vuelta cuando la mente ya estaba perdida.

Megan murió tres días más tarde.

En ese momento, los padres de Megan todavía podrían haber donado su corazón y muchos de los órganos que no se habían visto afectados por el accidente de coche, pero habían perdido la voluntad de hacerlo. Al darles la esperanza de que quizás se recuperara, había convertido esos últimos días en un infierno para ellos. Dos médicos distintos la habían declarado cerebralmente muerta, pero, por alguna razón, yo creí que sabía más que ellos. No había dejado que sus padres llevaran el luto como lo necesitaban hacer. No asistí al funeral, y no había abandonado California desde entonces.

Vivo con la culpabilidad de ese día horrible y egoísta desde entonces. Los padres de Megan habían sido capaces de superar su dolor y ver más allá. Sabían que otras personas podrían seguir viviendo, aunque su hija hubiera muerto.

Por qué yo no pude.

Había sido egoísta, muy egoísta.

¿Acaso mi egoísmo era la razón por la que Lailah todavía estaba en una habitación de hospital, viendo la vida pasar en vez de vivirla?

Tenía que averiguarlo.

Pasé todo mi primer día libre metido en mi apartamento. Odiaba los días libres. Levantaba pesas, comía ramen, veía los partidos de fútbol americano, y para cuando terminaba el día, estaba medio histérico por estar encerrado. Por días como ese era por los que terminaba haciendo tantos turnos en el hospital. A diferencia de la mayoría de la gente, no soportaba estar solo. Cuando no tenía compañía, lo único que me acompañaba eran los recuerdos. Nada era capaz de impedir que el sentimiento de pérdida y la abrumadora sensación de vergüenza se apoderaran de mí cuando no tenía el caos del hospital para evitar que mi mente volviera a recorrer esa senda oscura y desolada.

Puede que no hablara mucho, y que mis compañeros de trabajo me consideraran un tanto demasiado raro, pero al menos el bullicio del trabajo me mantenía ocupado. También me permitía volver al lugar donde todavía sentía a Megan. Mi familia me había suplicado que volviera a casa. Después de cambiar de número de móvil, prácticamente renegué de ellos y desaparecí. No volvería a mi casa. Ya no tenía casa a la que volver.

El viaje a California con Megan había sido un regalo sorpresa de mis padres. La noche de nuestra graduación universitaria, nuestras familias se reunieron para celebrar nuestro éxito común. Me puse de rodillas y le pedí a la chica de la que llevaba enamorado desde primero de carrera, cuatro años antes, que fuera mi prometida. Todo el mundo se había emocionado, y para celebrarlo al estilo peculiar de mi familia, mi padre nos había regalado un viaje de dos semanas a California y Maui.

Había pronunciado un discurso sobre lo orgullos que estaba y la impaciencia que sentía por incorporarme al negocio familiar. En realidad, ya llevaba en el negocio desde el instituto. Tenía un don especial para los números y el análisis, y para mi padre había sido una mina de oro. A los quince años, era capaz de predecir y evaluar el mercado mejor que él, que tenía sesenta años. Había logrado escapar en cierto modo de casa e irme a la universidad.

Cuatro años, Jude. Eso es lo único que vas a conseguir.

Mi padre había alzado la copa desde el otro lado de la mesa y había brindado por nosotros, la pareja feliz. Nos había deseado buen viaje al mismo tiempo que me miraba con una expresión que decía «Ha llegado la hora de cobrarme».

La diversión y la buena vida estaban a punto de acabarse.

Me había marchado a California a sabiendas de que mi padre volvía a ser el dueño de mi vida, así que me había dedicado a hacer todo lo posible para que Megan y yo lo pasáramos mejor que nunca en California porque tenía miedo de lo que le pasaría a nuestras vidas cuando volviéramos.

Llevábamos una semana de vacaciones, y el día antes de que tomáramos el avión para ir a Hawái, quedamos con una gente a la que habíamos conocido en la zona. Después de una tremenda fiesta que duró hasta la madrugada, jugamos a piedra, papel, tijera en mitad de las calles vacías para ver quién perdía y conducía de vuelta al hotel.

Perdí tres veces seguidas.

—No quiero —gimoteé la vez que arrastraba los pies para causar más efecto.

—¡Jude! Estoy agotada, ¡y has perdido! ¡Te toca conducir! —me gritó Megan, que caminaba delante de mí.

La ceñida falda negra que llevaba puesta le acentuaba el culo con cada paso que daba sobre los tacones.

«Mi futura mujer está muy buena.»

Sus largas piernas morenas eran kilométricas, y tenía un maravilloso cabello castaño por el que me encantaba pasar los dedos y...

—¿Me estás mirando el culo? —dijo a la vez que se daba la vuelta en redondo de repente. Se llevó una mano a la cadera y alzó una ceja

«Pillado.»

—Mmm... a lo mejor. Si te digo que tienes un culo precioso, ¿conducirás tú de vuelta al hotel? —le pregunté con una sonrisa voraz.

—¡Uf! A lo mejor deberíamos quedarnos por aquí esta noche —me contestó.

—¡No!

Rechacé de inmediato esa idea. Recuperé las fuerzas en las piernas durante un momento al pensar que podía acabar pasando la noche con Megan en algún sitio que no fuera la cama de tamaño descomunal de nuestro hotel. Troté hasta ponerme a su altura.

En ese momento, llegamos por fin al coche de alquiler, que teníamos aparcado a unas cuantas manzanas de la fiesta, y frené un poco los últimos pasos.

Me pegué a ella y la empujé contra el coche.

—Si nos quedamos aquí, acabaremos durmiendo en un sofá apestoso con un puñado de universitarios borrachos.

—Nosotros éramos unos universitarios borrachos hasta hace pocas semanas, por si lo habías olvidado.

—Sí, pero ya no lo somos, y tenemos esta cama de hotel —la besé en el hombro—, increíble —subí los besos por la clavícula—, genial —me detuve sobre sus labios—, y enorme. Quiero sacarle todo el partido, ¿te parece?

Noté cómo empezaba a respirar con más fuerza con cada beso sobre la piel. Para cuándo llegué a sus labios y estaba a punto de besarlos, prácticamente estaba jadeando.

—Sí —murmuró.

—¿Sí, qué, Megan?

—Sí, quiero volver a la habitación del hotel —respondió.

No pude evitar la sonrisa que me apareció en la cara. Le di rápidamente un beso en los labios y una palmada en el culo.

—Bien. Entonces, ¿conduces tú?

Al ser una persona encantadora y gentil, había aceptado las llaves del coche y se había sentado en el asiento del conductor, dispuesta a conducir ella aunque me tocara hacerlo a mí.

Esos fueron los últimos momentos que tuve con ella mientras todavía estaba consciente y a mi lado. Minutos después, los trozos de cristal llovían sobre nosotros mientras el chirrido del metal se me marcaba a fuego y de forma permanente en el cerebro.

La miré mientras el mundo daba vueltas y vueltas y pensé en todas las cosas que habría querido decirle antes de que muriera y que no había podido. Le habría podido decir tantas cosas en esos últimos minutos en el aparcamiento si lo hubiera sabido.

No habíamos llegado a vivir juntos. Lo guardamos todo en cajas después de la graduación y nos centramos en mudarnos por fin para estar juntos, pero antes habíamos planeado un poco de diversión.

Después de su muerte, no me quedó nada de ella y ningún sitio al que ir donde todavía estuviera presente. Sus padres se habían llevado sus cenizas y las habían enterrado en un terreno que poseían cerca de su casa de Chicago. Yo ya había terminado la universidad y no quería volver a mi casa porque ella no estaba allí. Así que no me marché de California. No me marché del hospital. Me limité a vagabundear por los pasillos hasta que Margaret me ofreció el trabajo.

Por eso mis días libres eran tan complicados. No tenía vida en California aparte del hospital. Para mí, no era simplemente un trabajo. Era donde me sentía con más vida, o todo lo vivo que podía llegar a sentirme.

Cuando la persona con la que ibas a empezar a pasar el resto de tu vida muere antes de que esa vida ni siquiera haya podido comenzar, ¿cómo puedes sobrevivir? Para mí, fue poniendo un pie delante de otro y volver otra vez al lugar donde más sentía su presencia.

Era un fantasma ambulante.

Cuando tenía días que eran peores que otros, volvía a ese pasillo, a esa habitación donde le había sostenido la mano mientras contemplaba su cuerpo malherido e intentaba que volviera a la vida con mi simple fuerza de voluntad. Cuando recorría los pasillos del hospital, sabía que ella ya no estaba, pero que lo había estado una vez. Si cerraba los ojos, casi la veía.

Eso se parecía a vivir, ¿no?

En un intento desesperado por huir de mis pensamientos funestos y mi apartamento vacío, mi segundo día libre me aventuré a salir al mundo. Me puse unos pantalones cortos, una camiseta vieja y las zapatillas deportivas a primera hora de la mañana y me fui a la playa. Estaba por lo menos a unos diez kilómetros de mi casa, la distancia perfecta. No quería volver a casa hasta que estuviera tan agotado que apenas pudiera mantenerme en pie.

Para cuando llevaba unos seis kilómetros, había establecido un buen ritmo y las piernas me ardían. Los pies daban incesantemente contra la acera al compás y mi mente quedó en blanco mientras oía el ruido de fondo que me rodeaba. Era día de diario, por lo que las calles estaban casi vacías de niños jugando y riendo, pero todavía quedaba bastante vida a la que escuchar. Un grupo de madres pasó a mi lado hablando de lo que fuera que hablan las madres. Los cortacéspedes zumbaban y los coches pasaban a buena velocidad. Dejé que la mente se me quedara en blanco y en lo que me pareció tan solo cuestión de minutos, me vi contemplando las aguas de color azul cristalino del Pacífico.

Era principios de junio. Aunque los chicos de California estaban todavía en clase, el resto del país disfrutaba de las vacaciones de verano. Todavía no era la temporada alta de turismo, pero empezaba a serlo. El muelle de Santa Mónica estaba bastante ajetreado. Decidí no seguir mi ruta habitual para correr, y en vez de eso, me dirigí a la izquierda para relajarme y pasear por la arena.

Me quité los zapatos y me acerqué hacia el agua. La arena estaba cálida por el calor del sol, y sentí el tremendo contraste cuando el agua helada del mar me cubrió los pies. Las olas de color turquesa se extendían hacia el infinito, en todas las direcciones, hasta donde me alcanzaba la vista. Los rayos de sol centelleaban sobre al agua mientras bailaba hacia delante y atrás en la orilla.

Probablemente llevaba recorrido medio kilómetro cuando oí que gritaban mi nombre a mi espalda. Conocía a unas cuatro personas en total en Lo Ángeles, bueno, cinco si incluimos al repartidor de pizza, así que, al principio, no respondí. Pero ¿cuánta gente en el mundo se llama Jude? No es que mi madre se hubiera conformado con alguno de los diez nombres más populares.

Me di la vuelta y vi al doctor Marcus, que se me acercaba. Llevaba puesto un traje de neopreno negro, y tenía el cabello cubierto de arena.

—Hola, Jota —me saludó, y me dio una fuerte palmada húmeda en la espalda.

Llevaba el traje de neopreno abierto hasta la cintura, lo que dejaba a la vista su pecho moreno y parte de su cuerpo de surfista. Tuve que admitirlo: para ser un hombre maduro, el doctor Marcus estaba en muy buena forma.

—¿Qué haces a la luz del sol y en mi zona de playa? ¿Por fin has decidido aceptar mi oferta y venir a que te dé unas cuantas lecciones de surf? —bromeó con una sonrisa mientras me miraba a través de las gafas de sol.

Miré un momento a las olas y negué con la cabeza.

—No, no. todavía tengo demasiado de neoyorquino como para hacer surf —le respondí también en tono de broma. Me arrepentí de inmediato de lo que había dicho. Nunca le había dicho al doctor Marcus de dónde era. Intenté evitar cualquier posible pregunta al respecto añadiendo una explicación—. Solo he salido a echar una carrera, y pensé que me vendría bien refrescarme un poco.

—Vale. Bueno, yo ya me retiraba —dijo girando la mirada hacia el paseo—. Las olas son una mierda hoy. ¿Quieres tomar algo? Hacen unos tacos de pescado de fábula.

Señaló un puesto mexicano que había un poco más arriba.

Dudé, preocupado por la posibilidad de que mi pequeño desliz pudiera provocar una avalancha de preguntas personales, pero el doctor Marcus parecía sincero. En todos los años que llevábamos coincidiendo, jamás había insistido para conseguir información personal. No supe por qué, pero en ese momento me sentí paranoico de que empezara a hacerlo en ese momento.

—Claro. Suena bien —respondí.

Nos acercamos a su furgoneta y allí se cambió de ropa con esa rapidez mágica que tienen los surfistas. Menos de dos minutos después, se había quitado el traje de neopreno y se había puesto unos pantalones cortos y una camiseta limpia. Me miré la camiseta corriente y sudada que llevaba puesta con la que había corrido los casi diez kilómetros, y pensé que probablemente no olía demasiado bien.

Sin embargo, noté que la tensión disminuía después de cruzar el aparcamiento, al entrar en el restaurante.

Era un lugar pequeño, con unas cuatro mesas desparejadas de plástico verdes y blancas y unas cuantas parecidas en el exterior. El menú estaba escrito en una pizarra de plástico con rotulador borrable y no había una sola palabra en inglés. Con aquel ambiente despreocupado y relajado, supuse que mi aspecto poco elegante no sería un problema.

Escogimos una de las mesas verdes del exterior. Las patas de plástico de la silla se combaron un poco cuando me senté. Había un televisor antiguo colocado en una esquina, y tenía puesta la CNN. El doctor Marcus pidió por los dos, en español, por supuesto. Aparte de «dos» y «gracias», no entendí una sola palabra de lo que dijo.

Mi padre se había gastado una fortuna en profesores privados de idiomas, así que tenía cierta preparación en unas cuantas lenguas cuando entré en secundaria. No tardamos en descubrir que los idiomas no eran uno de mis puntos fuertes. Recordé que mi tutor le dijo a mi padre que, basándose en mi aptitud para los idiomas, suerte tenía de haber aprendido a hablar en inglés.

—¿Estás metido en cosas de la Bolsa? —me preguntó el doctor Marcus, lo que hizo que apartara la mirada de las listas de números diminutos que se veían en la parte baja de la pantalla.

Había dejado atrás mi antigua vida, pero de vez en cuando me quedaba mirando cuando veía el teletipo bursátil en alguna cadena. Quizás quería ver cómo fallaban sin mí, o quizás que tuvieran éxito sin mí.

Estaba hecho un jodido lío.

—No, solo lo típico de los tíos. La tele está encendida, así que tengo que quedarme mirando la pantalla —respondí en un intento desesperado de bromear.

Me miró incrédulo, pero no dijo nada al respecto. Seguimos hablando de las cosas típicas e insulsas, como el tiempo, las noticias del día y si creíamos que habían cambiado de marca de café en la cafetería del hospital, hasta que llegó la comida.

No había bromeado. Los tacos estaban espectaculares, con fletán fresco y las tortillas de maíz hechas a mano. Los devoramos en nada. Dejamos que los tacos se aposentaran en el estómago tomándonos las cervezas y picoteando los triangulitos de maíz mojándolos en la salsa mientras veíamos pasar a los patinadores y a los corredores. El doctor Marcus no parecía tener prisa. O también era su día libre, o tenía turno de tarde.

De repente, me acordé de mí última pausa para comer, la que había pasado con Lailah, y allí estaba yo, comiendo con su médico.

El mejor momento para conseguir unas cuantas respuestas.

—Doctor Marcus, usted es el médico de Lailah Buchanan, ¿verdad?

Tomó un sorbo de cerveza antes de dejar lentamente la botella en la mesa.

—Sí, lo soy. En realidad, lo he sido desde que era una niña. ¿Por qué?

Eso me sorprendió.

—¿Desde que era una niña? Pero usted no es pediatra. ¿Es que lo fue?

Se puso a mirar más allá de la arena, al agua que tanto adoraba. Siguió hablando sin volverse hacia mí, contemplando el agua azul y cristalina mientras me contestaba.

—No, nunca he sido pediatra. Hay cierta relación entre la madre y yo. Es... complicado. Cuando descubrí lo que padecía Lailah, le pedí que fuese paciente mía. No lo dudé ni un segundo. También acudió a un cardiólogo pediatra mientras crecía, pero yo supervisaba todo lo concerniente a los asuntos médicos. —Se calló cuando volvió la mirada a la mesa antes de centrarla en mí—. ¿A qué se debe ese repentino interés en Lailah? —me preguntó con suspicacia.

Me recordó al momento en el que conocí al padre de Megan. Después de salir durante dos meses, su familia me había invitado a pasar el fin de semana de Pascua en su casa. Su padre me había seguido los dos días como un sabueso. No creo que doblara una sola esquina de la casa sin encontrarme cara a cara con sus ojos azules.

—Solo es curiosidad. He pasado por su habitación y he charlado con ella unas cuantas veces. He hablado mucho con los pacientes de esa planta —dije procurando que Lailah no fuera el centro de atención—. Es muy diferente a emergencias. Conozco a la persona de cada habitación por la que paso, y termino hablando con ella.

En realidad, las dos únicas personas con las que había hablado eran Nash, el escritor loco, y Lailah. Para mí, todos los demás con los que me había relacionado en esa planta se mantenían exactamente igual que los pacientes de emergencia: sin rostro.

—Pasa con los pacientes —admitió el doctor Marcus—. Para mí, Lailah es especial. Tiene un camino muy duro por delante. Las dos lo tienen —dijo, y era obvio que también se refería a la madre.

—Lailah me contó que casi tuvo un trasplante —comenté, aliviado de que fuera él quien hubiera vuelto a hablar de ella.

—Sí, fue horrible.

—¿Sabe lo que pasó?

Ya sabía lo que iba a contarme.

La fecha que Lailah ya me había dado confirmaba mis temores. A finales de mayo, tres años atrás, yo estaba de rodillas en un pasillo del hospital suplicándole a mi futuro suegro que no me arrebatara a Megan.

—La familia cambió de idea. Ocurre más veces de las que te crees. Me mantuve totalmente al margen del asunto. Era demasiado personal para mí. Piensa que había incumplido el protocolo al contárselo a Lailah antes de que todo estuviera resuelto y preparado. No podía arriesgarme a que me inhabilitaran como médico si me involucraba más. No te puedes imaginar lo mucho que quise suplicarle a esa familia que se lo pensara otra vez.

Si supera que yo soy la razón por la que se negaron...

—Pero tendrá otra oportunidad, ¿no? —le pregunté en un tono de voz un tanto optimista.

—Eso espero. Lo espero de corazón.

Terminamos la cerveza, e insistí en pagar a medias.

—Ni hablar. Invito yo, Jota, fue idea mía —replicó levantando las manos en gesto de protesta.

—Pagaremos a medias, doctor Marcus, porque si no, esto sería una cita. Al invitarme, me convierte en su chica, y tengo muy claro que no voy a ponerme una falda por usted —contesté con una sonrisa.

—Vale, vale. ¡No te pagaré los puñeteros tacos! Tranquilo —dijo, y se echó a reír.

Rechacé su ofrecimiento de llevarme a casa y nos despedimos. Comencé a recorrer el camino a mi casa. El sol estaba en lo más alto del cielo, justo encima ya del agua como si ya se empezara a preparar para el maravilloso espectáculo del atardecer. Decidí caminar la mayor parte del camino. Todavía me sentía bastante lleno por el almuerzo, y necesitaba un poco más de tiempo para reflexionar sobre todos los pensamientos que se me arremolinaban en la cabeza.

Entonces es cierto.

Yo soy la razón por la que Lailah Buchanan todavía tiene que seguir luchando por su vida.

Si hubiera sido mejor persona, si hubiera sido capaz de superar mi propio egoísmo y si hubiera pensado en otros en vez de en mí mismo, Lailah tendría... el corazón palpitante de mi prometida en su pecho.

Joder, no sé cómo enfrentarme a esto.

El paseo se convirtió en un trote, que a su vez se convirtió en una carrera aterrorizada. Por muy culpable que me sintiera por lo que hice aquel día, por mucho que me doliera pensar que podía haberle salvado la vida a Lailah, la idea de que otra persona tuviera el corazón de Megan me angustiaba. No, me mataba. No podía soportar la idea de que una parte de Megan siguiera viva y yo no pudiera formar parte de esa vida. Sabía que no era su corazón lo que la había hecho ser como era, pero seguía siendo suyo. Le había dado la vida y había bombeado sangre a sus venas.

Si quedara algo de Megan, ¿cómo no iba a querer estar cerca de eso?

Antes de darme cuenta de hacia dónde estaba corriendo, me encontré en la puerta del hospital. Me senté en un banco vacío y apoyé la cabeza en las manos.

Desde la noche que Megan tuvo el accidente, no solo había destruido la vida de mi prometida, sino que, al parecer, también le había destrozado la vida a Lailah. Mi Megan había muerto, pero para mí, su recuerdo seguía flotando por los pasillos del hospital igual que los trozos de papel cortado son arrastrados por el viento. Pero Lailah todavía estaba viva, y su maravillosa alma brillaba en todo lo que hacía. Pensé en sus conversaciones barbotadas, en su obsesión por las natillas de chocolate y en la forma que parecía no venirse nunca abajo por lo que le había deparado el destino.

Tenía que compensar a Lailah de alguna manera, y tenía que asegurarme de que conseguía otro trasplante.

No estaba seguro de cómo iba a hacerlo, pero por una vez en mi vida, quería hacer algo por otra persona... sin importar las consecuencias.

7

La lista de «Algún día...»

Lailah

Trasplante de corazón.

Trasplante de corazón.

Quizás si lo escribo las veces suficientes, llegaré a aceptarlo.

Trasplante de corazón.

No, no funciona.

Siempre he sabido que sería el final de la partida, el espectáculo final. ¿Por qué me cuesta tanto que el cerebro me acepte esas tres estúpidas palabras?

No fue tan difícil la última vez.

Trasplante de corazón.

No, sigo sin hacerme a la idea.

Mamá tiene muchas esperanzas, pero ¿yo? Mi habitual actitud de qué bonito es todo está ahora mismo llena de temores. Esta vez tengo la sensación de que voy a acabar arrastrada por una tremenda tormenta, y que no quedará nada de la joven que era antes de todo.

Un par de leves golpes en la puerta me sacó del torrente de palabras que estaba vertiendo en las páginas de mi diario. Lo cerré con rapidez y lo dejé en mi regazo. Desde que un terapeuta me dijo que escribir me ayudaría a soportar la situación, había llenado diarios a mayor velocidad de la que mi madre podía guardarlos.

—Adelante —respondí.

El corazón se aceleró al pensar en quién podría ser. Jude no se había pasado desde que se había marchado tan raro hacía ya cuatro días.

Quizás se pasa a ver cómo estoy.

El ritmo cardíaco comenzó a bajar en cuanto vi que era Abigail. Me miró a los ojos un momento antes de bajar la vista al suelo. Estaba más callada de lo habitual, y traía unos cuantos libros bajo el brazo.

¿Estará bien? ¿Habré hecho algo que la moleste?

En vez de su habitual carrera enloquecida cuando entraba en mi habitación, se acercó lentamente a mi cama y se sentó en ella con cierta duda.

—Hola, Abigail. Esta noche vienes un poco tarde. ¿Qué pasa? —le pregunté con voz alegre.

Me enseñó los libros que traía. Uno era mi ejemplar de El diario de *Anna Frank*, y el otro lo que parecía ser un diario. Estaba encuadernado en cuero y tenía grabadas las iniciales de Abigail con unas letras de mucha floritura. Quizás era demasiado formal y poco infantil para una niña de nueve años, pero tuve en cuenta que era un regalo de su abuelo, así que no me sorprendió.

—¿Querías que me lo leyera porque te estás muriendo? —me preguntó.

La pregunta me pilló por sorpresa, y tardé un momento o dos en responder.

—¿Qué? ¿Por qué me preguntas eso?

Los ojos se le llenaron de lágrimas y bajó la mirada a la foto antigua que ocupaba la cubierta del libro.

—Porque ella muere al final. Pensé que... como estás aquí... —miró a su alrededor, a la habitación de hospital y al numeroso equipo médico que me rodeaba—. Quizás es tu manera de decirme que tú también vas a morir.

Dios, qué tonta he sido.

—Ay, cariño, ven aquí —le dije al mismo tiempo que ponía mi diario en la mesa contigua a la cama.

Abrí los brazos para que se acomodara entre ellos. Su pequeño cuerpo encajó perfectamente al lado del mío sobre la cama. Le acaricié el suave cabello castaño y enrosqué las puntas entre mis dedos.

—Lo siento. No debería haberte prestado el libro sin avisarte del final triste. Ha sido irresponsable por mi parte.

—¿De verdad que se murió? —me preguntó.

Me limité a asentir con la cara pegada a su mejilla.

—A veces, el mundo no va como nosotros quisiéramos —le expliqué sin dejar de juguetear con la punta de sus cabellos.

Se acurrucó contra mí.

—¿Y qué hay de ti? —me preguntó dubitativa a la vez que alzaba la cabeza para fijar sus grandes ojos castaños en los míos.

—¿A qué te refieres? —quise saber.

—¿Te vas a morir, Lailah?

Inspiré profundamente e incluso pensé mentirle.

Mucha gente le miente a los niños. ¿Tan terrible es ahorrarles la pena de saber algo si eso les va a provocar dolor?

Pero ¿cuántas veces me han mentido los adultos cuando era pequeña? ¿Cuántas veces ha endulzado mi madre la verdad para que me fuera más fácil aceptarla?

Sabía que mi madre lo había hecho porque me quería y no quería hacerme daño, pero eso me hacía sentir débil y pequeña.

Lo último que quiere un niño es sentirse pequeño.

—No lo sé, Abigail. De verdad que no lo sé. Los médicos hacen todo lo que pueden —le contesté con sinceridad.

Me miró fijamente a los ojos durante un momento más, y luego, por fin, volvió a recostarse sobre mi pecho.

—Espero que lo consigan.

—Yo también lo espero.

Así fue exactamente como nos vio Jude un buen rato después, cuando entró en mi habitación. El corazón se me sobresaltó nada más verle, y estoy bastante segura de que la niña que tenía pegada al pecho lo notó. Abigail alzó la vista cuando entró. Jude se quedó completamente inmóvil en cuanto nos vio abrazadas en la cama, y se dio cuenta de que había irrumpido en algo muy personal.

—Oye, tú eres ese que habla de libros con mi abuelo —dijo Abigail a la vez que se incorporaba hacia Jude.

El rostro de Jude se iluminó un poco, y se balanceó con un movimiento nervioso a la vez que le sonreía a Abigail.

Fue una sonrisa preciosa. Aquel gesto tímido y natural apenas le tiró de la comisura de los labios, y provocó la aparición de un diminuto hoyuelo en su mejilla izquierda.

Debería sonreír más menudo. Siempre, por ejemplo.

—Lo soy. A tu abuelo le encanta hablar de libros —dijo con un poco de sorna al final.

Eso me hizo creer que la mayor parte del peso de la conversación la llevaba Nash, y no me sorprendió. Jude parecía más bien de los que escuchaba.

—¿En qué andan metidas esta noche, señoritas?

Dio otro paso despreocupado hacia nosotras antes de guardarse las manos en los bolsillos.

—Hablábamos de morir —respondió Abigail con sencillez.

Abrí los ojos de par en par y la miré de inmediato. No había lágrimas en sus ojos, simplemente sinceridad.

Los niños pueden ser tan extraños.

Me pregunté si también había sido tan directa cuando tenía su edad.

—Ah... bueno, pues...

Jude se esforzó por encontrar una respuesta durante unos momentos, y se llevó una mano a la nuca mientras me miraba en busca de ayuda.

Me encogí de hombros, así que sus ojos llenos de pánico siguieron mirando por la habitación hasta que vieron el diario de Abigail.

—Oye, ¿qué es eso? —preguntó.

—Ah, es mi diario, mi abuelo me lo regaló. Le pedí uno rosa con joyitas, pero me dijo que este era para escritores de verdad.

Al igual que la noche en que me había visitado, Jude cruzó la habitación, arrastró el sillón hasta mi cama y se sentó. Se inclinó hacia Abigail.

—¿Me leerás algo? —le pidió.

Abigail frunció la nariz y luego negó con la cabeza.

—Vamos, seguro que tienes escritas cosas preciosas.

—Todo es muy tonto.

—Siempre que escribas sobre las cosas que te hacen feliz, nada se podrá considerar tonto —añadí a la vez que le acariciaba la espalda en un gesto de ánimo.

—Vale, pero prometed que no os vais a reír.

Miré a Jude por encima de la cabeza de Abigail, y ambos sonreímos. Después de jurarle que no nos reiríamos, accedió a leernos un poema.

Los pandas son bonitos,
Los delfines son simpáticos
El azúcar es dulce
Justo como tú.

Los dos nos pusimos a aplaudir a la vez y Jude se puso en pie para rendirle una ovación.

Abigail se bajó de un salto de la cama y salió corriendo de la habitación para contárselo a su abuelo. Su risita aguda llenó la habitación y me dejó animada.

—Ha sido un detalle precioso de tu parte —le comenté cuando Abigail se marchó.

—Parecíais muy tristes cuando entré. Tenía que hacer algo para levantaros el ánimo.

—Bueno, pues ha funcionado. Verla salir entre risas ha sido perfecto. Así es como suelo verla, llena de vida y energía. Odio pensar que se la he quitado.

—No se la has quitado —me dijo mientras volvía a sentarse en el sillón, al lado de mi cama. Se reclinó y apoyó los pies en las barras de la cama.

Parecía relajado y cómodo, y por alguna razón, eso hacía que yo no me sintiera así. De repente, quise alisarme el pelo y comprobar que no tenía la camiseta manchada

¿Qué camiseta llevo puesta?

Me llevé la mano de inmediato al cuello de la camiseta, y respiré relajada cuando noté el suave tejido de algodón que me cubría el pecho. Entonces me di cuenta de que Jude había visto aquel comportamiento tan extraño, y que me miraba en silencio.

—Ah..., es que odio ponerla triste —dije casi farfullando en un intento por volver a hablar de ella y apartar la atención de mi obsesión con mi camiseta. Tenía que cambiar de tema—. Bueno... ¿hoy no hay natillas?

—No, la cafetería está cerrada —me contestó.

No me miró a los ojos, y eso hizo que me preguntara si me estaba diciendo la verdad.

—¿Has estado muy ocupado? —le pregunté, porque también me intrigaba por qué no se había pasado durante unos cuantos días.

¿Es que me ha estado evitando a propósito?

—Sí, tenía dos días libres y prácticamente me he pasado corriendo desde el comienzo de turno hasta el final desde que he vuelto. Hoy ni siquiera he tenido tiempo para comer, así que esta noche solo me puedo quedar unos minutos.

Seguía sin mirarme a los ojos.

—Era un poema muy bonito.

La misma sonrisa tímida apareció en su rostro cuando por fin me miró a los ojos.

—Sí, sí que lo era. Me alegra que lo haya compartido con nosotros. No es fácil desnudar el alma de ese modo, aunque sea para hablar de pandas.

Sonreí.

—¿Tú también eres un poco poeta, Lailah?

Alzó la ceja derecha hasta formar un arco atractivo sobre su ojo de color verde claro.

¿Un arco atractivo? ¿De verdad? Necesitas una vida más plena, Lailah.

—No, la poesía sin duda no es lo mío. La vida que me rodea es bastante aburrida, así que escribo.

—¿Sobre qué?

—Sobre cualquier cosa, sobre todo. Suelo parlotear. Parlotear se me da bien. Escribo sobre los días que paso dentro y fuera del hospital. Si tengo un buen día, escribo. Si tengo un mal día, escribo. Tengo listas —añadí con una sonrisa.

—Listas, ¿eh? No me sorprende —respondió. Era obvio que recordaba nuestra primera conversación, cuando había mencionado mi lista de sospechosos—. ¿Qué clase de listas?

—De toda clase, como los tipos de tratamientos que me han puesto, los libros que he leído, los libros que quiero leer, y además, tengo «la lista».

—Eso suena importante —comentó con cierto humor.

—Supongo que es mi lista de cosas que tengo que hacer antes de morir. La llamo «la lista de algún día».

—Así que es tu lista de «ir a Tahití y bucear o hacer salto en paracaídas».

—Sí, algo así, pero la mía es un poco distinta —le dije a la vez que abría el cajón que tenía al lado y sacaba el cuaderno blanco y negro donde guardaba mi lista.

—¿Puedo verla? —me pidió inclinándose hacia mí.

—¡No! —respondí con quizás demasiado énfasis.

Sostuvo las manos en alto delante de él con gesto de derrota antes de retirarse.

—Vale, no se toca el libro de una mujer. Lo pillo.

—Lo siento. —Me eché a reír—. Es que... no se la he enseñado nadie, pero te leeré un poco, si quieres.

Se reclinó de nuevo en el sillón y asintió.

—Sí, me gustaría. ¿Cuántas cosas tienes en esa «lista de algún día»?

Pasé las páginas rápidamente hasta que llegué al último número. Lo hice simplemente por espectáculo. No necesitaba saber cuántos había, porque había pasado muchas horas con aquel pequeño cuaderno.

—Ciento cuarenta y tres —respondí.

Entrecerró los ojos al sonreír.

—¿Qué es lo número uno?

Negué con la cabeza antes de bajar la mirada a la lista.

—No. Ese no. escoge otro.

—Vale. —Se echó a reír—. Dime el catorce.

—Mmm... Meter los pies en el mar.

—¿Qué?

—Quiero meter los pies en el mar.

—Pero si vives a menos de quince minutos de la playa —me recordó.

Suspiré.

—Es irónico, ¿verdad? Es una de las ventajas de ser yo y tener una madre tan protectora como la mía. Llevo enferma toda la vida, lo que significa que me han cuidado desde que nací y mi madre se lo ha tomado muy en serio. Caminar por la arena es mucho esfuerzo. Dios no quiera que me quede sin aire. Así que, nada de ir a la playa, y nada de meter los pies en el agua.

Me miró fijamente a los ojos, como si estuviera pensando en algo.

—Dime otro. ¿El sesenta y dos? —me preguntó.

Recorrí la lista de números con el dedo hasta que llegué donde me había pedido.

—Preparar una comida yo sola, desde el principio hasta el final.

—¿Qué tiene tu madre contra cocinar?

—No sé si tiene algo contra cocinar en sí mismo. Es que nunca me ha dejado hacerlo. Si alguien del hospital no se encarga, ella se ocupa de servirme. ¿Sabes lo que es que te cuiden como a una niña cuando ya eres una adulta? Es enloquecedor.

—No eres una niña.

El modo en que me miró hizo que me ruborizara por el sofoco.

—¿Me contarás unas cuantas más mañana por la noche? —me preguntó mientras se levantaba.

Se desperezó un poco, lo que hizo que se subiera el borde de la camiseta. Eso dejó a la vista un poco de piel morena. Debería haber apartado la vista, pero no lo hice. Logré subir los ojos justo a tiempo de devolverle la mirada cuando bajó los brazos a los costados.

—Sí, te contaré unos cuantos más, pero solo si me haces algo a cambio —dije, y dejé el cuaderno en la cama.

—Depende de lo que sea —respondió arqueando de nuevo una ceja.

Sigue siendo atractivo.

—¿Me traerás más natillas? —le pregunté con una sonrisa.

Se echó a reír.

—Vale, tenemos un trato.

8

Mover montañas

Jude

Sentado en aquel banco del hospital unas cuantas noches antes, estaba seguro de una cosa, solo de una. En lo que se refería al futuro previsible, iba a dedicar mi vida a hacer que el de Lailah fuera mejor.

Por culpa de mi egoísmo, quizás Lailah había perdido la oportunidad de tener una vida saludable y libre de hospitales.

Tenía que compensarla por eso»

Yo había provocado el accidente que había matado a Megan. Había incumplido la última voluntad de mi prometida y no había permitido que donaran sus órganos. Había gritado y había hecho daño a su familia cuando se encontraban dolidos y de luto, y le había dado la espalda a la mía.

Era un ser humano terrible.

Pero podía redimirme con la chica que estaba en aquella cama de hospital. De alguna manera, podría arreglarlo todo. No estaba seguro de cómo, pero esa noche me había marchado del hospital sintiéndome reivindicado y decidido. Volví corriendo a casa, dejé que el ardor que sentía en los pulmones se extendiera hasta los pies que impactaban contra la acera y supe que, de algún modo, arreglaría la situación.

Eso era lo que iba a hacer.

Al día siguiente, después de entrar en el hospital, ponerme mi uniforme azul verdoso, fichar y colocarme la placa, me di cuenta de algo.

No soy más que un auxiliar de enfermería.

Ya no era Jude Cavanaugh. Era Jude, el auxiliar de enfermería. No era más que un hombre olvidado que trabajaba en un hospital corriente, que pagaba su alquiler, y que, a fin de cuentas, apenas ganaba lo suficiente como para comprarse una pizza y alquilar una película cada semana.

¿A quién quiero engañar? No puedo salvar la situación. Apenas soy capaz de salvarme a mí mismo.

El hombre en el que me había convertido no podía mover montañas y hacer que las cosas sucedieran simplemente porque él quería. Había perdido ese poder cuando dejé atrás mi antigua vida y me había puesto el uniforme del hospital.

Caminé hacia el puesto de enfermería del ala de cardiología sintiéndome derrotado, desesperado y perdido.

Había conseguido joder muchas vidas con apenas veinticinco años.

¿Qué te parece eso como legado?

Evité pasar por la habitación de Lailah durante los siguientes dos días. Acepté todas las tareas posibles que me mantuvieran alejado de esa habitación. No soportaba la idea de que sus grandes ojos azules me devolvieran la mirada a sabiendas de que yo era el motivo de que todavía siguiera allí.

Si hubiera sabido que era alguien como Lailah quien iba a recibir el corazón de Megan, ¿habría tomado otra decisión? ¿Habría sido capaz de despedirme de mi prometida sabiendo que así salvaba a una muchacha tan llena de vida y esperanza como Lailah?

La verdad era que no lo sabía.

Y por eso había vuelto a su habitación, aunque me había dicho a mí mismo que no lo haría.

No pude evitarlo.

Lailah me confundía y me intrigaba como ninguna otra persona había hecho. Se enfrentaba a una situación extraordinaria en la que miraba a la muerte cara a cara todos los días. Y sin embargo, cuando entré en su habitación, se llevó la mano al pelo de inmediato y se sonrojó.

¿Por qué lo hace?

Farfullaba cuando se ponía nerviosa y hacía listas como una persona mayor que estuviera perdiendo la memoria. Enfrentada a semejante desafío, era exactamente la clase opuesta de persona que esperaba que fuera.

Cuando Megan murió, me convertí en alguien amargado y agrio. Me había aislado de todos aquellos a los que conocía. Me había alejado de la vida que se suponía que iba a tener y había desaparecido. La vida de Lailah había sido una mala situación tras otra, y a pesar de ello, se enfrentaba a todo cara a cara.

Cuando mencionó su lista de deseos, supe que había encontrado mi misión.

Puede que no dispusiera del poder que tenía en mi antigua vida, pero todavía podía mover montañas. Bueno, colinas al menos.

Lo primero que tenía que hacer era aprender a cocinar.

Después de eso, ya averiguaría cómo conseguirle un trasplante.

—Oye, Nash, me han dicho que te marchas ya mismo —le dije cuando entré en su abarrotada habitación.

—Sí. Intenté convencer a esa hermosa chica de pelo negro azabache para que se fugase conmigo, pero se echó a reír y me dijo que ya estaba comprometida.

—¿Quién? ¿Grace? —le pregunté mientras me acercaba a la cama para comprobar sus constantes vitales.

—Sí, me recuerda a una princesa exótica. Quiero quitarle ese estúpido uniforme horrible y cubrirla de seda. También me gustaría cubrirla de nata y lamerla hasta que ronroneara.

Esa descripción hizo que me detuviera en seco justo cuando le estaba poniendo el manguito para medir la presión sanguínea.

—Ah... vaya.

Me esforcé por encontrar algo que comentarle, pero no se me ocurrió nada.

Sonrió como el gato de *Alicia en el País de las Maravillas*. La sonrisa casi le cubrió media cara. La blancura de sus dientes eran un contraste con lo moreno de su piel.

—Lo decías en serio. No hablas mucho.

Tras comprobarle la presión, le quité el manguito del brazo y volví al pequeño carrito que llevaba conmigo para introducir los datos en el ordenador.

—Supongo que he perdido un poco la práctica.

—¿No tienes amigos?

—No de los de verdad.

Volví al otro lado de la cama para comprobar el goteo intravenoso.

—¿No tienes familia?

—No.

Me balanceé un poco, incómodo ante la repentina andanada de preguntas.

—¿Y qué hay de las mujeres? Seguro que un hombre como tú tiene una mujer esperándolo.

—No, ya no.

Sentí que el dolor que me producía pronunciar aquellas palabras era semejante al de una espada que me atravesara el corazón, un corazón que todavía latía, a diferencia del de Megan, algo que yo había impedido de un modo egoísta.

Fue obvio que vio el dolor reflejado en mis ojos, porque ya no dijo nada más. Me dejó hacer mi trabajo, y me dediqué a cumplir una tarea tras otra hasta que las terminé todas.

Cuando estaba a punto de irme, recordé una de las historias que me había contado a principios de semana. Nash estaba lleno de historias. Su vida era una cascada interminable de anécdotas, y como si no tuviera suficientes procedentes de la vida real, también se las inventaba.

Tenía más de cuarenta novelas en su haber, y me había enterado, gracias a Google, de que era uno de los escritores de ficción con más éxito. Había ganado todos los premios literarios posibles, y también era conocido por ser un poco extravagante. De moral relajada, y más relajado todavía en lo que se refería al dinero, tenía reputación de ser un tanto gamberro, y por eso tenía varios divorcios a sus espaldas, amén de bastantes hijos y nietos.

Me había contado tantas cosas de su vida desde que lo conocí que conocía su biografía mejor que mi propia vida. Recordé una de sus historias con mayor claridad porque podía ayudarme con el problema que tenía entre manos.

En los ochenta, durante un especialmente largo periodo de bloqueo del escritor, Nash había decidido trabajar como cocinero. No tenía ninguna experiencia en absoluto, y me comentó que probablemente el encargado era demasiado estúpido o estaba demasiado bebido cuando lo contrató, pero pensó que el trabajo le proporcionaría algo de inspiración. Exploró el mundo culinario durante seis meses.

—Fui el peor cocinero en la faz de la Tierra... al principio. Pero cuanto más lo intentaba, mejor me salía. Al igual que una virgen, al principio era torpe y chapucero, pero practiqué, practiqué ¡y practiqué! Y luego, ¡pam! Todo empezó a salirme de forma natural.

Nash siempre conseguía que en todas sus historias apareciera algún detalle sexual. Se le podía llamar un don, pero a mí me parecía que simplemente era un viejo verde.

—Oye, Nash —dije dándome la vuelta.

—Dime, mi callado amigo.

—¿Me podrías ayudar a preparar una comida? Quiero hacerle la cena a alguien, pero soy un cocinero de mierda, de verdad.

Sonrió de oreja a oreja y la expresión de su cara se volvió más cálida.

Treinta minutos después, salí con una tonelada de notas y un leve dolor de cabeza por la tremenda cantidad de palabras, pero tenía una comida y un plan.

Sabía que para lo que tenía planeado necesitaría bastante más de la hora libre que tenía para comer, así que al día siguiente llegué al hospital con mi ropa de diario y, por primera vez, no fiché. En vez de eso, me dirigí a la cafetería y dejé atrás la fila del personal y demás clientes que esperaban para pagar sus cuentas y le guiñé el ojo a Betty, la encargada de la cafetería. Ella se sonrojó y frunció los labios antes de mandarme un beso a la vez que me indicaba con la mano que entrara en la cocina.

Diez minutos después, ya lo tenía casi todo listo y estaba en el ascensor camino de la unidad de cardiología. Golpeteé el suelo con la punta del pie mientras esperaba que se iluminara el número de la planta y sonara el zumbido, lo que indicaría que la puerta estaba a punto de abrirse.

Estaba inquieto... o directamente nervioso.

No lo sabía. Sin duda, algo me pasaba.

¿Nervioso con cierto toque de ansiedad, a lo mejor?

¿Y si no le gusta en absoluto? ¿Qué pasa si algo sale mal y acaba herida? ¿Cuánta actividad es capaz de soportar? ¿Voy a hacer que tenga un sobreesfuerzo?

Tenía un millón de cosas en la cabeza cuando las puertas del ascensor se abrieron por fin y entré en el pasillo tan familiar ya. Lo que más quería era mejorarle la vida a Lailah. Después de todo lo que había hecho para jodérsela, era algo que necesitaba hacer. Solo esperaba que al entrar en su mundo y formar parte de su vida, no le hiciera más daño que bien.

Quizás debería hablarlo antes con el doctor Marcus.

Me detuve un momento en el puesto de enfermería para preguntar si me podían prestar una silla de ruedas. No era normal que apareciera sin estar de guardia. Tras unas cuantas miradas extrañadas por parte del resto del personal, conseguí lo que quería. Me dirigía a la habitación de Lailah cuando precisamente vi a la persona que estaba buscando.

El doctor Marcus estaba en una esquina, enfrascado en una apasionada conversación con alguien. Hablaba en voz baja, pero estaba claro por el modo en que movía las manos y por la expresión de su cara que estaba convencido de lo que decía.

—¿Por qué siempre sientes esa necesidad de ser tan independiente, Molly? —siseó.

—No volveré a depender nunca de ningún hombre —le replicó ella cruzando los brazos sobre el pecho en un gesto de rabia.

Me resultaba familiar, pero no conseguí situar dónde la había visto antes. El cabello rubio claro y los intensos ojos azules me recordaban a alguien, pero había multitud de rubias en el sur de California. Podía ser cualquier persona.

Quise apartar la mirada, porque era consciente de que estaba escuchando a escondidas una conversación muy personal, pero nunca había visto al doctor Marcus perder su proverbial calma. Siempre había mostrado lo que yo llamaba la «calma californiana», unos modales tranquilos y siempre relajados.

En ese momento, y aunque solo podía verle una parte de la cara desde el lugar donde estaba escuchando, bueno, vale, espiando, me di cuenta de la expresión de sus ojos: rabiosa, llena de pasión.

—¿Crees que eso es de lo único que va todo esto? ¿Crees que he llegado hasta aquí... —hizo un gesto para abarcarlos a los dos— solo porque quería protegerte? ¿Y a Lailah también?

Abrí los ojos como platos y me retiré un poco más. No querían que se dieran cuenta de que estaba allí ahora que sabía que se trataba de la madre de Lailah.

No era de extrañar que sus rizos de color platino y su cuerpo menudo me parecieran tan familiares. Al mirarla de nuevo, me di cuenta de que tenía un tremendo parecido con su hija. Nunca había visto en persona a la señora Buchanan, tan solo había oído hablar de ella por lo poco que me había contado Lailah. En la mayoría de mis turnos no me pasaba hasta mucho más tarde, y ella normalmente ya se había marchado para cuando yo entraba a trabajar.

—No, lo siento. Sé que te preocupas por nosotras, Marcus —respondió, y le tocó el brazo en un gesto titubeante a medida que la rabia desaparecía.

—Lo que siento es mucho más que preocupación, Molly.

Alguien dobló la otra esquina y se separaron con una despedida apresurada antes de caminar en direcciones opuestas. La madre de Lailah se dirigió hacia los ascensores, y el doctor Marcus se encaminó hacia el pasillo donde yo me encontraba. Comencé a empujar la silla de ruedas de nuevo e intenté comportarme de un modo corriente.

—Eh, Jota. ¿Hoy te has puesto elegante para trabajar? —me preguntó mientras se acercaba.

Intentó ocultar la tristeza de sus ojos con una sonrisa, pero no funcionó. Vi que todavía estaba allí, merodeando detrás de aquel intenso color azul. El dolor reconoció al dolor, y yo había visto esa misma expresión en el espejo a lo largo de los tres años anteriores.

—No trabajo hasta la noche. En realidad, he venido a visitar a Lailah.

Su cara mostró una leve sorpresa.

—¿A Lailah? ¿De verdad?

—Sí.

Le expliqué lo que tenía pensado, y me escuchó en silencio mientras me observaba con los ojos evaluadores de una figura paternal. Cuando terminé de contarle, se quedó callado. Me metí las manos en los bolsillos con nerviosismo, a la espera de alguna clase de respuesta. Me pareció una eternidad, y me sentí como una de esas langostas en un tanque de peces de un restaurante de marisco.

Por fin, me habló.

—Es algo muy amable de tu parte, Jude. Creo que lo disfrutará, y que no le pasará nada mientras no tengas pensado hacerla trabajar sobre una cinta de correr —me dijo con una leve risa.

—Haré todo lo posible por evitarlo —respondí.

—Simplemente asegúrate de no unirte demasiado a Lailah. Es inocente. En todos los sentidos —recalcó—. Espero sinceramente que todo salga como lo tienes planeado, pero no quiero que sufra.

Fruncí el ceño en un gesto de confusión.

—No creo que lo entienda, doctor Marcus. No voy detrás de Lailah. Escuche... perdí a alguien. Era mi pareja perfecta, y ocurrió hace ya cierto tiempo. No puedo... no soy capaz de tener esos sentimientos de nuevo —dije balbuciendo.

Me puso una mano en el hombro para tranquilizarme.

—Entonces supongo que no habrá ningún problema, ¿verdad?

Me miró directamente a los ojos, y vi comprensión en ellos. En algún momento de su vida, el doctor Marcus también había perdido a su pareja perfecta.

El único problema era que el fantasma de Marcus todavía estaba muy vivo.

9

Pizza y ángeles

Lailah

Algunos días en el hospital pasaban volando. Abría el diario, encontraba un ritmo y las palabras comenzaban a salir. Antes de que me diera cuenta, alguien llamaba a la puerta para traerme la cena. Me encantaban los días así. Hacían que el tiempo pareciera fluido y valioso.

Ese no había sido uno de esos días.

Apenas era mediodía y había pasado los treinta minutos anteriores contemplando cómo pasaban los minutos lentamente en las manecillas del reloj. Tenía la sensación de que cada minuto duraba más que el anterior, hasta que estuve a punto de levantarme para arrancar el estúpido aparato de la pared.

Eran esos días largos e interminables los que me hacían preguntarme qué sentido tenía todo aquello.

Odiaba los días así. Hacían que dudara de todo, de cada acto, de cada decisión.

Estaba sentada en una solitaria habitación de hospital contemplando un reloj.

¿Esto es modo de vivir? ¿Es vivir en realidad? ¿Para qué tener un corazón palpitando, si ni siquiera sé para qué palpita?

Eran mis dudas más profundas y lúgubres. Mantenía esos sentimientos bien encerrados dentro de mí, y me negaba a aceptar su presencia hasta que me sucedía otro día como esos. Entonces, acababa contemplando de nuevo el ridículo reloj y preguntándome para qué estaba en el mundo si iba a pasar toda mi vida encerrada en esa habitación.

Un leve golpe me sacó del duelo de miradas que tenía con el reloj y, al girar la cabeza, vi que Jude cruzaba la puerta.

Joooder. Madre mía.

Inspiré profundamente e intenté no babear.

Me había acostumbrado a ver a Jude con su habitual ropa de enfermero. Muchas enfermeras y auxiliares llevaban una cierta variedad de uniformes para trabajar. Nadie más llegaba a los extremos enloquecidos de Grace con sus personajes de animación y estampados de fantasía, pero Jude era muy sencillo, y siempre llevaba el tradicional uniforme verdeazulado.

Excepto aquel día.

Y claramente no era un uniforme.

Llevaba puestos unos pantalones vaqueros de color negro y una camiseta negra a juego que se ceñía a su torso como no lo hacía la tela verde que llevaba a diario. Todavía necesitaba un buen corte de pelo, pero parecía que al menos había intentado peinarse pasándose las manos por los mechones.

A mí sí que me gustaría pasarle las manos por el pelo.

Dios, para ya, Lailah.

No supe cuánto tiempo me quedé mirándolo, pero, de repente, me di cuenta de que no le había dicho hola, que ni siquiera le había saludado con la mano.

Nops. Me había quedado allí sentada, con la boca abierta.

—Ah... hola —logré decir, pero sin mucho entusiasmo.

Me sonrió con aquel gesto tímido que ya le había visto, y bajó la mirada un momento al suelo antes de mirarme de nuevo.

—Hola. Ya sé que dije que vendría a visitarte esta noche, pero pensé que quizás te gustaría disfrutar de compañía durante el día.

—Vaya, entonces... ¿puedes caminar bajo la luz del sol? Empezaba a preguntarme si relucirías al hacerlo —le dije riéndome.

Me quedó claro que no entendía el chiste, porque me miró con gesto divertido y negó con la cabeza.

—Bueno, el caso es que tengo una sorpresa preparada, si te animas.

—¿Incluye natillas? —le pregunté.

—Ehhh... no, pero incluye chocolate —me contestó.

—Deberías haber empezado por ahí. Empieza siempre por el chocolate.

—Entonces, ¿eso es un sí? —me preguntó.

—¿A la sorpresa misteriosa? ¿Aunque no tenga ni idea de lo que vamos a hacer o adónde vamos? Mmm... Tenía planeada una tarde bastante ocupada —empecé a decir con ironía—. Iba a pintarme las uñas y a ver una telenovela. Sabes que a Stefano casi lo matan, ¿verdad? Un escándalo.

Puso los ojos en blanco, sonrió más ampliamente y se dio media vuelta. Recorrió en pocas zancadas la distancia que le separaba de la puerta y salió.

¡No!

¿Le habré molestado? ¿Es que la ironía no es socialmente aceptable?

Justo cuando estaba a punto de empezar a masticarme toda la uña rosa del pulgar, la puerta se abrió y apareció de nuevo... empujando una silla de ruedas.

Lo primero que pensé fue «¡Bien, ha vuelto! ¡No le he espantado!».

Lo segundo fue «Agh. Una maldita silla de ruedas».

Si tenía en cuenta que había pasado la mañana maldiciendo al reloj y al destino que me había confinado a aquel lugar, en ese momento estaba dispuesta a ir donde fuera en silla de ruedas con tal de salir de aquella habitación de hospital, y con Jude.

—Bueno, ¿dónde vamos? —le pregunté mientras me sentaba en la silla de ruedas.

Cuando me agaché para colocar los reposapiés, vi que Jude se acercaba para ayudarme, pero lo aparté con un gesto de la mano. No estaba en horario de trabajo, y yo sin duda no era tan frágil como parecía.

—Nops —respondió mientras se ponía de nuevo a mi espalda.

Sus manos me rozaron el hombro cuando se colocó para agarrar los manillares de la silla.

Dio un paso adelante y me lanzó hacia el pasillo.

—¿Qué quieres decir con «nops»?

—Que nops, que no te lo voy a decir.

Solté una palabrota en voz baja y le oí reírse mientras pasábamos por el puesto de enfermería. Se detuvo un momento para decirles que me iba a sacar durante un rato. Se inclinó sobre el mostrador para hablar con un susurro y contarles a las enfermeras el lugar secreto al que me llevaba. Los brazos se le hincharon por el peso del torso, y vi varios de los tatuajes tribales oscuros que le cubrían el brazo izquierdo mientras oía su voz baja.

Me di cuenta de que varias de las enfermeras jóvenes me miraban con curiosidad mientras él les hablaba. De repente, me sentí incómoda bajo su escrutinio. Nunca había ido a la escuela o al instituto con gente de mi edad, así que no supe cómo reaccionar ante aquel tipo de atención. El deseo de salir corriendo y esconderme aumentó con cada segundo que pasaba.

¿Qué les está diciendo para que me miren así?

Grace, que acaba de llegar por el pasillo, me miró y se dio cuenta de inmediato de mi incomodidad. Entró con rapidez en el puesto de enfermería antes de mirarme un momento y de guiñarme un ojo.

—¿Ya habéis visto todas mi anillo? —dijo en voz lo bastante alta como para que yo la oyera.

A eso le siguieron unos cuantos grititos femeninos.

Me reí en voz baja, porque sabía que había desviado a propósito aquella atención que yo no deseaba.

Adoro a esta mujer.

Por suerte, Jude ya casi había terminado antes de que comenzaran los chillidos, y nos dirigimos hacia los ascensores sin que hubiera más ojos inquisitivos mirándonos. Apretó el botón y nos quedamos en un silencio un tanto extraño.

—Bueno, ¿me lo vas a decir ya? —dije por fin.

—Nops.

Me crucé de brazos y dejé escapar un suspiro de exasperación.

Se echó a reír a mi espalda. El ascensor soltó un campanilleo y las puertas se abrieron. Le dio la vuelta a la silla y tiró de mí, por lo que quedamos de cara hacia fuera.

—Tienes la paciencia de un mosquito —me dijo.

Las puertas se cerraron y comenzamos a bajar.

—Tengo mucha paciencia.

—Bueno, pues hoy no la tienes —me replicó.

Un momento después, noté su cálido aliento en la oreja cuando se agachó para hablarme al oído.

—O a lo mejor soy yo el que hace que se te ericen las plumas.

—Ammm...

No se me ocurrió ninguna respuesta ingeniosa, nada que pudiera igualar lo que me acababa de decir, porque me había dejado sin habla. Intenté recuperar la compostura, pero lo único que se me ocurrió fueron tonterías. Su aliento contra mi oído me había dejado convertida en masa farfulladora de letras y sílabas.

¿Por qué me afecta tanto su presencia?

Había crecido en el hospital. Había pasado mis años de adolescencia, la época más vulnerable de la vida de una chica, rodeada y expuesta a gente que me tocaba y me pinchaba, incluidos unos cuantos hombres.

Pero ninguno había hecho que la piel se me sonrosara y el corazón se me acelerara del modo en que él lo lograba.

Era algo que jamás había sentido en mi vida, y también algo que debía olvidar.

Jude no era para mí.

Seguro que no quería un desastre como yo.

Además, tener una vida fuera de las paredes del hospital no era algo en lo que pudiera pensar en esos momentos. La esperanza era una emoción que podía proporcionarle al individuo más pequeño la capacidad de mover montañas, pero si alguien tenía demasiada esperanza en mitad de una situación crítica, esa palabra y todas sus letras podían aplastarlo de repente, hundiéndolo con la creencia imposible de que la situación mejorará de alguna manera cuando no hay modo posible de que lo haga.

Hasta que supiera algo más sobre las posibilidades de un trasplante, me iba a mantener alejada de cualquier idea de esperanza.

—No tengo plumas —dije cuando por fin recuperé la voz.

—¿Qué?

El ascensor emitió otro campanilleo y las puertas se abrieron. Empujó la silla de ruedas y avanzamos. Miré a mi alrededor, pero lo único que vi fue el mismo pasillo aburrido que recorría todas las plantas. No era precisamente una pista.

—Dijiste que me encrespabas las plumas. No tengo alas. No soy un pájaro —le señalé.

Empujó la silla de ruedas hacia unas puertas de cristal. Miré al interior y vi a gente con uniforme hospitalario y con ropa corriente que iba de un lado a otro con bandejas en las manos.

¿Estamos en la cafetería? ¿Me va a invitar a almorzar?

Levanté la vista y me encontré con sus ojos verdes, que me miraban fijamente desde arriba.

—Todos los ángeles tienen alas, Lailah —me contestó.

Entramos empujando las puertas dobles y en vez de dirigirnos a hacer cola con el resto de la gente que esperaba para comer, giró hacia la cocina.

—¿Qué vamos a hacer? —quise saber.

—¡Tranquila! Ya casi hemos llegado —dijo a mi espalda con voz llena de diversión—. Hola, preciosa —añadió saludando a alguien.

Levanté la cabeza de inmediato para ver a quién había saludado.

¿Me va a presentar a su novia? No es precisamente mi idea de pasar una tarde divertida.

Una mujer mayor, probablemente con cerca de setenta años y el largo cabello plateado recogido en un moño complicado, levantó la vista de la caja registradora y pestañeó con coquetería al ver a Jude.

—Hola, Natillas —le contestó—. ¿Es tu chica?

Me miró y me dirigió una sonrisa cálida y arrugada que me recordó a mi abuela fallecida.

—Te presento a Lailah —se limitó a responder.

—Bueno, ahí dentro tienes tus cosas, ya listas. Tómate el tiempo que necesites, cariño.

Jude posó una de sus grandes manos en uno de los diminutos hombros de la anciana y la apretó un momento.

—Muchas gracias —le dijo antes de volver a empujar la silla.

Otras puertas y otros pocos segundos después, estábamos en la cocina de la cafetería.

Miré a mi alrededor y me fijé en los enormes frigoríficos industriales, los hornos y las encimeras de acero inoxidable. Todo brillaba y relucía bajo las luces fluorescentes. En el mostrador situado en el centro había varias bolsas de compra procedentes de una tienda de ultramarinos local por delante de la que mi madre y yo pasábamos camino de casa cuando salíamos del hospital. Al lado de las bolsas había varias pilas de productos, diferentes tipos de carne y queso, y un pastel de chocolate.

—¿Qué hacemos aquí? —le pregunté mientras seguía paseando la mirada por el amplio espacio.

—Vamos a hacer la comida.

Mi expresión debió de pasar a ser de extrema sorpresa, o quizás de miedo, porque soltó una tremenda serie de risotadas. Fue la primera vez que le oí reír de verdad, y fue hermoso. Las demás veces que le había visto reír había sido de un modo tímido y aprensivo, como si no estuviera seguro de tener permiso para hacerlo. Aquella risa lo hacía algo real, como si por fin pudiera ver y oír su alma.

—Pareces avergonzada —me dijo por fin sin dejar de reírse.

—Un poco quizás, pero más bien estoy sorprendida. ¿Vamos a cocinar? ¿De verdad?

Una sonrisa tiró de las comisuras de sus labios.

—Sí. No puedo llevarte a la playa... Bueno, ya sabes, sin sacarte a escondidas y que me despidan, así que supuse que sería mejor hacer esto. No es mucho, pero...

—Es perfecto —le dije interrumpiéndolo.

—Bien. Pues manos a la obra.

—Antes de empezar, tengo que hacerte una pregunta —le dije, y bajé la mirada a la silla—. ¿Tengo que estar aquí sentada todo el rato? Lo digo porque puedo caminar.

—¡Ah! Lo siento. Intentaba seguir las normas del hospital. Claro que puedes levantarte. Pero nada de cintas para correr.

—¿Qué? —le pregunté, totalmente descolocada por el comentario.

Sonrió y se inclinó un poco para ofrecerme la mano mientras me ponía en pie. Normalmente declino la ayuda. Me gusta hacer las cosas por mí misma, pero la idea de tocarlo otra vez fue demasiado tentadora.

Que sepa que no es para mí no quiere decir que no quiera que lo sea. Una chica puede soñar.

Cuando su mano se deslizó dentro de la mía, noté el mismo chisporroteo que me había invadido cuando me susurró al oído. Sentí una oleada instantánea de calor, se me encogió el estómago y el pulso se me aceleró.

Y no tuvo nada que ver con la condición congénita de mi corazón.

Nuestras miradas se cruzaron mientras me ayudaba a levantarme.

—Nada, perdona. Un mal chiste —musitó con rapidez—. Vamos a hacer el almuerzo. Me muero de hambre.

Me soltó la mano y se giró hacia la encimera para empezar a sacar las cosas de las bolsas y empezar a ordenarlas.

—¿Qué vamos a cocinar?

—Pensé en hacer algo sencillo porque es tu primera vez en una cocina y yo soy un cocinero pésimo.

Solté un resoplido y luego me tapé la boca con la mano.

—¿Se supone que me tienes que enseñar a cocinar, y no sabes cocinar? —le pregunté conteniendo la risa.

Dobló la bolsa reutilizable, la dejó en la encimera y se volvió hacia mí. Tenía de nuevo una expresión relajada y divertida. La incomodidad que había mostrado momentos antes, cuando nuestras manos se tocaron, parecía haber desaparecido.

—No he dicho que no sepa cocinar. He dicho que soy un cocinero pésimo. Hay una diferencia.

—Ah, vale. Bueno, ¿qué comida terrible vamos a tomar hoy? —pregunté a la vez que le echaba un vistazo lo que había colocado sobre la encimera.

—Pensé empezar por algo fácil e intentar hacer una pizza. ¿Cómo de mal puede salir una pizza?

—Eso suena a todo un desafío —respondí entre risas.

—Bueno, al menos, intentemos que sea comestible. Me han ayudado. El abuelo de Abigail, Nash, me ha dado unos cuantos consejos, así que estoy preparado. —Sacudió las manos y alargó el cuello como si se estuviera preparando para una pelea—. Sí, podemos hacerlo.

Me reí.

—Vale, vamos a ello.

Por suerte, ya tenía preparada la masa, así que lo único que había que hacer era extenderla.

Era más fácil decirlo que hacerlo.

—¿No se supone que se extiende con un rodillo de amasar? —le pregunté a la vez que miraba a mi alrededor en busca de uno.

—Yo creí que se hacía lanzándola al aire.

—Solo si tienes un mostacho con las puntas hacia arriba y te llamas Luigi. Creo que los principiantes usan el rollo de amasar.

Buscamos por todas partes uno, y lo encontramos por fin en la parte de atrás de una estantería.

Jude sacó la masa pegajosa de la bolsa y la dejó caer en la encimera limpia.

—Necesitamos harina.

La mitad de la masa se le había quedado pegada a la palma de la mano.

Me encomendé a la nueva misión de encontrar harina. Por suerte, no tardé tanto esta vez. Saqué un buen puñado de la lata, cubrí la masa y la encimera, y luego le eché un poco en las manos.

—Ayúdame a quitarme el resto —me pidió manteniendo en alto los dedos todavía cubiertos de masa.

Tras asegurarme de que tenía las manos completamente cubiertas de harina, comencé a mover las manos sobre las suyas para quitarle poco a poco los trocitos de masa. Nuestros dedos se rozaron y se entrelazaron sin que ninguno de los dos dijera una sola palabra. Me observó mientras lo hacía, y sus ojos siguieron todos y cada uno de mis movimientos como si los estuviera estudiando.

—Ya está —dije en voz baja.

Pareció salir del trance.

—Bien. Vale. La voy a extender.

Gracias a la harina, conseguimos extender la masa sin muchos problemas. No quedó redonda como las de las pizzerías, pero al menos estaba lisa y no tenía agujeros.

—¿Qué hay de la salsa del chef? —pregunté mientras admiraba nuestra pizza con su forma extraña.

Jude rebuscó en una de las bolsas de la compra y un momento después sostuvo en alto un brillante bote verde y rojo.

—Nash me recomendó esta salsa de pasta, que es cara. Me dijo que sería mejor que cualquier cosa que nosotros lográramos cocinar. No discutí.

Abrió la tapa y extendimos un poco sobre nuestra obra maestra en ciernes.

—A ver: ¿cómo es que un hombre crecido con veintitantos años no sabe cocinar?

Rebusqué en las bolsas y saqué el queso.

—Por lo mismo que la mayoría, supongo: por pereza y por la invención del ramen.

—Lo dudo mucho. Al menos, la parte de la pereza. No, tiene que haber otra razón.

Abrí la bolsa fría de mozzarella rallada y comencé a esparcir el queso sobre la pizza. Parecían grandes copos de nieve, o eso creía, porque lo cierto era que nunca había visto la nieve.

—Bueno, lo que puedo decirte es que estamos a la par. Puedo garantizarte que la mayoría de los hombres en la veintena que no están casados o viviendo en pareja normalmente sobreviven a base de menús que se llevan a casa o de cualquier cosa que se pueda cocinar en un microondas.

Lo único que oí de toda aquella explicación fue que estaba soltero. Debería haberme concentrado en que estaba esquivando contestarme de verdad, pero mi lado femenino, el que nunca tuvo la oportunidad de enamorarse de un chico en el instituto o de bailar con un novio en el baile de antiguos alumnos, no se dio cuenta de eso.

No debería haberme importado que estuviera soltero. Debería haber hecho caso omiso, pero mi estómago dio un salto cuando lo dijo.

Jude estaba soltero y estaba allí... conmigo.

No, no importa.

Eso no cambia nada, por supuesto, no puede cambiarlo.

La negación era algo en lo que siempre había destacado.

Una vez la pizza estuvo adecuadamente cubierta por una buena capa de queso, pasamos a la guarnición.

—Bueno, ¿qué te gusta en una pizza?

Agarró las bolsas y empezó a sacar más ingredientes de los que ninguna pizza podría admitir. Había champiñones, corazones de alcachofa, aceitunas, pimientos, jamón, pepperoni, jamón, pimientos verdes, cebollas y como una docena de otros ingredientes.

—Mmm... Lo que a ti te guste —contesté mirándolo todo.

Levantó las cejas en un gesto de diversión.

—Lailah, puede que todavía no te conozca bien, pero sé cuándo estás mintiendo. No eres muy buena mentirosa. Ahora mismo estás mirando a la mitad de estas cosas como si estuvieran a punto de saltar para atacarte. Dime lo que no te gusta, y no lo pondré.

—Vale, pero no te rías.

Puso gesto serio en un intento de contener la sonrisa que amenazaba con extenderse por toda su cara.

—No te prometo nada.

—Odio los champiñones —empecé a decir, pero mirando a la encimera en vez de a él—. Tienen una pinta muy rara. Y los pimientos saben raro. Nunca están cocinados del todo, pero tampoco están crudos. Es decir, ¿por qué? Y eres un amor, pero no puedo tomar la mitad de estas cosas porque tienen un contenido muy alto de sal, y tengo una dieta baja en sal por mi corazón. ¿Me odias ya?

Me arriesgué a mirarlo y descubrí que en su cara había una media sonrisa cálida que me dejó sin respiración.

—¿Y qué hay del queso?

—Me encanta.

—Bien, pues una pizza de queso. —Cogió la pizza con una mano y la mantuvo en equilibrio para colocarla sobre la bandeja para pizzas que habíamos encontrado en una de nuestras misiones de búsqueda y rescate por toda la cocina. Se detuvo delante de mí, me levantó la barbilla y me miró con sus intensos ojos verdes—. Y no, está claro que no te odio.

10

Enamorarse

Jude

Resultó que nuestro primer intento de hacer una pizza salió bastante bien a pesar de varias salidas en falso y unos cuantos bloqueos. Cuando saqué la pizza del horno y me fijé en la corteza perfectamente cocida y en el queso tostado, también me di cuenta de otra cosa: Lailah y yo formábamos un gran equipo.

No me había esperado algo así de nuestra pequeña aventura. Había planeado la tarde como una forma de pago. Tenía una deuda con la mujer que tenía delante. Puede que ella no fuera consciente o no lo entendiera así, pero yo sí, e iba a hacer todo lo que estuviera en mi mano para asegurarme de que su vida fuera mejor a partir de ese momento.

Lo que no había planeado era disfrutar tanto del tiempo que pasé con ella. Desde que la había pillado lamiéndose los dedos cubiertos de chocolate, de verla reírse como si nadie la estuviera mirando, me había sentido intrigado por aquella chica de ojos azul pálido y el cabello del color del trigo. Cuanto más tiempo pasaba con ella, más mi fascinación se convertía en algo genuino.

No era simplemente una deuda o una obligación. Realmente me lo pasaba bien con ella.

Todo había sido como si yo hubiera estado bajo tierra durante años, encerrado en una celda creada por mí mismo, incapaz de liberarme. Después de conocer a Lailah, sentí que las cadenas se derretían, y por fin salí a la superficie para disfrutar de mi primer vistazo cegador del sol.

Lailah era el sol, y yo estaba cegado por su presencia pura y calmante.

Sabía que era egoísta por mi parte desear su compañía simplemente para llenar un vacío en los restos de mi corazón, pero por primera vez en tres años, sentí un atisbo de esperanza en mi vida. Después de todo lo que había pasado con Megan y su familia, estaba seguro de que mi vida se había terminado, de que no sería más que un cascarón vacío que recorrería aquellos pasillos para toda la eternidad. Pero si todavía quedaba algo de esperanza en mi interior, quizás la amistad con Lailah era exactamente lo que necesitaba.

Lailah parecía estar siempre un paso por delante de mí, y buscó un cortador de pizza en los cajones de la enorme cocina, hasta que lo encontró. Lo alzó con la clara intención de hacerle daño a nuestra pieza maestra quesera.

—Espera, espera, Chucky. ¿Por qué no me das el objeto afilado y yo corto la pizza? Preferiría no devolverte al doctor Marcus con un dedo menos.

Alzó las cejas en un gesto de desafío, pero me entregó la rueda mortífera sin problema. Cruzó los brazos y eso juntó sus pechos bajo el suéter de color azul oscuro. Me quedé en trance, y la respiración me faltó de repente. Cerré los puños a los costados, y aparté la mirada con rapidez.

¿Qué coño ha pasado?

Preferí hacer caso de la obvia confusión de mi cuerpo y me concentré en cortar la pizza. Segundos más tarde, puse un trozo en cada plato. Se volvió a sentar en la silla de ruedas al lado de la encimera y yo me senté en un taburete escalera.

—Es perfecta —dijo después de tomar el primer bocado.

Parecía cómoda y tranquila, reclinada en la silla de ruedas y con los pies apoyados en el borde de mi taburete. Era lo más relajada que la había visto nunca, al menos, conmigo cerca.

Tomé mi primer bocado, y me sentí realmente sorprendido.

—Oh... vaya. ¿Qué te parece? Sí que está buena.

—Entonces, ¿eso significa que vas a hacer pizzas por tu cuenta a partir de ahora? —me preguntó antes de llevarse la servilleta a la comisura de los labios.

—Joder, no. Tengo que ayudar al repartidor de pizza a pagarse la universidad. Además, no tendría ayudante de chef.

Nada más decirlo, me vino a la mente la imagen de Lailah en mi cocina riéndose con la nariz y las mejillas manchadas de harina mientras yo me colocaba detrás de ella para rodearle la estrecha cintura con los brazos antes de besarla en el hombro.

No, Lailah no, Siempre Megan.

Sacudí la cabeza para intentar borrarme esa imagen de la mente. Un sentimiento de culpabilidad me inundó, y noté náuseas.

—Jude, ¿estás bien? —me preguntó la voz de Lailah atravesando la neblina que me envolvía.

—Sí. Estoy bien.

Las palabras fueron poco más que un susurro. Ni siquiera me molesté en disimular la desesperación que me salía por cada poro de la piel.

Me tocó la rodilla con la mano, y salté hacia atrás de inmediato. Sabía que solo intentaba consolarme, pero después de aquel truco enloquecido que me había hecho la mente, no podía permitirlo.

No podía permitir nada de aquello.

—Lo siento —le dije, pero sin ni siquiera mirarla—. De repente, no me encuentro bien. ¿Te importa si lo dejamos ya?

—Oh. Claro... déjame limpiar todo esto —me dijo, y se levantó con rapidez para empezar a meter todo de nuevo en las bolsas.

Me puse en pie.

—No te preocupes por eso, Lailah. Vendré más tarde y me ocuparé de todo.

—Pero has hecho tanto, y mira toda esta comida. Al menos debería ayudarte a guardarla, sobre todo si no te sientes bien.

Las palabras le salían a trompicones.

El más que evidente cambio en mi estado de ánimo la había puesto nerviosa, y había comenzado a farfullar de nuevo.

Le puse las manos sobre las suyas e intenté desesperadamente no hacer caso de su piel suave bajo la mía.

—No pasa nada. Yo me encargo.

Por fin levanté la vista hacia ella.

Tenía los ojos muy abiertos y cargados de incertidumbre. Vi cómo estudiaban los míos en busca de la pista escondida o de la pieza que faltaba y que no era capaz de averiguar. Sabía que le ocultaba algo, y tenía razón. Pero no sabía que no se trataba simplemente de algo. Se lo estaba ocultando todo.

No hubo mucha conversación durante el viaje de vuelta en el ascensor que nos llevó a cardiología. Me mantuve detrás de ella mientras se miraba las uñas y yo contemplaba cómo se iban encendiendo las luces de los diferentes pisos.

Nos despedimos con rapidez. Me excusé de nuevo diciéndole que no me sentía bien y que necesitaba descansar antes de mi guardia, y luego me largué. Creo que no respiré hasta que las puertas del ascensor se cerraron a mi espalda y empezó a bajar, lejos de cardiología y de Lailah.

Regresé a la cafetería, que estaba menos bulliciosa tras el paso de la hora punta. Entré en la cocina y comencé a guardar en la bolsa todo lo que no habíamos utilizado, y lo dejé allí con una nota indicando que era para quien lo quisiera. Le resultaría mucho más útil al personal de cocina. Yo no sabría qué hacer con nada que tuviera una fecha de caducidad.

Miré con tristeza el pastel sin abrir que había comprado.

Ni siquiera llegamos al postre.

Puse otra nota en el pastel.

Terminé de recoger, limpié las encimeras y lavé los pocos platos que habíamos utilizado. Cuando terminé, le di las gracias a Betty y me dirigí a la salida de la cafetería.

—Eh, Natillas. ¿No te olvidas de algo? —me preguntó Betty con dos copas de natillas de chocolate en las manos.

Le sonreí levemente y me metí las manos en los bolsillos.

—No, esta noche no, gracias.

Pasé la hora siguiente haciendo lo que solía hacer cuando sentía que me hundía: caminé por los pasillos y acabé en el sitio donde le había sostenido la mano por última vez, donde me había inclinado para besarle la mejilla amoratada antes de decirle que la amaba aunque sabía que no me podía escuchar, donde había oído a su corazón latir por última vez.

Durante el primer año más o menos, me había limitado a vagabundear por los pasillos. A veces, me quedaba apoyado contra una pared o incluso me sentaba en el suelo si era un día realmente malo. Un día, cuando comencé a ir a clases para convertirme en auxiliar de enfermería, volví después de una clase especialmente sobre pacientes con heridas traumáticas, y me encontré un banco donde solía sentarme en el suelo. No supe quién había decidido ponerlo allí, pero tuve mis sospechas, y todas giraban alrededor de cierta mujer de Recursos Humanos.

El banco hizo que me sintiera furioso durante mucho tiempo.

Recuerdo que pensé en cómo era posible que se atreviese a entrometerse en mi dolor e invadir el santuario de mi infierno mi privado.

Pero cuanto más tiempo se mantuvo allí el banco, menos y menos sentí, hasta no sentir nada. A medida que pasaron los días, dejé que esa insensibilidad se apoderara de mi vida hasta que no quedó nada más que mi pena y mis recuerdos.

Estaba en el pasillo donde había gritado y suplicado por el corazón de Megan. Me senté en el banco de madera situado frente a la habitación donde había perdido a mi compañera del alma, y mi mente volvió a pensar en Lailah.

Me había reído con ella ese día, había sentido emociones que iban más allá de la desesperación y la pérdida.

Con Lailah me había sentido humano por primera vez en años.

¿Es que la amistad está haciendo que vuelvan a aflorar esos sentimientos? ¿O es algo más?

Me eché hacia delante y apoyé la cabeza en las manos. Miré al otro lado del pasillo, donde se encontraba la puerta cerrada de la habitación donde había estado Megan.

Había pasado mucho tiempo, pero si cerraba los ojos, todavía la podía ver. Recordé el olor de su pelo después de ducharse y el sonido de su risa cuando yo contaba un chiste. Se suponía que iba a ser mi eternidad, per la había perdido.

Eso era el final. Mi historia se había terminado.

Un día, meses después de su muerte y de que me dieran el trabajo en el hospital, volví a casa muy tarde. Estaba tan cansado que prácticamente había caminado sonámbulo hasta la puerta de casa, donde encontré a alguien sentado.

—¿Quién coño eres?

Mi voz sonó ronca y tensa por la falta de descanso.

Había hecho dos guardias seguidas para ahorrar un poco más de dinero y poder comprarme un coche.

—Yo también me alegro de verte, hermano —dijo Roman mientras se levantaba del suelo delante de mi puerta polvorienta. Se limpió con la mano la suciedad que le cubría los pantalones del traje hecho a medida. Sin duda, soltó alguna imprecación al ver cómo había quedado.

Solo mi hermano viajaría vestido de Armani.

—¿Qué haces aquí? —le pregunté, y me froté los ojos y parpadeé varias veces.

A lo mejor si los aprieto con la fuerza suficiente, desaparecerá.

—Vengo a intentar hacerte entrar en razón —me respondió mirando con disgusto mi uniforme oscuro.

—Ah, bueno. Pues hagámoslo dentro, ¿vale?

Pasé a su lado para abrir la puerta y él me siguió. Dejé las llaves en la encimera de la cocina y me di la vuelta a tiempo para ver cómo evaluaba mi apartamento diminuto.

Sus ojos recorrieron las paredes blancas y desnudas y notaron la falta de mobiliario. La mesa y las sillas plegables básicamente lo decían todo. Era pobre y apenas lograba sobrevivir.

Probablemente pensaba que simplemente bastaría con aparecer y darme un cheque con una enorme cantidad de dinero para que luego los dos volviéramos a Nueva York.

Qué mala suerte que eso no fuera a suceder.

—Bueno, ¿has terminado ya con este comportamiento tan ridículo?

Se sentó en una de las sillas plegables de plástico.

—¿Crees que soy ridículo? ¿Después de todo por lo que he pasado estos últimos meses, crees que soy ridículo, Roman?

—Creo que has tenido muy mala suerte, Jude. La peor puta mala suerte que se puede tener, pero la forma en la que lo estás encarando es una mierda. Ella ha muerto y tú te has rendido, tú. Tienes veintidós años, pero te has entregado y has pasado por caja para cerrar la cuenta.

Me lancé a por él y le agarré del cuello de su camisa blanca almidonada.

—¡Era mi puñetera prometida y ha muerto! —le rugí a la cara.

Tiré con fuerza del tejido, que se arrugó entre mis dedos. Roman levantó las manos en el gesto internacional de rendición, y lo dejé caer otra vez en la silla.

—No espero que lo entiendas, porque tienes una aventura nueva cada semana, pero ella estaba hecha para mí. Eso no se encuentra más que una vez en la vida.

Me miró atentamente durante un momento y luego se ajustó la camisa y la chaqueta. Mirar a Roman fue como mirarme en un espejo. Tenía los mismos ojos verde claro y pelo rubio oscuro, pero ahí era donde terminaba la semejanza. Roman era como nuestro padre, frío y calculador. No dejaba entrar a nadie en su vida a no ser que esa persona le resultara de alguna utilidad. Yo era el niño de mamá, lo que significaba que realmente amaba a alguien más aparte de a mí mismo.

Solo podía haber una razón para que hubiera volado hasta mi casa. Me necesitaba.

—¿Por qué has venido de verdad?

Dio un paso atrás y me apoyé en la encimera.

Me miró con un brillo sin emoción alguna en los ojos.

—Te necesitamos, Jude. Se acabaron los juegos, se acabaron las tonterías. La familia te necesita.

Me aparté de la encimera y comenzó a caminar arriba y abajo por la habitación.

—Increíble. Debería haber sabido que no se trataba de mí. Siempre se trata de ti, Roman, ¿verdad? ¿No lo estás haciendo lo bastante bien para papá? ¿Necesitas un poco de ayuda? Bueno, pues a la mierda. Apáñatelas tú solo.

—Escucha, imbécil, la familia te necesita. Mamá te necesita —dijo, a sabiendas de que era mi punto débil—. ¿Es que ella no significa nada para ti?

—¡Por supuesto que sí! —le grité—. Pero esto no se trata de ella. Se trata de ti y de papá. Me necesitáis para sacaros del lío en el que os habéis metido. Bueno, pues ya podéis olvidaros de mí. ¿Queríais el control absoluto de la empresa? Ya lo tenéis. —Me acerqué con grandes zancadas a la puerta y la abrí de par en par—. Creo que mi puerta y tú ya sois grandes conocidos. Que tengas un buen vuelo de regreso.

Me miró con dureza mientras daba unos pocos pasos, y luego se detuvo.

—Si haces esto, si te marchas del todo, ¿te queda claro que no habrá vuelta atrás? Papá no te lo perdonará. Quedarás aislado, olvidado y rechazado para siempre.

—Me parece perfecto —respondí sin apartar los ojos de su dura mirada.

Sabía que mi tozudez significaría que no volvería a ver a mi madre. Jamás podría regresar a casa y abrazarla, y que para ella siempre sería un fracaso. Pero también sabía que ya no sería nada más en la vida de lo que era en ese momento. Ya era un fracaso. Era mejor que ella nunca lo viera.

Roman cruzó los pocos pasos que lo separaban de la puerta, y se detuvo de nuevo allí. Se giró, con la mirada baja y el ceño fruncido, como si estuviera escogiendo con cuidado sus últimas palabras.

—¿Cómo sabes que Megan estaba destinada a ser tu pareja perfecta? —me preguntó, y eso me pilló por sorpresa.

—¿Qué quieres decir? —le pregunté a la vez que daba un paso enfurecido hacia él.

Roman retrocedió un paso y alzó las manos delante de él en un gesto de rendición silenciosa.

—No intento provocar una pelea. Solo quiero ofrecerte un último consejo antes de irme, hermanito. Si Megan estaba destinada a ser tu alma gemela, ¿por qué estás solo a los veintidós años? Seguro que la vida no puede ser tan cruel.

Cerré los ojos con fuerza y contuve la oleada de emociones que amenazaban con apoderarse de mí. Le contesté con voz tranquila y manteniendo la rabia a raya.

—Cuando pierdas a la persona que le da sentido a tu vida, llámame y cuéntame que piensas sobre la crueldad de la situación».

Mi hermano había cumplido las amenazas que me hizo ese día.

No volví a saber nada de mi familia desde entonces, ni siquiera de mi madre.

La única información de la que disponía eran las breves actualizaciones financieras que oía en las noticias, pero procuraba evitar todo lo que estuviera relacionado con el negocio familiar.

No era más que un cable salvavidas para Roman cuando las cosas se ponían feas. Él siempre había querido la gloria, pero nunca había estado dispuesto a esforzarse para conseguirla.

Cuando apareció aquella noche, hacía ya tanto tiempo, tuve un levísimo atisbo de esperanza de que hubiera acudido porque se interesaba por mí, pero no debería haberlo hecho. Lo único que le interesaba a mi hermano era el balance económico de Cavanaugh Investments y saber a quién se llevaría a su cama esa noche.

Allí sentado, en aquel banco tan familiar, contemplando el pasillo donde había pasado incontables horas a lo largo de los tres años anteriores, sus palabras de despedida volvieron a mi cabeza.

Si Megan estaba destinada a ser tu alma gemela, ¿por qué estás solo a los veintidós años? Seguro que la vida no puede ser tan cruel.

No, la vida sí que podía ser tan cruel porque mientras pasaba la tarde sentado en silencio en aquel banco, pensé en Lailah y en la vida que tenía y en todas las oportunidades que jamás podría experimentar. Hacer la comida juntos no había sido más que la punta del iceberg para ella. En su diario había escrito decenas de cosas que se había perdido porque se había pasado la vida en el hospital.

¿Y si nunca tiene la oportunidad de hacer ninguna de ellas?

Eso era la definición de crueldad: mantener a una persona tan especial como Lailah encerrada en un lugar donde nadie podía ver el fuego de su espíritu y la belleza de su alma. Lo irónico, el verdadero giro de la historia que hacía que los hados se carcajearan entre las nubes, fue darme cuenta de que no había sido consciente de la tremenda crueldad de la vida porque hasta ese momento no me había percatado de dos cosas.

La primera es que me estaba enamorado de Lailah Buchanan.

La segunda, que ella se estaba muriendo.

11

La promesa

Lailah

—Te voy a extrañar —dijo Abigail, mientras me estrechaba los brazos alrededor del cuello—. Y vendré a visitarte todas las semanas.

La sostuve entre mis brazos, con su diminuto cuerpo envuelto alrededor del mío. Apreté los ojos con fuerza, había algo que sabía.

No va a volver.

Había oído esa promesa de visitas, de llamadas de teléfono, cartas y correos electrónicos de muchos amigos a lo largo de los años. Pero después de los primeros intentos, el esfuerzo por mantenerse en contacto disminuía, hasta que desaparecía por completo.

No estaba enfadada por eso. Así era como se suponía que debía de ser.

La vida continuaba fuera de estas paredes.

Le habían dado el alta al abuelo de Abigail, Nash, ya no estaría confinado en una cama de hospital. Su vida seguía adelante, y también la de Abigail. Ya no haría más visitas al hospital ni tendríamos esas largas conversaciones. Se marchaba, volvía a la vida que tenía antes de conocer cosas aterradoras como las cirugías del corazón y las vías intravenosas. Su mundo regresaría a la vida simple de una niña de nueve años, que era exactamente lo que yo quería. Ninguna niña debería tener que crecer tan rápido.

La abracé un poco más fuerte, enviando un millón de deseos para su futuro con cada achuchón.

—Sigue escribiendo —le dije en la base del cuello—. Pero no lo hagas para complacer a tu abuelo o porque yo te lo dije. No escribas lo que crees que debes escribir. Escribe lo que te haga feliz, aunque escribas sobre pandas y delfines todos los días durante el resto de tu vida.

Se apartó de nuestro abrazo, y una diminuta sonrisa iluminó su precioso rostro.

—Bueno, me gustan los pandas —dijo con una débil risita.

En ese momento, su madre apareció en la puerta para recogerla. Le di a Abigail otro pequeño abrazo, y ella dio un salto y salió corriendo hacia la puerta y por el pasillo de regreso a la habitación de su abuelo.

Pensé en Abigail durante el resto del día, veía su pequeña cara de querubín en mi mente, mientras releía *El diario de Anna Frank* y escribía más tarde en mi diario.

¿Sería escritora o se convertiría en algo completamente diferente?

Tenía el mundo a sus pies, y ni siquiera lo sabía. Nadie lo sabía, las personas normales; quienes no se tenían que preocupar del día a día, hora a hora, minuto a minuto; las masas de personas que se despiertan cada día sin preocuparse por las horas siguientes ni por el día siguiente; o aquellos que no tienen que preocuparse de si estarán para celebrar las próximas Navidades.

Con qué facilidad la gente se toma la vida a la ligera cuando se la ponen tan fácil.

Cómo deseaba esa simplicidad.

Cuando el sol comenzó a ponerse en el horizonte y la cena ya se había enfriado, metí la mano en el cajón que había junto a mi cama y saqué la lista que escribí hacía muchos años.

Una noche, mientras estaba en casa, sentada en mi habitación, me acurruqué en la cama y vi un ridículo drama de instituto. El argumento era el típico: él-dijo, ella-dijo, todo con unos cuantos espectáculos musicales. Era horrible, y negaría haberlo visto si alguna vez alguien me preguntaba. Pero allí sentada, al ver a aquellas chicas vestidas con uniformes de animadoras hacer pruebas para las obras escolares, llorar por chicos y hablar de vestidos de graduación, me di cuenta de que mi vida nunca sería así.

Excepto por el drama médico en mi vida, nunca había tenido ninguno de los altibajos propios de los seres humanos. Mientras los adolescentes cantaban sobre corazones rotos y sueños robados, saqué un cuaderno nuevo y comencé a escribir esa lista. Se había convertido en una especie de forma de limpiar mi alma y dejar ir la vida que nunca había tenido. Sabía que nunca haría ninguna de las cosas que escribía en las páginas del diario, pero verlas al menos me recordaría que podría haberlas hecho si las cosas hubieran sido diferentes.

Abrí el desgastado diario y pasé las yemas de los dedos por las páginas de mi lista normal, y por mi lista de deseos. Mis ojos se pasearon por cada uno de los números hasta que me detuve en el último que aparecía en una página cerca de la mitad del libro.

«Hacer una comida de principio a fin.»

Una pequeña sonrisa se dibujó en mis labios al recordar cuando estuve en la cocina industrial de la cafetería haciendo masa de pizza con Jude. Extendí el brazo hasta donde había puesto el diario junto a las piernas, cogí el bolígrafo que había usado y lo abrí.

Sentí que algo monumental estaba a punto de suceder, respiré profundamente y lentamente tracé una línea de color negro en el número sesenta y dos.

Había hecho eso por mí. Jude había hecho un hueco en mi lista de deseos.

Por un día, me sentí real y entera, y por fin, alguien me había mirado por completo, y no solo las partes rotas.

Pero al igual que todas las otras veces que había estado con Jude, en cuanto comenzó a abrirse, salió huyendo. Sin previo aviso, su estado de ánimo había pasado de tranquilo y burlón a inquieto y callado.

¿Qué hace que un hombre actúe de esa manera? ¿Dolor? ¿Culpa? ¿He hecho o dicho algo?

No sabía mucho del mundo exterior, pero mis instintos me decían que algo más profundo estaba pasando con Jude. Nunca compartía nada personal, y por lo que Grace me había contado, era la persona más antisocial del hospital. Era conocido por hacer todos los turnos que podía. Al parecer, no tenía amigos conocidos, y nunca asistió a ninguna función social.

¿En qué prisión autoimpuesta se está manteniendo como rehén, y por qué?

Finalmente, los párpados me empezaron a pesar. Comenzaba a dar cabezadas cuando me despertó un ruido en mi habitación. Abrí los ojos de par en par y, entre la visión borrosa, vi a Jude de pie junto a la cama.

—Mierda, lo siento. No quería despertarte —se disculpó, y se sacó las natillas de chocolate del bolsillo. Las colocó en la mesita junto a la cama y puso una cucharilla encima.

—¿No pensabas comértelas conmigo? —le pregunté, mientras señalaba en dirección al solitario aperitivo.

—Estabas dormida. No quería molestarte.

—Bueno, ya estoy despierta. Podemos compartirlas.

Me incorporé en la cama hasta que estuve completamente sentada. Cogí las natillas de la bandeja y empecé a quitarle la tapa de aluminio. Observé que Jude miraba a su alrededor como si estuviera decidiendo dónde ponerse. Sus ojos se detuvieron en el sillón en el que se sentaba siempre mi madre, antes de regresar finalmente a mi lado.

Dio un paso adelante y se sentó en el borde de la cama frente a mí. Su rodilla rozó la mía bajo la manta, y me di cuenta de lo cerca que estábamos de repente. Dobló una pierna debajo de la otra, cruzó los brazos sobre el pecho y se inclinó hacia delante.

Oh, está bien, así que ahora aún más cerca.

Hola, pulso acelerado.

—Entonces, ¿lo vas a compartir? ¿O lo vas a tener en la mano toda la noche?

—¿Qué? —dije confundida, a la espera de que mi cerebro se pusiera de nuevo en marcha.

Podía sentir el olor de su jabón, o la loción de afeitar o lo que sea que fuera que le hacía oler tan sumamente delicioso. Era como agua de lluvia, pino, y tierra todo envuelto en un burrito de Jude.

—Nuestras natillas. Dámelas —me ordenó, y se acercó para quitarme el postre de las manos.

—¡Eh!

—Tú te duermes, tú pierdes —murmuró, con la boca llena de las natillas robadas que acababa de comer.

—Eso es... robarle comida a una persona enferma —bromeé.

Se avergonzó visiblemente, y al instante me retracté de mis palabras.

—Solo estaba bromeando, Jude —le dije, mientras colocaba mi mano sobre la suya.

Tocarlo se estaba convirtiendo en algo que no podía evitar. Mis manos y mis dedos querían tocarlo cada vez que estaba cerca. Era como si no tuviera elección en ese asunto.

Colocó las natillas sobre la bandeja y miró nuestras manos. Mis pequeños y frágiles dedos descansaban suavemente sobre los suyos, tan enormes y fuertes. Poco a poco, como si lo hiciese a propósito, giró la mano para que las palmas se tocaran. Estiró los dedos y me acarició las yemas de los dedos con las suyas hasta que entrelazó los dedos y me tomó de la mano.

No creo que volviera a respirar hasta que comenzó a mover la mano bajo la mía. Sus ojos finalmente se encontraron con los míos, y vi algo que nunca hubiera esperado ver en esos iris verde descolorido que brillaban hacia mí.

Deseo.

Con la mano libre cogió las natillas olvidadas y sacó una cucharada de la pequeña taza.

—Abre la boca —dijo en voz baja.

Respiré hondo para tomar fuerzas y separé los labios mientras él me llevaba la cuchara a la boca. La llevó hasta la lengua, cerré la boca y recordé cómo lo hacía él momentos antes. Sin dejar de mirarle, chupé el chocolate de la cuchara mientras él la sacaba. La sumergió de nuevo en las natillas y tomó un poco, chupó y lamió la misma cuchara que yo acababa de tocar.

Fue lo más erótico de toda mi vida.

—¿Ves? Ahora, las estamos compartiendo —dijo.

Metió la cuchara en la taza y me la dio una vez más.

—Bueno, entonces, supongo que te has salido con la tuya.

Continuamos comiendo por turnos hasta que solo quedó el recipiente vacío. Lo tiró todo en la papelera cerca de la cama, sin soltarnos de las manos.

—¿Me dirás algo más acerca de tu lista de deseos? —preguntó.

Miró el desgastado cuaderno que había dejado a mi lado cuando me quedé dormida.

—Claro —respondí, cogí el cuaderno y me lo puse sobre el regazo. Lo abrí y repasé las páginas, recordé las horas que pasé haciéndolo, escribiéndolo y reescribiéndolo a medida que encontraba nuevas cosas que añadirle.

—Elige un número —dije, al recordar nuestro juego de antes.

—Uno —contestó.

—No. Inténtalo de nuevo —le dije, aún no estaba preparada para divulgar ese en particular.

—Está bien, ¿qué tal el diez?

—Montar en una montaña rusa.

—Mmm... ¿en Disneyland o en el Six Flags?

—Oh, no lo sé. En realidad, nunca he pensado en ello —contesté.

—Bueno, piénsalo ahora. ¿Eres una chica de montaña rusa grande o eres más una chica a la que le gustan los roedores simpáticos?

Mi boca se torció al tratar de esconder la sonrisa que me aparecía entre los labios.

—Mickey Mouse, siempre.

—Buena respuesta. De acuerdo, otro. Treinta y ocho.

—Um... —lo busqué en la lista—. Oh, ir al baile de graduación.

Hizo un divertido gesto de disgusto.

—No, necesito tachar ese. Dame un bolígrafo.

Miró a su alrededor buscando uno.

Le di el que tenía cerca del muslo segundos antes de que él lo cogiera, lo que hizo que nos echásemos a reír.

—Alégrate de haberte perdido ese ritual de paso. Está sobrevalorado.

Sostuve el bolígrafo contra el pecho y le pregunté:

—Entonces, ¿eso quiere decir que el tuyo fue increíble?

—El mejor —contestó en tono sarcástico—. Mi acompañante se emborrachó en la limusina durante el trayecto de ida y acabó en el baño de señoras. Yo me senté fuera y escuché mientras alternaba entre vomitar y lanzarme cualquier insulto que se le pasara por la cabeza. Incluso en medio de la confusión inducida por el alcohol, esa chica podía soltar bastantes obscenidades. Estoy seguro de que no había oído ni de la mitad de ellas.

—Bueno, de momento no lo tacho. Una vida normal no son solo las cosas buenas. Son todos los altibajos. Si el baile de graduación es una experiencia buena o mala, es una experiencia de todos modos.

—Está bien, buen argumento. ¿He mencionado que acabó liándose con el rey del baile? Que no era yo, por cierto —añadió con una media sonrisa, que hizo que el pequeño hoyuelo de su mejilla hiciera su aparición.

—Entonces, supongo que no se convirtió en el amor de tu vida.

Se quedó con la expresión en blanco y los ojos vacíos.

—No. No, qué va. Setenta y dos —dijo con aire distraído y la voz ronca y suave.

—¿Qué? —pregunté antes de pillarlo—. Oh, um...vale —Recorrí la lista y encontré fácilmente el número por el que preguntaba—. Tener el corazón roto —dije en voz baja, me di cuenta de que tal vez no fue la mejor elección teniendo en cuenta la desolación descrita en el rostro de Jude en estos momentos.

Debería haber elegido el de arriba: ir a una sala de cine.

Sus ojos buscaron los míos.

—¿Por qué querrías algo así?

—Por la misma razón que quiero un maldito baile de graduación. No puedes vivir una vida normal sin que te rompan en corazón. Forma parte del paquete. Mi vida solo ha consistido en cirugías, trámites y saltar del resultado de una prueba al siguiente. Me encantaría intercambiar todo eso por un poco de normalidad. Dame un baile de graduación horrible y un día caluroso en Disneyland. Déjame enamorarme, aunque eso signifique que al final acabe haciéndome daño. Al menos entonces, sabría que estoy viva.

Sus dedos rozaron los míos mientras me quitaba el libro del regazo. Lo cerró con una mano y lo dejó a un lado. No dejó de mirarme mientras se movía hacia delante, estrechando la distancia entre los dos. El corazón me latía más rápido, sentía el calor de su cuerpo cuando se acercó a mí. Me cubrió la cara con la palma de la mano, y yo me apoyé en ella.

—Quiero que te sucedan todas esas cosas, Lailah. Quiero verte tachar todos y cada uno de los números de esa lista, si eso es lo que necesitas para sentirte viva o normal. La verdad es que estás lejos de ser normal. Estás a años luz del mundo normal. Eres excepcional. La palabra «normal» sería un insulto a tu propia naturaleza. Entiendo que quieras experimentar todas las cosas imaginables, todo lo que la vida te ha robado al encerrarte y mantenerte presa en esta cama, pero hay una cosa que no permitiré. —Deslizó los dedos entre mi pelo, y los ojos se le entrecerraron brevemente antes de susurrar—: Nadie te romperá nunca el corazón. Te lo prometo.

12

Hace calor aquí

Jude

Desde que había fichado había deambulado de una tarea a otra, cumpliendo por los pelos con las obligaciones de mi trabajo. Apenas había conseguido pasar un minuto sin pensar en la noche anterior. Tener esa revelación sobre Lailah y haberme dado cuenta de que lo que estaba sucediendo entre nosotros iba mucho más allá de los límites de la amistad me llevó a una única conclusión:

No tenía ni idea de lo que estaba haciendo.

Había pasado los últimos tres años sintiendo solo pena y dolor. Pocas otras emociones se habían colado en mi mente desde que perdí a Megan.

Lailah me hacía sentir... todo.

No me sentía a gusto conmigo mismo. Una lucha interna tiraba de mí en direcciones opuestas, y no sabía cuál elegir. Detrás de mí estaba mi vida con Megan. Ella había sido mi futuro, y cuando eso se acabó, no quise seguir adelante. No supe cómo hacerlo. Me negué a hacerlo. Nunca esperé que hubiera algo más. Ahora, cuando miraba hacia delante, veía un brillante y aterrador camino. Mi situación con Lailah era impredecible, y no podía asegurar que no acabase tal y como había empezado: solo y destrozado.

Además, no sabía si era capaz comprometer mi corazón de nuevo, aunque tal vez ya lo había hecho. ¿Y si ya le hubiera dado un pedazo de mí mismo a la chica de risa contagiosa y sonrisa tímida e inocente? Quizás estaba perdido desde el principio.

Sacudí la cabeza y caminé por el pasillo hacia su habitación, y de repente me detuve a medio camino.

Tal vez ella se merecía algo mejor que el hombre que había destruido su futuro. Era demasiado frágil para saber la verdad. Y, ¡Dios!, yo era demasiado débil para admitirlo.

Dos corazones rotos: nos destruiríamos el uno al otro antes incluso de tener la oportunidad de comenzar. Pero no importa cuántas razones me diese a mí mismo para alejarme, acabaría de nuevo en su puerta, listo para más natillas de chocolate, balbuceos nerviosos y breves destellos de cielo.

Su entusiasmo por la vida era adictivo, y yo necesitaba mi dosis. Necesitaba la luz que solo mi ángel podía darme.

Soy un cabrón egoísta.

A mi golpe en la puerta respondió con su dulce y melódica voz. Giré la manija, abrí la puerta, y la encontré de pie junto a la cama, doblando unas camisetas. Había varios montones de ropa cuidadosamente doblados sobre el colchón.

—¿Día de colada? —le pregunté, señalando los montones de ropa.

—Um... no, no exactamente. —Dejó la camiseta rosa que estaba doblando y se giró hacia mí. Parecía indecisa y nerviosa—. Me han dado el alta.

—¿Qué?

—El doctor Marcus me deja que me vaya a casa. Dijo que como estoy bien, o al menos todo lo bien que se podría esperar, a pesar de que... —Se detuvo, ya que ambos sabíamos cómo acababa esa frase. «A pesar de que se estaba muriendo»—. Me ha dicho que es mejor que me quede en casa mientras esperamos noticias del trasplante.

Levanté la mirada y vi lágrimas en sus ojos. No estaba contenta. Estaba molesta.

Al ver que me había dado cuenta de sus lágrimas, se apresuró a limpiarlas y se volvió para continuar doblando la ropa.

—¿Cuándo? —le pregunté, mientras la observaba a la luz de la luna que entraba por la ventana.

—Mañana por la mañana. Podría haberme ido antes de la cena, pero quería tener un poco de tiempo para recoger, y...

Despedirse de mí.

No lo había dicho, pero podía sentir las palabras en el aire. Yo era la razón por la que no se sentía feliz de irse. Este debería de haber sido un momento de alegría para ella, pero yo se lo había arrebatado. Al estar aquí e interrumpir su vida me había llevado algo normal para ella: volver a casa.

Aléjate. Déjala ir.

—Bueno, es una gran noticia —dije, tratando de reunir un poco de falso entusiasmo.

Ella se dio la vuelta, y vi sorpresa y tal vez un poco de dolor en sus ojos.

—Um... sí, es estupendo.

Agarró la camiseta que tenía en las manos y la arrojó sobre la cama.

—Quiero decir, nadie quiere...

—¿De qué vas Jude? —gritó, y se acercó a mí.

—¿De qué voy?

—Sí, eres dulce y atento y al minuto siguiente no me haces ni caso. No lo entiendo. ¿Qué quieres de mí? ¿Te doy pena? ¿Te encanta salir con la pobre chica enferma pero luego te cansas de mí?

Acortó los últimos centímetros que quedaban entre nosotros y me acerqué a su cara.

—No tienes ni idea de lo que estás hablando —susurré.

—No —respondió—. Desde luego que no. Tú no me dices nada. Eres ese gigantesco misterio del que no sé nada. ¿Por qué no sé nada de ti, Jude?

—Es demasiado —dije simplemente.

—Lo que en realidad quieres decir es que crees que no podré soportarlo —dedujo.

—Eso no es lo que he dicho, Lailah.

—No, pero eso es lo que querías decir. Eres como todos los demás. Soy demasiado frágil. Demasiado débil. Vamos a endulzar la verdad para no alterar a Lailah. Dios no permita que la molestemos —dijo en tono burlón—. Bueno, pues no soy ni débil ni frágil. He soportado más dolor que la mayoría de la gente durante toda su vida, así que no pienses por un solo segundo que no puedo soportar cualquier cosa igual que tú.

—Sé que puedes.

—Entonces, ¿Por qué me haces pasar por todo esto? ¿Es que no te importo ni un poquito?

Su voz era tranquila y tímida.

—Me importas mucho, Lailah.

Sin pensarlo dos veces, la agarré por el cuello y tiré de su cuerpo contra el mío antes de unir nuestras bocas. Suspiró sorprendida y retrocedió un poco, pero luego se rindió, fundiéndose en mí por completo. Mis manos la sujetaron por la cintura mientras profundizaba nuestro beso. Sabía que este tenía que ser su primer beso, y tenía la intención de asegurarme de que la espera hubiera merecido la pena.

Una nueva guerra estalló en mi interior. Mis manos querían sentir cada milímetro de su piel, recorrer cada línea de su cuerpo, y tumbarla en la cama para devorarla. Mis dedos temblaban mientras me tranquilizaba.

Ella es inocente en todos los sentidos.

Las palabras del doctor Marcus regresaron como un cubo de agua fría en un caluroso día de verano y me detuve. Tenía que ser el hombre que ella merecía, aunque nunca hubiese estado a la altura. Ser toqueteada y manoseada en una habitación de hospital no era la forma en la que tenía que recordar esta noche.

Casi sin aliento, acerqué mis labios a los suyos, para poder saborear el cielo una última vez. Me aparté mientras mis manos acariciaban sus sedosos mechones de pelo. Ella me miró con los ojos muy abiertos, curiosos, y yo sonreí.

—¿Acabo de tachar otro de esos números de tu lista?

Se sonrojó y asintió.

—¿Qué ha sido eso, Jude?

Enarqué una ceja sorprendido.

—Eso ha sido un beso. ¿No lo he hecho bien? Porque estaría encantado de intentarlo de nuevo.

—¡No! —gritó—. ¡Quiero decir, sí! ¡Mierda!

Una maliciosa sonrisa recorrió mi cara.

—Está bien, Lailah. Respira.

Cerró los ojos y respiró hondo, dejando que el aire llenara poco a poco todo su pecho. No pude contenerme. Me incliné y rocé levemente mis labios con los suyos.

—Todo necesita un comienzo —dije, mirándola a los ojos—. Este es el nuestro.

—Pero me voy.

—Sí, y echaré de menos ver tu preciosa cara por aquí, pero yo no vivo aquí.

Algo le debió de hacer clic justo en ese momento porque una tonta sonrisa lentamente apareció en su cara, y se sonrojó de nuevo.

—Ni siquiera sabes dónde vivo. ¡Oh, Dios! ¡Tendrás que conocer a mi madre!

La señora rubia enojada que había visto en el pasillo con Marcus de repente apareció en mi mente, y, sinceramente, la idea de conocerla fue un poco aterradora.

Lailah se echó a reír, un tono de alegría resonaba en cada nota.

—¡Estás nervioso!

—Tal vez un poco, pero estaré bien —le aseguré.

Me lanzó una mirada escéptica, pero envolví su cintura con mis brazos y la estreché con seguridad.

—Además, tendremos que averiguarlo si queremos empezar a trabajar en esa lista tuya. Creo que un viaje por el mar está en algún punto.

Los ojos se le iluminaron ante la idea. Estaba impaciente por tener en mis manos esa lista y empezar a tachar cada una de esas ciento cuarenta y tres misteriosas aventuras.

—Entonces, ¿qué hacemos ahora?

Se mordió el labio inferior, nerviosa.

Me acerqué, a tan solo unos milímetros de su boca. Suspiró, y sus ojos se abrieron con expectación. Una inevitable sonrisa recorrió mi rostro mientras le daba un casto beso en la mejilla antes de dar un paso atrás.

—Voy a tratar de explicarle a mi supervisor la extremadamente larga ausencia de mi puesto de trabajo —dije.

Un débil rubor apareció en sus mejillas.

—Y luego intentaré ponerme un poco al día. Dentro de un rato es mi hora de descanso para comer y volveré aquí. Es tu última noche, y tengo el deber de traerte el postre.

—Sí, así es —respondió.

Di un paso hacia la puerta, con la mirada clavada en ella, hasta que mi mano extendida sintió el frío metal de la manija de la puerta. Me di la vuelta para salir, sin dejar de sonreír como un tonto.

Entonces, ella gritó.

—¿Jude?

—¿Sí? —respondí, girándome.

—Esta noche trae solo una copa de natillas. La compartiremos de nuevo —sugirió tímidamente, unas manchas rojas aparecieron sobre sus ya sonrojadas mejillas.

—Así será.

Dios bendiga al creador de las natillas.

—Dime algo sobre ti, algo que no sepa —le dije.

Estábamos recostados sobre su almohada, y compartíamos las únicas natillas que había traído, tal y como me había pedido.

Me apresuré en hacer el resto de mis tareas, asegurándome de que lo tenía todo listo antes de irme a comer. No quería ser negligente, pero tampoco quería que Lailah me estuviese esperando hasta después de medianoche. Fiché para salir y agarré un sándwich rápido y unas natillas de la cafetería antes de correr de vuelta hacia las escaleras y devorar casi todo el sándwich. Si las enfermeras se habían dado cuenta de que visitaba a Lailah más de lo necesario, ninguna había dicho nada. Me pregunté si era eso lo que hacía el doctor Marcus.

Cuando regresé, esta vez no me molesté en usar la silla o el borde de su cama. Necesitaba estar cerca de ella. Juntos, uno al lado del otro con las piernas entrelazadas, compartíamos la cuchara y comenzamos un juego de veinte preguntas.

—Um... ¿qué quieres saber? —me preguntó, y hundió la cuchara en el cremoso y oscuro postre.

—Todo.

Se quedó pensativa durante un momento y finalmente respondió.

—Desde niña siempre quise tener un hermano. En realidad, no me importaba si era un hermano o una hermana. Solo quería alguien de mi edad con quien pasar el tiempo —dijo—. ¿Tienes hermanos?

Asentí.

—Un hermano.

—¿Mayor o más pequeño?

—Mayor.

—¿Os lleváis bien? —me preguntó.

Dejé escapar un suspiro pensativo.

—Llevarse bien es algo fuerte. Tolerarse es probablemente más apropiado. Pero hace mucho que no nos vemos.

—¿Por qué?

Tomó un poco de chocolate entre los labios.

Observé la cuchara sumergirse en su boca y reaparecer mientras pensaba qué responder.

¿Cuánto debería decirle?

No soy débil ni frágil. No pienses por un solo segundo que no puedo soportar cualquier cosa igual que tú.

Durante toda su vida la habían tratado como a una muñeca de porcelana. Si yo hacía lo mismo, sería igual que cualquier otra persona de su vida, y quería ser diferente. Quería ser alguien en quien ella pudiera confiar.

En aquel momento mi mente me recordó una versión más joven, rota y desesperada de mí mismo suplicándole al padre de Megan que no donase sus órganos.

Mandé a paseo a aquel idiota.

No se puede cambiar el pasado. No podía cambiar nada de lo que sucedió en los pasillos de este hospital hace tres años. Lo único que podía hacer era tratar de mejorar en todo lo posible la vida de la mujer que tenía enfrente.

¿Cambiaría algo si le dijese que yo fui la razón por la que no consiguió aquel corazón?

No. Entonces, ¿para qué molestarse?

Era una excusa muy pobre, horrible, terrible. En mi interior, sabía que todavía estaba tratando de protegerla. Estaba haciendo lo mismo que los médicos y su madre habían hecho toda su vida—endulzar y enmascarar la verdad— pero yo además lo hacía para protegerme a mí.

Así que haría lo que pudiera y le diría cualquier otra cosa menos aquel espantoso momento de mi vida. Sería más de lo que le había contado a otra persona del planeta desde el día que llegué a California.

—Tuvimos una pelea. Hace tres años que no hablo con nadie de mi familia.

Sus ojos se encontraron con los míos, enternecida.

—Eso es horrible. ¿Cómo pudo suceder algo así?

—Bueno, es una larga historia, triste y complicada.

—Tengo tiempo.

—Está bien, pero primero tengo que explicarte algo —dije.

Me agaché y cogí mi tarjeta de identificación. En la parte frontal tenía la típica foto desastrosa, con poca iluminación y expresión fría. Debajo estaba mi nombre: Jude C.

—Ni siquiera sé tu apellido —dijo antes de taparse la boca con la mano. Parecía apenada.

Mientras le quitaba uno a uno los dedos de la cara, noté que estaba más acalorada de lo normal.

—Estás caliente. ¿Te sientes bien?

—¿Qué? Sí, estoy bien. ¡Estás tratando de cambiar de tema!

Lo dejé pasar, pero me hice una nota mental para comprobarlo más tarde.

—Nadie conoce mi apellido. Fue algo que pedí cuando me contrataron. Mi apellido es... bastante conocido.

Entrecerró los ojos.

—¿Eres una especie de príncipe o algo parecido? ¿Esta es la parte de la película en la que me tengo que mudar a un castillo? No creo que pueda andar con tacones.

—Mi apellido es Cavanaugh.

No dijo nada. Solo me miró fijamente, tratando de ordenar todas las piezas.

—¿Como ese banco, Cavanaugh Investments de Nueva York? ¿La familia que hace que los Trump parezcan pobres? Últimamente salen en todas las noticias. Seguro que siempre te están confundiendo con ellos. ¿No tienen un hijo llamado Jude que...?

Se llevó la mano a la boca y abrió los ojos de par en par.

—Hace tres años que no aparece en público —terminé su frase.

—Solo dicen que está de vacaciones o demasiado ocupado con reuniones —dijo ella con aire ausente.

—Mi padre y mi hermano siempre han sido muy buenos mintiendo. Dios no quiera que tengamos un escándalo familiar. Se salen con la suya porque yo no fui muy visible durante los años antes de... marcharme. La gente casi no recuerda mi cara. Estuve en la universidad tanto tiempo que el público perdió interés, y eso dejó a mi hermano Roman un montón de tiempo para convertirse en el centro de atención.

Me miró, sus ojos buscaban mi cara, como si me estuviese viendo por primera vez. Esto era lo que yo temía: que me viera de una forma diferente.

¿Sigo siendo Jude? ¿O sería para siempre Jude Cavanaugh, el heredero de una compañía multimillonaria?

Continuó mirándome, sus ojos recorrían mi cuerpo, los brazos cubiertos de tinta, el pelo alborotado. Respiré hondo y cerré los ojos, mientras esperaba que llegara su tono alterado o un suspiro de asombro.

Lo que tenía era natillas en la cara. Abrí los ojos con asombro y la encontré riendo. Tenía aún un resto de natillas en su dedo índice, y se inclinaba para lamerlo.

La detuve y me llevé el dedo a la boca para limpiarlo. Sus ojos se encendieron ante el roce, y luego se giraron con una repentina risa al volver a ver mi mejilla derecha manchada de natillas.

—No te pareces a él. Te ves un poco más rudo —dijo ella, sin dejar de reír.

—Bueno, esa es la idea. Nueva imagen...

—¿Nueva vida? —acabó de decir.

Sentí un escalofrío.

El chirriar de los frenos, cristales rotos, Megan gritando.

No puedo llegar a ella.

Luego, silencio. Nada más que silencio.

—Algo así —murmuré—. Entonces, ¿a quién me parezco? —conseguí decir, parpadeando rápidamente para regresar del infierno. «Permanece en el presente.»

—A Jude. Solo a Jude.

—¿Sí?

—Sí.

—Bueno, ¿me vas a ayudar con esto? —señalé el pegote de natillas que aún tenía pegado en la cara.

Sus ojos se dirigieron a donde estaba mi dedo extendido, y pude ver que dudaba. Finalmente, se inclinó hacia mí, sus largos cabellos me hicieron cosquillas en el brazo al acariciarme el pecho. Podía oler la esencia frutal de su champú mientras su tibia y húmeda lengua se lanzaba hacia mi piel. Sin pensarlo, coloqué la mano en su cintura y la acerqué a mí, me encantaba la sensación de sentirla cerca. No mostraba ni una pizca de inocencia mientras su cuerpo se amoldaba al mío. Su boca se deslizó más abajo, dejando un rastro de besos húmedos, hasta que encontró mis ansiosos labios.

Gemí al sentir el tímido roce de sus dedos ardientes sobre la tela de la parte superior de mi bata. Mi mano se deslizó debajo su camiseta mientras la recostaba y tiraba de ella hacia mí. En cuanto mi mano tocó su piel desnuda supe que algo andaba mal. Abrí los ojos y me detuve, sobresaltándola.

—Estás ardiendo.

La tendí suavemente sobre la cama.

—Es solo que aquí hace calor —contestó, y se incorporó para recolocarse la camiseta.

Se llevó las manos al cuello de la camiseta, y pude ver que regresaba de nuevo a su concha. *¿Tenía miedo de que yo hubiese cambiado de opinión?*

Eché un vistazo a sus mejillas. Había confundido el débil rubor que vi antes con nerviosismo o pasión, pero no era debido a ninguna emoción.

Lailah tenía fiebre.

Resoplé y me preparé para ser el malo.

Definitivamente no se iba a casa al día siguiente.

13

Conocer a mamá

Lailah

Cualquier especulación en relación a lo que estaba o no ocurriendo entre un cierto ayudante de enfermería y yo quedaron claras cuando las tendencias alfa ocultas de Jude salieron a la superficie de una forma considerable en el mismo instante en el que me tocó la piel febril. Salió volando de mi habitación y pidió a las enfermeras que llamasen al doctor Marcus. Pude oírlo desde mi cama mientras gritaba órdenes y esperaba resultados inmediatos.

El poderoso apellido que acababa de revelarme de repente me pareció apropiado para él.

Debería haberme sentido avergonzada. Debería haber estado retorciéndome en mi cama de hospital, poniendo los ojos en blanco y contando los minutos hasta que el sonido de su profunda voz se hubiese desvanecido en el pasillo y yo tuviera la oportunidad de regañarle por su autoritario comportamiento.

Pero no hice nada de eso.

En cambio, en mi fascinación inducida por la fiebre, observé cómo salía de mi habitación, con el paso lleno de propósitos acelerados. Le escuchaba y el timbre profundo de sus órdenes me recordó la discusión que tuvimos cuando le acusé de no preocuparse por mí. Luego recordé el beso que vino después.

Me besó.

Y ahora me está cuidando.

Parecía que durante las siguientes horas iba a necesitar toda la ayuda que pudiera conseguir. La fiebre derivó en escalofríos, que más tarde se convirtieron en vómitos y sudores fríos. Había cogido un virus bastante agresivo y que, por supuesto, no respondía a los antibióticos. La ironía de vivir en un hospital era que en realidad era uno de los lugares más limpios y a la vez infestado de gérmenes en el que se podía estar. Había demasiados enfermos en un mismo lugar. No importa cuánto se esfuerce el personal por mantenerlo limpio, sigue siendo una gigantesca placa de Petri para virus y bacterias.

El doctor Marcus me dijo que este virus en particular tenía que abrirse paso a través de mi sistema antes de que pudiera volver a sentirme humana de nuevo. Después de unas horas de fiebre, estaba convencida de que estaba tratando de matarme.

En cuanto la noticia de mi fiebre se extendió, todo el que entraba a mi habitación llevaba una mascarilla, excepto Jude.

Durante el resto de su turno, no se apartó de mi lado, y se quedó conmigo mucho después de que hubiese acabado. Después de su anterior exhibición heroica, nadie parecía dispuesto a dar el paso y discutir con él para que se marchase, ni siquiera el doctor Marcus. A pesar de ello, no pareció muy contento cuando entró en mi habitación y encontró a Jude acostado a mi lado en la cama.

Me desvanecí alrededor de las cinco de la mañana, después de que Jude hubiera visto la peor parte de mí. Me sujetó el pelo mientras vomitaba y lloraba en el suelo del baño. Secó mis lágrimas, me dio un vaso de agua y me ayudó a volver a la cama, solo para llevarme de vuelta al cuarto de baño cuando las náuseas y los vómitos empezaban de nuevo. Nunca se quejó ni pareció sentir repulsión, pero supongo que era parte de su trabajo.

Solo que yo no quería ser parte de su trabajo, o al menos, no de esta parte.

Vomitar pocas horas después de mi primer beso no era exactamente como yo lo había imaginado.

Tal vez una o dos horas después de haberme quedado dormida, me desperté, al oír la puerta cerrarse. Abrí los ojos de par en par, me asomé y vi a Jude durmiendo junto a mí. Sentado en una silla azul, con su enorme cuerpo doblado hacia delante y la cabeza sobre los antebrazos.

Levanté las manos y me estremecí, recordé que tenía una vía puesta. Me inyectaban sueros en el cuerpo para contrarrestar la falta de comida y agua. Le acaricié suavemente el pelo, con cuidado de no despertarlo. Escuché unos pasos, y recordé que momentos antes la puerta se cerró y me despertó.

Me giré y vi a mi madre de pie junto a la puerta, mirándome. Miraba fijamente al hombre que estaba junto a mí mientras mis dedos estaban completamente quietos enredados en el cabello alborotado de Jude.

—El doctor Marcus no me llamó hasta esta mañana —dijo en voz baja, sin dejar de mirar a Jude.

—Solo es un virus —le dije—. Aunque ha sido una noche terrible.

Veía cómo lo miraba: la bata, la oscura tinta que recorría sus brazos, y de vuelta al lugar donde mi mano descansaba sobre su pelo. Empecé a retirar la mano, pero me detuve.

«Eres adulta, Lailah», me dije, mientras me obligaba a que mis dedos continuasen su camino entre los gruesos cabellos de Jude.

—¿Y quién es él? —me preguntó, con tono entrecortado y formal.

Ella no llevaba puesta la mascarilla. Al parecer tampoco tenía miedo de coger lo que yo tenía.

Jude se estiró bajo mis dedos, el pelo le cayó sobre los ojos mientras se despertaba. Aparté la mirada de la postura rígida de mi madre junto a la puerta para mirar los ojos de suave color musgo que me miraban fijamente.

—Buenos días —susurró.

Aunque me sentía como si me hubiera atropellado un camión, me hubiese tirado por un puente y luego pisoteado, no pude evitar que una sonrisa se extendiese por mis labios.

—Buenos días.

Mi madre hizo un sonido con la garganta, retrocedí y me recoloqué en la cama. Tragué saliva y suspiré hondo.

—Mamá, él es Jude... —lo miré, pidiéndole permiso.

Me hizo un gesto de aprobación.

—Cavanaugh. Es auxiliar de enfermería aquí en el hospital, y nos hemos hecho muy buenos amigos —le dije, tratando de reunir la mayor madurez posible.

Hablar con mi madre era algo que nunca había dominado. Tenerla frente a mí siempre me hacía sentir pequeña y débil.

Como esperaba, el apellido de Jude le pasó inadvertido a mi madre. Solía tener la nariz enterrada en un libro de texto, o estaba de pie frente a un aula. De cualquier forma, en realidad solo le prestaba atención a las noticias si tenían que ver con conflictos religiosos o investigación médica. Todo lo demás, políticos, moda, cotilleos de famosos o noticias comerciales, era filtrado y olvidado.

Como el caballero que era, Jude se levantó del viejo sillón andrajoso y se dirigió al otro lado de la cama para saludarla formalmente. Con su más de metro ochenta de altura, empequeñecía aún más la pequeña figura de mi madre.

—Encantado de conocerla, señora Buchanan —dijo cordialmente, y le extendió la mano.

Ella miró hacia abajo, y yo me mordí el labio, a la espera de que le correspondiera.

—Igualmente —dijo por fin, y le estrechó la mano.

—Jude se quedó conmigo y estuvo cuidándome toda la noche —dije con todo el entusiasmo que mi frágil estado me permitía.

Por el modo en el que apretó los labios de desagrado, habría pensado que le había dicho: «¡Hey, mamá! ¡Jude y yo tuvimos sexo salvaje aquí en esta misma cama! ¿Quieres ver el video?»

—Bien, muchas gracias, señor Cavanaugh. Yo me podré hacer cargo de todo a partir de ahora.

Su voz era hielo líquido. Había perdido el control de las cosas, y eso no le gustaba. Para ella, la vida siempre tenía que ver con el control.

—Con el debido respeto, señora Buchanan...—comenzó a decir Jude, con aquel intenso tono de mando de los Cavanaugh de vuelta en su voz.

Me provocó un escalofrío por toda la columna vertebral que me hizo preguntarme cómo era en su otra vida.

—Jude... —dije en voz baja, interrumpiéndole, antes de que tuviera la oportunidad de darle a mi madre el corte que ella merecía.

Por mucho que quisiera ver que alguien finalmente le devolvía el trato que me había dado desde que tenía memoria, no quería que mi madre le odiase. La idea del chico malo no era muy atractiva cuando tenía que contar con mi madre para manejar la mayor parte de mi vida. Necesitaba que se llevase bien con mi novio.

Novio...mmm....

Mariposas en el estómago.

—Estás cansado. Has estado despierto toda la noche. ¿Por qué no te vas a casa, te das una ducha, duermes un poco y vuelves a la hora de comer?

Podía ver la confusión en sus ojos. No quería irse. La noche anterior, como Jude, el auxiliar de enfermería, había gritado dando órdenes a quienes ganaban el doble y el triple de su salario, había descubierto con bastante rapidez su instinto protector. O tal vez era solo conmigo.

Sí, más mariposas en el estómago.

—Está bien —accedió.

Regresó a mi lado de la cama, sin importarle que los ojos de mi madre le estuviesen disparando virtuales rayos láser mortales, y se inclinó.

—Vuelvo en un par de horas —dijo.

Cuando asentí, continuó con una lista de instrucciones.

—Trata de beber un poco de agua. Pídele a tu madre que te ponga ese paño frío en la frente, y trata de dormir.

Me apretó la mano y me dio un leve beso en la frente. Y luego se marchó.

Miré a mi madre apostada en el espacio vacío junto a mi cama. Me miraba como si yo fuese una adolescente descarriada, y dejé escapar un suspiro de frustración.

Madre: Uno.

Madurez: Cero.

—¿Vamos a hablar de esto? —me preguntó mi madre momentos después de que Jude se marchase de mi habitación.

Caminó varios pasos hacia el baño y luego retrocedió, volvió sobre sus pasos, solo para hacer lo mismo de nuevo. Parecía un poco inquieta.

—¿Hablar de qué? —pregunté, y me hundí bajo las mantas. Un escalofrío me recorrió la columna vertebral, enterré las manos bajo las sábanas para tratar de cubrir la mayor parte de piel posible.

—¿Por qué no me has hablado de tu visitante secreto?

—Jude no es un secreto. No estaba tratando de ocultarte nada. Solo es que nunca estabas aquí cuando venía a visitarme.

—¿Y no pensabas decirme nunca que estabas... haciéndote amiga de un hombre que trabaja en el hospital?

Había pronunciado las palabras «haciéndote amiga» como si estuviera derramando gasolina y esperase que se prendiera fuego en cualquier momento. Eso me molestó, y era un problema que debía solucionar lo más rápido posible.

—Escucha, mamá, no estaba tratando de engañarte. Jude ha sido un amigo para mí. Me ha hecho compañía en las noches solitarias.

Levantó las cejas.

Rápidamente saqué una mano de debajo de las mantas y la levanté para silenciar su refutación.

—Sé lo que vas a decir. Él era un amigo. Eso es todo. Sé que crees que porque he estado en esta cama y detrás de estas paredes durante la mayor parte de mi vida no sé lo que pasa en el mundo, y hasta cierto punto, es probable que tengas razón, pero no en esto. Amigos, lo juro.

Hizo un leve sonido de indignación con la garganta y cruzó los brazos en el pecho.

—¿Y ahora? ¿Esa despedida de afecto que vi al salir? No es así como se despide a una amiga. Puede que esté un tanto fuera de práctica, pero lo recuerdo.

Eso me dolió un poco. Sabía que no quería ser dura. Mi madre era directa, exigente y sincera, pero nunca fue cruel o vengativa. Su personalidad era fruto de la necesidad. No conocía mucho de su pasado, pero sabía que fue abandonada por la única persona en la que creía poder confiar: mi padre. No creo que lo hubiera superado jamás. Desde entonces, había luchado por todo en la vida, y yo sabía que mi enfermedad lo había hecho todo diez veces más difícil. Llevaba toda su vida cuidando de mí, por lo que nunca podría encajar en una vida amorosa.

—Y ahora, somos algo más —le respondí, sin saber exactamente cómo llamar a lo que había entre Jude y yo.

La palabra novio sonaba bien, pero él no la había dicho, y yo desde luego no iba a llamarlo así sin una prueba audible por su parte. Amigos con derecho a roce sonaba sucio, y definitivamente aún no estábamos en esa parte. El recuerdo de sus labios sobre los míos mientras su mano se colaba por la parte de atrás de mi camiseta bailaba en mi cabeza, y sentí enrojecer las mejillas. Mientras esperaba ser algo más que amigos, anhelaba la parte de los roces.

Mi madre sacudió la cabeza en señal de frustración antes de salir de la habitación. Estaba segura de que iba a buscar al doctor Marcus para tener otra de sus reuniones secretas de la que yo no estaría al tanto. No querríamos hablar de mi propia salud delante de mí.

Dejé que mi enfado se esfumara, me acurruqué en la cama y permití que mis pensamientos regresasen a Jude. Fuéramos lo que fuésemos, amigos o algo más, quería que continuara, aunque sabía que no debía hacerlo. Era una egoísta por no apartarlo de mi lado. Mi vida era una encrucijada. ¿Quién sabía qué camino acabaría tomando? ¿Era justo pedirle que caminara por cualquiera de ellos conmigo? Aunque tuviera la suerte de conseguir un trasplante, no había garantías éxito.

Pero, ¿hay algo seguro en la vida?

Le dije a Jude que creía que una vida normal consistía en tener cosas buenas y malas. En tener altibajos, sin saber dónde terminarían nuestras vidas —eso era lo que nos hacía humanos.

¿No es eso lo que quiero? ¿una vida normal sin nada seguro?

Si he estado viviendo de un mal momento a otro con un poco de bueno en medio, ¿no podía simplemente tener a Jude como mi premio de compensación? ¿No podía ser Jude ser mi regalo por todo lo malo que he tenido que soportar?

Pero una relación normal consistía en dar y recibir.

Si Jude era mi compensación por todo lo malo que me había sucedido, ¿podría ser yo la suya?

Pero, ¿y si era todo lo contrario?

Esa pregunta se repetía una y otra vez en mi cabeza mientras trataba de tener unos momentos de descanso antes de que mi madre volviera. Me quité todas las mantas de encima y unos minutos más tarde las volví a colocar sobre mí cuando me quedé helada. En vez de dormir, saqué mi portátil y tecleé el nombre que me daba vueltas en la cabeza.

Miles de resultados de búsqueda aparecieron en Google. La mayoría no estaban directamente relacionados con Jude, sino más bien con toda la familia. Encontré artículos financieros y glamurosas fotos de quienes supuse eran sus padres en eventos de caridad y otras reuniones sociales de élite. Rebusqué un poco más y encontré un viejo artículo titulado «Los Cavanaugh encuentran una mina de oro en su hijo pequeño.»

Miré por toda la habitación y sentí que estaba traicionando algún tipo de confianza secreta entre Jude y yo.

¿Por qué siento la necesidad de hacer esto? ¿No debería preguntarle?

Pero mi dedo empujó hacia abajo en el ratón táctil y se paró en el artículo.

Revisé el texto y saqué los fragmentos de información que encontré relevantes, y mi mente se detuvo a una tercera parte del texto después de la introducción, donde el periodista había escrito sobre los inmensos galardones y logros de la familia Cavanaugh.

Jude era inteligente, extraordinariamente inteligente.

Además, desde pequeño había sido educado para hacerse cargo del negocio familiar.

Según el artículo, después de mostrar su amor por las matemáticas desde una edad muy temprana, sus padres lo enviaron a los mejores colegios que el dinero podía pagar. Desde que estaba en el jardín de infancia recibió clases particulares. El periodista comentaba que todo ese dinero había sido desperdiciado porque ni todos los tutores del mundo podían enseñar a Jude lo único que poseía de nacimiento: el instinto. A partir de los trece años, en vez de asistir a actividades extraescolares, Jude ayudaba a su padre a tomar importantes decisiones de negocio.

Un golpe en la puerta me sobresaltó y cerré rápidamente el portátil, avergonzada.

Grace entró por mi puerta como un soplo de aire fresco en otoño.

—Buenos días, encanto. He oído que has pasado una mala noche. No estarás tratando de dejarme de nuevo, ¿verdad? —preguntó con un guiño.

—Ugh, no.

La mascarilla que le cubría el rostro ocultaba su sonrisa, pero podía ver las arrugas alrededor de sus ojos, así que sabía que estaba allí, escondida bajo esa horrible máscara desechable.

—Bueno, no importa. Te sacaremos de aquí muy pronto.

A diferencia de ocasiones anteriores, no estaba tan ansiosa por irme a casa. Todavía quería, especialmente sabiendo que seguiría viendo a Jude, pero cuando estaba allí, podía verlo cada día.

¿Sería ese el caso fuera de los confines del hospital? ¿O sería diferente? Tenía tantas preguntas sin respuesta.

—Oye, Grace. ¿Sabes algo de la familia Cavanaugh? —exclamé.

—¿Cómo?, ¿la familia Cavanaugh? —Se paseó por toda la habitación mientras revisaba mis constantes vitales y cambiaba los sueros.

—Sí, estaba, um... viendo las noticias el otro día y dijeron algo sobre ellos —mentí. Era una pequeña mentira, así que no contaba.

—Bueno, si no salen en una película o en un programa de televisión no les presto mucha atención, pero sé algunas cosas sobre el hijo.

Mi corazón se aceleró, pero traté de no parecer afectada en lo más mínimo.

—¿Oh? —pregunté.

—Sí, es guapo, no tan guapo como mi Brian, por supuesto.

Se sentó en el borde de mi cama junto a los pies para continuar nuestra charla.

—Creía que hacía tiempo que no aparecía en público —insinué.

—Oh, él no. Hablo de su hermano Roman Cavanaugh, el mayor. Era un habitual de las revistas del corazón desde que iba al instituto. Es uno de esos hombres difíciles de controlar. Todo el mundo quiere siempre saber con quién sale o dónde fue visto por última vez. Es como el George Clooney del mundo de los negocios.

—¿Y el otro hermano? —pregunté, recolocando las sábanas para no tener que mirarla a los ojos.

—Oh, claro. ¿Cómo se llamaba? ¡Jude! Oh, sí, como nuestro Jude. Se parecen un poco, pero el nuestro tiene todos esos tatuajes y músculos. No lo sé, francamente. En realidad, nunca fue una figura pública. Siempre fue su hermano. La prensa dedujo que se volvió extremadamente introvertido después de la muerte de su prometida.

¿Prometida?

¿Muerta?

—¿En serio? —grazné.

—Sí, la familia no desveló muchos detalles hasta meses después del suceso. Nadie sabía que estaba comprometido. Por supuesto, el único

Cavanaugh al que todos le prestaban atención era Roman —dijo con ojos soñadores y encogiéndose de hombros.

¿Jude estuvo prometido? ¿Y la perdió?

Sentí dolor y tristeza por él. Todo revuelto en una especie de infierno que me hacía sentir mareada.

Mi corazón comenzó a latir de una forma irregular que no tenía nada que ver con mi repentino descubrimiento sobre el pasado de Jude.

Grace se levantó de donde estaba sentada al borde de mi cama y reanudó su rutina. Se volvió de espaldas a mí mientras quitaba la bolsa de suero vacía del soporte.

—Y hablando de Judes, ¿qué pasa contigo y con nuestro Jude? He oído que causó un gran revuelo por aquí anoche.

La habitación comenzó a dar vueltas y sentí las gotas de sudor corriendo por mi frente mientras intentaba vocalizar una respuesta. Todo lo que conseguí decir fue un montón de sílabas inútiles. Grace giró la cabeza bruscamente y vi su expresión de sorpresa entre la neblina de movimientos antes de que extendiera la mano para agarrar el botón de llamada.

La oí gritar las palabras «código azul», justo antes de desmayarme.

14

Dos caminos

Jude

Estaba hecho un jodido desastre, un maldito y jodido desastre.

Sentía los remordimientos dentro de mí, recorriéndome las venas como un veneno del que no me podía librar.

No había ninguna probabilidad de que pudiera dormir. El sol se colaba entre las finas cortinas de mi habitación, y me senté en la cama. Me pasé las manos por el pelo y miré mi modesta habitación.

Me bajé de un salto de la cama, renuncié a cualquier posibilidad de cerrar los ojos y me dispuse a hacer lo que había querido hacer desde que crucé la puerta de mi apartamento dos horas antes. Comencé a prepararme para regresar junto a ella.

Cuando estaba con Lailah, los pulmones se me llenaban de aire puro y me sanaba por completo, por primera vez en años. Ella me daba un propósito y hacía que quisiera ver el amanecer de nuevo. En cuanto me alejaba de su lado, los remordimientos regresaban como una mortificante corriente marina.

No merezco nada de esto.

Nada de lo que había hecho en mi vida hasta ese momento me permitía darme el lujo de disfrutar de un solo minuto de felicidad con Lailah.

Causé la muerte de mi prometida. No fui yo quien conducía en sentido contrario, pero vi sus ojos cansados y caídos, olí el alcohol en su aliento, y aun así le di las llaves del coche, consciente de que no debía hacerlo.

Porque era un egoísta.

Cuando no tenía ninguna posibilidad de recuperación y necesitaba que la dejasen descansar para que su familia pudiera llorarla, prolongué el sufrimiento de todos intentando demostrar que nuestro amor podía sobrevivir a cualquier cosa, incluso al daño cerebral. Oí a sus padres sollozando detrás de mí mientras sostenía sus manos entre las mías. Con las lágrimas cayendo por mis mejillas, le rogué que regresara conmigo, pero no lo hizo.

Herí a tantas vidas cuando perdí a Megan, incluida la única persona que jamás me hubiese imaginado.

No me merecía a Lailah.

Pero la aceptaría. Aceptaría todo lo que ella me diera porque era un egoísta y estaba cansado de estar solo. Y yo le ofrecería todo lo que me quedaba por dar.

Sin duda, la vida no sería tan cruel.

Resultaba irónico que le estuviese haciendo caso al consejo de la única persona que despreciaba.

Mi hermano no había sufrido ni un solo día durante toda su privilegiada vida. No sabía nada acerca de la pérdida o el dolor. A medida que sus palabras resonaban en mi cabeza, no podía dejar de preguntarme si tenían un poco de verdad.

Una punzada de culpabilidad me atravesaba el estómago ante la mera idea de que alguien reemplazara a Megan, pero mi hermano tenía razón. Ella se fue. Creí que mi mundo había acabado cuando murió hace tres años. Sin embargo, aquí estaba con los pulmones llenos de aire y la sangre bombeando mi corazón, y podía sentir todo porque estaba vivo. Todavía estaba allí.

Mi autoimpuesto exilio me había despojado de todo lo que una vez fui. Había dejado a mi familia, a mis amigos, y mi hogar.

¿No es suficiente?

Sigo aquí. Todavía estoy vivo.

Treinta minutos después de que abandonara la idea de dormir, estaba duchado, vestido y conduciendo mi viejo coche de vuelta al hospital.

Cuando dije que había abandonado mi antigua vida, no estaba bromeando.

Mis padres descubrieron bastante pronto mi afinidad por los números. Yo no era como el protagonista de *Rain Man* o algo así. No podía resolver ecuaciones en mis sueños. Era más bien como el tipo del casino acusado de hacer trampas en las máquinas tragaperras, pero del que no pueden demostrar nada porque era simplemente muy bueno. Yo era uno de esos. Veía patrones y simplicidad donde otros veían caos. Siempre estaba dos pasos por delante del mercado, veía las tendencias y las trampas antes que nadie. Desde este pequeño descubrimiento, todo lo que mi padre podía ver era dinero. No había equipo de fútbol o de natación para Jude. En su lugar, tenía que asistir a reuniones de la junta y escuchar llamadas de conferencia de una hora de duración.

«Es un buen entrenamiento», diría mi padre.

No parecía darse cuenta de que yo además era lo suficientemente inteligente para darme cuenta de qué iba su mierda. Sabía con exactitud qué planeaba. Logré ir a la universidad, pero aún tenía sus garras clavadas en mí, me bombardeaba el teléfono cada vez que necesitaba algo o me hacía volar a casa cuando era demasiado importante.

Me las arreglé para mantener a Megan apartada de la mayor parte de todo aquello, pero ella sabía que la vida sería diferente después de graduarnos. Yo sería diferente. Pasé despierto cada noche de nuestras últimas vacaciones, la observaba mientras dormía y me preocupaba por lo que sucedería cuando mi padre de nuevo se hiciera cargo de todo.

«Vete», me decía una voz en la cabeza. «Huye con ella», suplicaba.

Pero no lo hice porque me sentía obligado a mi familia. Eran mi sangre, y pensé que le debía a ellos y a toda la gente que trabajaba para nosotros, asegurar la supervivencia del negocio.

Todo eso acabó la noche que Roman vino a verme, rogándome que regresara. No le importaba nada Megan ni por lo que yo estaba pasando.

Dinero, eso era todo lo que yo significaba, pero eso se acabó.

Había resistido la tentación de invertir lo poco que me quedaba cada mes. En su lugar, aparté un poco, y logré ahorrar un par de cientos para cubrir un mes de alquiler si era necesario. Yo era pobre, tremendamente pobre.

Si papá pudiese verme ahora...

La chatarra que tenía por coche se detuvo en el aparcamiento detrás del hospital, y miré el edificio que me había servido de hogar desde que me mudé a California. Allí era donde trabajaba, pero también era el lugar en el que podía sentir a Megan, en los pasillos, en la sala de urgencias, entre las lágrimas de familias rotas de dolor.

Era mi monumento viviente para ella, y yo era el encargado del mantenimiento.

Caminé por el aparcamiento y miré hacia la ventana de Lailah en la planta de cardiología como si fuera un faro que me guiaba hasta la orilla.

El hospital ya no podía seguir siendo un monumento. Tenía que ser algo más.

Tenía que ser algo más para ella.

En cuanto me acerqué al puesto de enfermeras supe que algo no iba bien. Las enfermeras de esta planta iban a un ritmo más lento que en urgencias. Normalmente estaban en el pasillo charlando sobre sus vidas y cotilleando.

Estaban en modo hiperactivo.

Las enfermeras de guardia iban de un lado a otro, nerviosas y sobresaltadas. Como si algo las hubiese asustado. Había sucedido algo y aún estaban recuperando el nivel de adrenalina. Lo había visto una docena de veces en urgencias. Todas y cada una de las personas de esta planta, el infierno, en ese hospital, estaban entrenadas para una emergencia, pero eso no significaba que no pudieran asustarse cuando finalmente llegaba el momento.

Y en un lugar como este, siempre era así.

Miré a mi alrededor, tratando de encontrar alguien conocido. No conocía a casi nadie del turno de día, ya que solo nos veíamos de pasada, y como yo no era la persona más sociable de todo el personal, conocía aun a menos personas.

Pero conocía a alguien.

A Blancanieves.

¿Dónde está?

Recorrí con la mirada toda la planta y la vi finalmente saliendo de la habitación de Lailah. Llevaba el rostro cubierto con una mascarilla y caminaba con rapidez hacia el puesto de enfermeras. Me miró desde el mostrador, y eso fue lo único que necesitó. Sus ojos me dijeron todo lo que yo no quería saber.

Salí corriendo por el pasillo hacia la habitación de Lailah, pero alguien me agarró por detrás y me detuvo. Levanté el puño, y me giré para ver quién me impedía entrar en la habitación.

—¿Qué coño haces, Marcus? —gruñí.

—Está durmiendo y en estos momentos está estable.

—¿En estos momentos? ¡En estos momentos! ¿Qué demonios significa eso?

Me soltó el brazo.

—El virus empeoró. Le subió la fiebre en muy poco tiempo y su cuerpo entró en estado de shock. Pudimos estabilizarla y bajarle la fiebre. Ahora está descansando.

Mientras me hablaba, solo podía pensar en que yo no estaba allí. Podría haber muerto, y yo no estaba aquí. Podría haberse ido de este mundo, y nunca más habría visto su sonrisa, nunca más habría sentido la alegría de su ternura. Hacía tan poco tiempo que la conocía.

¿Cómo había llegado a importarme tanto?

—¿Puedo verla? —Tragué el nudo de emociones que sentía en la garganta.

—Sí, pero primero creo que tenemos que hablar.

Debería haber sabido que aquello iba a suceder. Después de mi exigente exhibición de anoche y el hecho de que su madre ya lo supiera todo, era solo cuestión de tiempo que esto ocurriera.

Pero, ¿por qué tiene que ser ahora?

Miré la puerta cerrada de la habitación de Lailah. La necesidad de atravesarla y arrastrarme hasta ella me quemaba por dentro.

—Está bien —accedí.

Por la forma en la que me miraba Marcus, sabía que no había forma de librarme de aquello.

Se dirigió hacia el ascensor, y yo lo seguí, pero odié cada paso que me alejaba de ella.

Podría haber muerto.

La idea se repetía sin cesar en mi cabeza, entramos en silencio en el ascensor y bajamos hasta la cafetería. Ya sabía a dónde nos dirigíamos. Esta era nuestra rutina mucho antes de Lailah. Tomábamos café y teníamos una aburrida conversación en la que él hablaba y yo escuchaba.

Al observar su modo de andar rígido y su expresión tensa, supuse que esta vez se invertirían nuestros papeles.

Nos pusimos en fila, pedimos y nos sentamos en la parte de atrás de la cafetería. Eran alrededor de las once de la mañana, y comenzaba a notarse la afluencia de la hora del almuerzo, pero aun así estaba bastante tranquila.

Marcus se reclinó en la silla y me miró fijamente.

—¿Hay algo que quieras decirme, Jude?

Hoy no soy Jota. Solo Jude.

—¿Qué quieres saber? —Tomé un sorbo largo de café que me sabía a barro.

—Quiero saber por qué me mentiste.

—No te mentí, Marcus... —comencé a decir.

Me interrumpió.

—¿No? ¿No me dijiste que te alejarías de Lailah? ¿Qué solo serías un amigo y nada más? —Los ojos le ardían.

Durante nuestra conversación sobre Lailah, nunca le hice ninguna promesa a Marcus y no podía dejar de preguntarme de dónde había salido todo eso.

—Mira, no planeé nada. No esperaba que nada de esto sucediese.

—Dijiste que no podías amar a nadie más, Jude. Confiaba en ti —me espetó.

Su uso de la palabra amor me pareció como un golpe en las rodillas, que me devolvió a la noche en la que le propuse matrimonio a Megan, cuando le juré que solo la amaría a ella durante toda mi vida.

—Pero la amo —mi voz crujió con inseguridad, mientras miraba hacia abajo a la mesa, perdido en mis propios pensamientos. Saber algo y reconocerlo eran dos cosas completamente diferentes.

—No pareces muy seguro.

—No, estoy seguro. Y sorprendido. Yo tampoco creía que fuese capaz de hacerlo.

Finalmente levanté la mirada y lo encontré mirándome. Aquellos ojos azules acusadores me observaban como si estuviera desmontando un reloj o contemplando el continuo espacio-tiempo.

—¿Qué ha cambiado?

—Lailah. Ella lo ha cambiado todo. Me hace sentir humano de nuevo. Ya no me da miedo vivir.

—Pero ¿qué estás haciendo tú por ella?

—¿Qué? —pregunté.

—Me acabas de decir cómo te hace sentir. ¿Qué haces tú por ella? ¿Cómo la haces sentir? Me preocupo por ella mucho más de lo que tú me importas, amigo. Si quieres mi bendición, dime, ¿qué estás haciendo por mi chica?

Entrecerré los ojos cuando lo miré, cuando realmente lo miré.

—¿Cuál es tu conexión con Lailah y la señora Buchanan?

—Soy el médico de Lailah —respondió con un tono cortante.

—Está bien —cedí, y lo dejé ir por el momento.

Ansiosos por volver junto a Lailah, nos levantamos de la mesa y tiramos nuestros asquerosos cafés a la basura antes de dirigirnos hacia el ascensor. Cuando las puertas se cerraron y comenzamos a subir, sentí crecer la presencia de Lailah a medida que la distancia entre nosotros se acortaba.

—No has respondido a mi pregunta —dijo Marcus, acabando con un silencio que se podía cortar con un cuchillo.

—¿Qué pregunta?

—¿Qué vas a hacer por Lailah?

El ascensor se detuvo y la puerta se abrió. Ambos caminamos sobre el desgastado suelo laminado, y yo miré hacia el pasillo que me llevaba hasta mi ángel dormido.

—Todo. Le daré todo.

15

Irlanda

Lailah

Las sombras poco a poco comenzaron a tomar forma a medida que levantaba los párpados con indecisión en la que parecía la primera vez en siglos. Me moví para frotarme los ojos, pero tenía la mano atrapada, encerrada en una cálida ternura que reconocí al instante. Giré la cabeza y descubrí los suaves ojos verdes de Jude mirándome fijamente.

—Buenos días —susurró, y se llevó mi mano a los labios.

El roce me provocó de inmediato un escalofrío por toda la columna vertebral, que no tenía nada que ver con la fiebre o mi enfermedad.

—¿Buenos días? ¿Qué hora es? ¿Cuánto tiempo llevo dormida? —pregunté, con la voz aún aturdida y cansada.

Me di la vuelta y noté la ausencia de los dolores y las náuseas que había tenido antes. En realidad, me sentía mucho mejor. No estaba al cien por cien, pero sin duda notaba bastante mejoría.

—Algo más de dos días. Marcus te mantuvo sedada el primer día con la esperanza de que pudieras luchar más rápido contra la enfermedad de esa manera. Al parecer ayudó porque la fiebre por fin desapareció, y así pudo retirarte la medicación. Has estado dormida desde entonces.

¿He estado dormida durante dos días?

Lo miré, y me di cuenta de las profundas ojeras debajo de los ojos y el enrojecimiento alrededor de las pupilas. Tenía los hombros hundidos por el peso del agotamiento y llevaba la ropa arrugada y desgastada.

—¿Y tú? ¿Cuánto llevas sin dormir, Jude? —le pregunté.

Se pasó la mano por el pelo revuelto.

—Estoy bien —contestó. Cuando vio mi mirada penetrante, se corrigió—. He dormido unas cuantas horas por aquí. No quería irme. No podía dejarte, Lailah.

Quise regañarle. Quise decirle que estaba siendo ridículo. Cuidarse debía ser siempre lo primero para él. Pero al verlo, tan cansado y exhausto, mientras hablaba con tal convicción junto a mi cama, recordé todo lo que había sufrido en el pasado, y sabía que no podía hacerlo.

Tenía miedo de perder a alguien más.

¿A qué tipo de destino enfermo y retorcido le había arrojado?

—No me voy a ir a ninguna parte —traté de asegurarle, aunque sabía que no podía hacerle tales promesas.

Como algo natural, le acaricié la piel áspera y sin afeitar de la mejilla, y él respondió de inmediato a mis caricias.

—Lo sé —respondió.

El elefante había entrado oficialmente en tromba en la habitación.

Ya no habría más conversaciones sobre la muerte ni sobre qué pasaría si... La apuesta había subido. Habíamos pasado de ser solo amigos a mucho más, tanto que no tenía ni palabras para describirlo, y la muerte no tenía lugar en el tipo de sentimientos que ahora compartíamos.

¿Cómo podríamos hacer crecer algo de cenizas? ¿Cómo podríamos esperar que una rosa floreciera en las sombras?

Sea lo que fuera lo que sentía por Jude, quería que creciera. Quería ver adónde nos llevaría, y ninguno de los dos estaba dispuesto a permitir que la muerte se cerniese sobre nosotros.

Aquel pequeño sádico al que me gustaba llamar ilusión regresó a mi mente. No pude evitar preguntarme si Jude era la señal de que todo iba a salir bien.

¿Por qué si no tendría la oportunidad de amar a estas alturas del partido si al final nadie me iba a salvar?

—¿Qué estás pensando? —Se inclinó para apoyar los codos en el borde de la cama.

Eso dejó su cabeza a escasos centímetros de la mía, y pude oler el aroma de su champú en el pelo.

—¿Cómo sabes que estaba pensando en algo?

Levantó la mano y me pasó los dedos por la frente.

—Se te forman unas líneas preciosas aquí y unas arruguitas aquí cuando estás pensativa.

—¡No!

—Sí. Soy un experto en todo lo que me propongo, Lailah. No puedes rebatir la opinión de un experto.

—Es imposible que ya seas un experto en mí. No soy tan fácil de descifrar —le discutí.

—No, no lo eres, pero he estado prestando mucha atención. No he podido evitarlo —dijo.

Los ojos se le oscurecieron ligeramente, lo que hizo que me estallaran las mejillas.

—Está bien, gran maestro, si me conoces tan bien, ¿por qué no me lo demuestras?

Sonrió y se levantó de la silla. Sentí que la cama se hundía un instante antes de que su cuerpo rozara el mío mientras se colocaba de lado, frente a mí. Me moví un poco bajo las sábanas, para poder mirarlo de frente y admirar las vistas.

Nunca pensé que me podría gustar una cama de hospital, pero Jude acababa de hacer que vivir aquí sea mucho más soportable. Entonces, la idea de que mi madre o el doctor Marcus entraran mientras Jude estaba en la cama conmigo me puso terriblemente nerviosa. Al parecer, la Lailah adulta se había marchado mientras yo estaba inconsciente.

Como si me estuviese leyendo la mente, Jude dijo:

—Es el día libre del doctor Marcus, y tu madre está ahora mismo en clase. Además, no he salido de esta habitación en dos días. Creo que puedo afirmar que nuestro pequeño secreto es de dominio público.

Tenía tantas cosas que procesar de esa afirmación.

—¿Cómo se lo ha tomado mi madre? ¿Cómo te las has ingeniado para compaginar tus visitas con el trabajo? Oh, Dios mío, ¿no te habrán despedido por mi culpa?

—En primer lugar, balbuceas cuando estás nerviosa, como ahora —dijo con una cálida sonrisa—. Tu madre no es muy mía que digamos, pero lo estamos llevando bien. No, no me han despedido. He podido quedarme aquí contigo porque me negué a usar mascarilla, así que no puedo volver al trabajo hasta que demuestre que estoy libre de síntomas. Cuando mañana quede probado que no estoy enfermo, podré reincorporarme.

—Pero Jude, todas esas horas perdidas... —dije, me sentía tan culpable.

—No hubiera estado en ningún otro lugar, Lailah.

Extendió la mano hasta mi cintura, y pude sentir el calor de su piel a través de la tela de la manta. Mis ojos vagaron por su cuerpo, admirando cómo la camiseta de color gris se aferraba a su enorme pecho. Sus vaqueros oscuros estaban desgastados y raídos, pero le colgaban de las caderas en el lugar justo.

—Y, en segundo lugar, te sonrojas cuando tienes vergüenza y cuando te excitas. Así que, ¿cuál de los dos es ahora?

Mis pensamientos y mis ojos volaron hasta los suyos.

—¿Qué?

—Te has sonrojado. ¿Estás avergonzada o excitada?

—¡Estás loco! —respondí, y aparté la mirada.

Su sonrisa se volvió traviesa, y el pequeño hoyuelo de la barbilla se hizo aún más evidente. Inclinó la cabeza hacia delante y me acarició la curva del cuello, donde lentamente comenzó a esparcir un rastro de besos calientes hasta el lóbulo de la oreja.

—Creo que es lo segundo —me susurró al oído.

Nuestros labios se encontraron en un ardiente beso al elegir el contacto físico a las palabras.

«Podría haberte perdido», me decían sus caricias desesperadas. «Pero no fue así», le respondían mis besos.

Me hundí en el calor de su pecho, para que pudiera sentirme viva delante de él.

Nuestros movimientos se hicieron más lentos, la ternura reemplazó a la ardiente pasión, hasta que finalmente se apartó.

—Lo siento. No debería haber hecho eso —dijo, y apoyó la frente contra la mía.

—¿Por qué?

—Has estado dos días dormida. Has pasado por un infierno, y yo estoy acosándote en tu cama. Todavía estás recuperándote. Deberías esperar hasta...

¿Hasta que no esté enferma?

Eso podría no suceder nunca.

Nos miramos, y ambos dejamos la frase suspendida en el aire, sin terminar, hasta que finalmente se disipó.

El gigantesco elefante había vuelto a su lugar, con firmeza, y ninguno de los dos quiso hacerle frente.

—En el menú de hoy, tenemos una deliciosa selección de arroz, galletas saladas, caldo de pollo, y, espera, puré de manzana. Mmmm... —anunció Jude al descubrir el almuerzo que me habían traído momentos antes.

—Guau, eso suena...

—¿Horrible? —acabó de decir, y colocó la bandeja de plástico sobre la gran mesa de madera.

—Yo iba a decir una combinación extraña, pero sí, horrible lo define a la perfección. Aunque, el arroz no suena demasiado mal.

—Bien, bueno. Entonces cómete el arroz, pero despacio. No has tomado nada sólido en unos cuantos días.

Se sentó en la silla que había usado como cama durante las últimas noches. Cogí la pequeña taza de arroz. Tenía un poco de mantequilla, pero, por lo demás, no sabía a nada. Tomé un bocado, indecisa, y casi gemí. Podría haberme sabido a cartón, y aun así me habría encantado. En esos momentos la falta de comida había reducido en gran medida mis exigencias en cuanto a la comida del hospital. A los tres bocados, me di cuenta de que la habitación estaba en completo silencio. Levanté la mirada y me encontré con Jude, que me miraba con ojos caídos, intensos.

—¿Siempre haces esos ruiditos cuando comes? No recuerdo que los hicieras cuando salimos a almorzar. Creo que recordaría un gemido como ese escapando de tus labios.

—Um... —fue todo lo que conseguí decir como respuesta.

Su boca se transformó con una sonrisa burlona, y se echó a reír.

—Te estás sonrojando de nuevo.

—Bueno, ¿cómo esperas que no lo haga cuando me dices esas cosas? —dije, cuando recuperé la capacidad de hablar.

Cogí un paquete de galletas saladas y se lo tiré a la cabeza. Soltó una carcajada y lo atrapó en el aire. Luego se dispuso a romper el plástico del paquete y se metió una galleta entera en la boca, y me sonrió de forma burlona mientras lo hacía.

—Venga, cuéntame algo más sobre tu lista de cosas que quieres hacer algún día.

Se metió la última galleta en la boca.

Eso me hizo preguntarme cuánto hacía que Jude no tomaba una comida decente. Tomé nota mental de pedirle a Grace que tirara de algunos hilos y le trajese algo de comer. Por ahora, tenía que conformarme con lo que tenía. Le di la compota de manzana, que no tenía intención de comerme, y me miró desconfiado. Entonces se la acerqué un poco más y levanté las cejas, él cedió y cerró los dedos alrededor del vaso de plástico. Le di una cuchara y luego me incliné hacia el cajón que tenía al lado para coger el desgastado cuaderno que allí guardaba.

—¿Qué número toca hoy?

Lo abrí por la mitad para encontrarme una vez más con la lista escrita a mano que tan meticulosamente había elaborado a lo largo de los años.

Entrecerró los ojos al observarme. Mi atención se desvió hacia la página que tenía delante, y el corazón me dio un vuelco al ver lo primero que había anotado tiempo atrás.

—El veinticinco.

Suspiré aliviada, pero sentí cómo me sonrojaba ante la mera mención de ese número en particular. No era el número uno, pero era importante, y yo había dibujado una línea de color rojo oscuro encima de él unos días antes.

—Ese ya lo he tachado —dije, incapaz de mirarle a los ojos.

Dios, ¿maduraré alguna vez?

—¿Qué era? —preguntó con voz baja y ronca.

—Que alguien me bese hasta quedar sin aliento.

Lo miré, y las comisuras de los labios se volvieron hacia arriba en una sonrisa arrogante, dejando al descubierto el hoyuelo de su mejilla.

—Cincuenta y uno.

No pude evitar que una pequeña sonrisa se formara en mi boca al encontrar ese en particular.

—Tener una conversación solo con mensajes de texto.

—Entonces, ¿quieres ser adolescente por un día? —bromeó.

—¡Vamos, Jude! —protesté, y le arrojé la servilleta.

Se agachó, y oí una suave risa escapar de sus hermosos labios.

—Lo siento, es solo que no lo entiendo. Poder mantener una conversación contigo sin que tengas la nariz enterrada en un teléfono es una de las cosas más atractivas de ti.

Enarqué una ceja, divertida.

¿Es que tengo cuernos y no me he dado cuenta?

¿No tener teléfono móvil es lo más atractivo de mí?

—Está bien, no es una de las más atractivas. Hay varias... no, cientos de cosas que me parecen mucho más atractivas, e incluso sexis. Mierda, estoy cavando mi propia fosa. ¿Me echas un cable y sigues tú?

Me tapé la boca con la mano, para tratar de ahogar la risa.

—Es solo una de esas cosas que hace la gente normal. Tienen conversaciones a través de correos electrónicos y mensajes de texto. Comparten secretos y bromas que nadie más conoces solo existen en el ciberespacio. Creo que la gente es más atrevida con lo que dice cuando se esconden detrás de un teclado. Supongo que me pregunto cómo sería.

—¿Más atrevida con lo que dices? —preguntó en voz baja—. ¿Qué dirías?

—No lo sé. Nunca he tenido un teléfono móvil. Probablemente no sería capaz de escribir más de tres palabras sin armar algún lío.

Traté de cambiar de tema con un movimiento de mano.

Pero él insistió y me preguntó:

—Si pudieras preguntarme algo en un mensaje de texto sin temor a ruborizarte o a mi reacción, ¿qué me preguntarías?

Yo sabía lo que quería preguntarle, pero el miedo se apoderó de mí, y de repente fue guiando cada uno de mis movimientos.

¿Se enfadaría porque yo ya lo supiera? ¿Le dolería hablar de ello? ¿De verdad quiero saberlo todo?

Miré esos hermosos ojos de color jade, y supe que no podía preguntarle por su prometida. No estaba preparada para saberlo. No estaba celosa ni enfadada porque no había compartido esa parte de su vida conmigo. Era el miedo de que una vez lo hiciera, tendría que enfrentarme con algo que en el fondo ya sabía. Debería dejarlo ir. Se merecía algo más que una segunda oportunidad con muy pocas esperanzas. Si mi enfermedad y la posibilidad de mi muerte fueran un elefante, tal vez habíamos conseguido dejar al pobre animal olvidado en una esquina de la habitación, taparlo con una red y dominar el arte de esquivarlo, pero eso no significaba que no existiera.

Estaba permitiendo, de modo egoísta, que todo esto sucediera, yo sabía que él ya había perdido a alguien antes, y que podría suceder de nuevo.

—¿Por qué yo? —pregunté.

—¿Por qué tú no, Lailah? —exclamó, y se inclinó hacia delante para tomarme de la mano—. ¿Por qué me preguntarías eso?

—Podrías tener a cualquier otra persona. ¿Por qué querrías...?

—No quiero a nadie más —respondió, interrumpió mis palabras. Extendió la mano para acariciar la delicada piel de mis mejillas con el pulgar—. Te quiero a ti.

Me quedé sin palabras al verlo apartar la bandeja y meterse en la cama conmigo. Me quedé sin palabras cuando sentí sus fuertes brazos rodeándome. Debería dejarlo ir, pero no iba a hacerlo. Lo necesitaba: sus caricias, sus palabras tiernas y sanadoras, y la forma en la que me hacía sentir el tenerlo cerca. Me sentía recuperada y renovada en su presencia, y eso era mejor que cualquier medicamento o tratamiento que un médico pudiera prescribir.

—Dime una más, y luego descansas un poco —dijo mientras apoyaba la cabeza en la almohada y cerraba los ojos.

Todavía tenía el cuaderno abierto sobre el regazo, y él no había hecho ningún intento de mirar las páginas expuestas.

—¿Quieres escoger el número, o lo hago yo?

—Esta vez lo eliges tú —respondió.

Examiné la página con el dedo índice, para tratar de encontrar una que fuera interesante y no demasiado vergonzante.

—Visitar un país extranjero.

Abrió los ojos y sonrió.

—¿Cualquier país extranjero? ¿O tienes alguna preferencia?

Pensé en ello durante un momento.

—No lo sé. Supongo que nunca he creído que pudiera hacerse realidad, así que nunca he elegido ningún lugar en particular.

Me acarició el brazo con los dedos, un escalofrío me recorrió la piel, hasta que finalmente los entrelazó con los míos y los apretó.

—Elige uno ahora, cualquier parte del mundo. ¿A dónde irías?

Había tantos lugares en el mundo. ¿Cómo podría elegir solo uno?

Mi mente buscó un único destino, recordé las clases de historia con mi madre y las películas que había visto, y un lugar se quedó atrapado en mi mente por encima de todos los demás.

—Irlanda —respondí.

—Un hermoso país para una hermosa mujer —contestó—. Vámonos.

Me eché a reír, me encantaba el dulce timbre de su voz.

—¿Qué? ¿Ahora?

—Sí, cierra los ojos.

—Estás loco.

—Probablemente. Cierra los ojos, Lailah —ordenó.

Resoplé y le obedecí. Cerré los ojos y me acomodé sobre la almohada.

—Está bien, imagínanos en uno de esos coches europeos. Son compactos y de aspecto aburrido. Todo está en el lado equivocado. Vamos conduciendo por una pequeña carretera cerca del pintoresco campo de Irlanda.

—Espera, ¿ya estamos allí? —pregunté, y abrí un poco los párpados.

—¿Qué quieres decir con que ya estamos allí?

—Me refiero a que, ¿cómo llegamos hasta allí? ¿En avión?

—Por supuesto, en avión.

—Eres un narrador terrible.

Resopló, lo que me hizo reír.

—Vale, está bien. Fue un vuelo muy normal, aburrido. Estuviste dormida la mayor parte del viaje. Después de alquilar nuestro impresionante y minúsculo coche nos registramos en un típico hotelito de solo alojamiento y desayuno, y echamos uno rapidito para recuperarnos del jet lag. Ahora, estamos dando un paseo por el campo.

—¿Por qué solo uno rapidito? —pregunté con una risita.

—¿Qué tal esto? Probamos siete posturas diferentes, la primera contra la puerta de la habitación porque no podía esperar ni un segundo más después de nuestro interminable vuelo. ¿Mejor? ¿O quieres más detalles?

Abrí los ojos de par en par y me encontré con sus brillantes iris de color verde mirándome fijamente.

—Um... no. Creo que ya lo pillo. —Tragué saliva—. Así que, ¿estamos dando un paseo por la campiña irlandesa?

Su sonrisa lobuna fue lo último que vi cuando mi cabeza cayó sobre la almohada.

—Te llevaría a un largo paseo por el Anillo de Kerry. Pararíamos por el camino a hacer fotos y daríamos una caminata fuera de los senderos marcados. El cielo sería gris con pequeños puntos azules donde las nubes se abrían. El aire tendría el sabor salado del mar. La hierba sería tan verde que casi parecería irreal, como si un pintor la hubiese dibujado directamente con un pincel. ¿Puedes verlo?

Con cada palabra que salía de sus labios, comenzó a crearse un cuadro en mi cabeza. Las nubes se formaron y la hierba creció. Podía sentir el sabor del mar en la lengua, y podía oír los pájaros volando sobre nosotros.

—Pequeñas granjas con antiguas cercas de piedras salpican el paisaje durante kilómetros con el agua azul cristalina a lo lejos. Si miras lo suficientemente lejos, puedes ver un grupo de islas. ¿Tal vez más tarde podríamos subirnos a un barco y escalar las antiguas escaleras de piedra hasta la cima?

—¿Se puede hacer eso?

—Cuando el tiempo lo permite, y hoy hace un día perfecto —respondió.

—¿Has estado allí?

—Con mi madre cuando era un niño.

Escuchaba el suave murmullo de su voz al describir nuestro idílico día en Irlanda. La profunda cadencia e incluso el tono finalmente me empezaron a adormecer. Unos labios suaves y cálidos me acariciaron la frente momentos antes de sucumbir al sueño.

—Esto ha sido solo un ejemplo, Lailah —susurró—. Algún día, tendremos nuestro día en el campo irlandés, junto con innumerables días perfectos. No te vas a ir a ninguna parte. No puedes...

Cuando los últimos fragmentos de consciencia fueron tragados por la oscuridad, le oí decir con claridad:

—Porque te amo.

16

Sustitutos

Jude

Odiaba separarme de ella, pero tenía que hacer algunos recados. Tenía planes, que incluían favores y provisiones. Oí su respiración incluso cuando movió con pereza la cabeza hacia un lado. Cogí el cuaderno y lo puse en la mesa a su lado. No me molesté en echar un vistazo a la misteriosa lista que escondía en su interior.

Ya lo había hecho. Puede que fuera un idiota por no respetar sus deseos, pero tenía buenas intenciones. Quería hacer realidad todos y cada uno de sus deseos —menos el que le había prometido que nunca sucedería. No podía evitar querer sorprenderla un poco por el camino.

Acostado aquí en la cama con ella mientras creaba una visión de los dos caminando por los prados de Irlanda, había tenido una idea.

Un sustituto.

¿Y si pudiera hacer lo mismo con más de sus sueños?

Estaba allí encerrada entre los muros de este hospital, pero eso no significaba que tuviera que estar encarcelada.

Así que, mientras tenía los ojos cerrados, le eché un vistazo.

La respetaba lo suficiente como para no mirar la parte superior de la lista. Sabía que el número uno estaba fuera de mi alcance y, para ser sincero, quería que lo compartiera conmigo cuando estuviese preparada. Obviamente, era muy importante para ella. Por tanto, en el vistazo de cinco segundos que le di mientras tenía los ojos cerrados y su mente cruzaba el Atlántico, encontré mi primera sustitución.

Y ahora, tenía una misión.

—Estás loco.

Grace se echó a reír después de que yo le contara mi plan para la noche. Estaba detrás del puesto de enfermeras, revisando historiales y haciendo anotaciones en el ordenador.

Me incliné hacia delante y sacudí la cabeza al ver su ridículo atuendo. Ese día llevaba una bata de Minnie Mouse. Cada Minnie Mouse repartida por toda la bata llevaba a su vez puesta una pequeña bata de color rosa. Era nauseabundo, pero a ella le sentaba bien.

—No eres la primera persona que me lo dice hoy. ¿Me ayudarás? —le pregunté.

—Haría cualquier cosa por Lailah. ¿Qué necesitas?

Repasé mi plan y vi cómo sus ojos se iluminaban y se suavizaban. Asintió y me ofreció su ayuda en lo que podía. Me fui unos minutos después, listo para abordar mi próxima tarea. Estaba agradecido de que Lailah tuviera una amiga tan increíble como Grace.

Apenas había avanzado por el pasillo cuando oí que alguien me llamaba por mi nombre detrás de mí. Me giré y vi a Margaret y su traje de lana siguiéndome de cerca.

—Jude, eres justo la persona que estaba buscando. ¿Quieres dar un paseo conmigo hasta mi oficina? —me preguntó mientras se tiraba del dobladillo de la chaqueta.

—Por supuesto, pero sabe que ahora mismo no estoy de servicio, ¿verdad?

Se fijó en mi atuendo y asintió con vacilación.

—Sí, lo sé, pero me temo que esto no puede esperar.

Mierda.

La seguí hasta el ascensor desde donde iniciamos un silencioso y torpe paseo hasta la planta donde estaba ubicado el departamento de Recursos Humanos. Cuando la puerta se abrió, le hice un gesto para que saliera primero, y yo la seguí detrás. Mi mente volaba desenfrenada mientras pensaba en mi comportamiento nada ejemplar de los últimos días.

Me va a despedir.

Mis planes, mis preciosos planes, destruidos.

Mientras Margaret abría la puerta de su oficina, me di cuenta de que mi primer pensamiento ante la idea de perder mi trabajo había sido que no sería capaz de llevar a cabo mis planes para completar la lista de Lailah. No tenía nada que ver con sentarse en un banco y mirar a la habitación donde había muerto Megan.

Empujé ese pensamiento hasta el fondo de mi mente para reflexionar sobre él otro día, y me senté frente a Margaret en aquel pequeño despacho. Se reclinó en la silla y cruzó los brazos delante de ella. Lanzó una mirada a los papeles esparcidos sobre su mesa y luego me miró a mí. Tampoco quería estar allí.

—He oído que has estado pasando mucho tiempo con una paciente en concreto, Jude.

—Sí, así es —contesté, sin molestarme en dar explicaciones.

—Me dijeron que podrías tener sentimientos por esa paciente que van más allá de lo profesional.

—Sí.

Dejó escapar un largo suspiro.

—Mira, el hospital no puede hacer nada a menos que el paciente o su familia presenten una queja...

—¿Y lo han hecho? —pregunté, interrumpiéndola.

—No.

—Entonces, ¿por qué estoy aquí, Margaret? —le pregunté fríamente.

—Porque ha habido algún problema con tu rendimiento laboral, Jude. Provocaste una gran conmoción la otra noche, y eso no pasó desapercibido. Entiendo lo que sientes por esa chica...

—La amo —la corregí.

Abrió los ojos de par en par ante mi confesión, de inmediato desvió su atención hacia el escritorio.

—Solo tienes que tener cuidado.

—¿Me estás reprendiendo o trasladándome a otro departamento?

—No. No, todavía no estoy haciendo nada. Solo quiero que seas más cauteloso —me advirtió, su mirada finalmente se encontró con la mía.

Pude ver compasión y comprensión en esas acuosas profundidades de color azul.

No me había dado cuenta de lo fuerte que me estaba agarrando al sillón hasta que aflojé la presión, y me hundí un poco hacia atrás.

—Lo haré. Gracias por cuidar de mí.

—Por supuesto, Jude. Eso es todo lo que siempre he tratado de hacer —dijo con sinceridad y afecto.

Era el mismo afecto que mostró cuando me encontró roto de dolor, incapaz de abandonar los pasillos donde había perdido a mi prometida. Eran las mismas cualidades emocionales que probablemente tuvo cuando colocó aquel banco en esa pared solitaria para que tuviera un lugar en el que sentarme, sabiendo que era inútil asumir que podría seguir adelante sin Megan.

Pero lo hice.

De algún modo, había logrado lo imposible, y, aunque mi corazón aún sentía que se estaba recuperando lentamente de un horrible accidente, yo iba hacia delante de nuevo.

Lailah era mi forma de salir de aquel pasillo y regresar a la tierra de los vivos.

—Oye, Margaret, ¿puedo pedirte un favor?

Me incliné hacia delante.

La impaciencia reemplazó al miedo y mis planes para esa noche comenzaron a tomar forma.

Las miradas curiosas e indiscretas me seguían mientras trataba de llevar en una sola carga lo que probablemente deberían haber sido tres. Llevaba bolsas colgadas en los hombros, bolsas de comida en las manos, y casi un millón de otras cosas repartidas en cualquier otro lugar en el que pudieran caber.

Con los dedos que me quedaban libres, logré abrir la puerta de la habitación de Lailah, sin molestarme en tocar. El ruido que hice cuando todo lo que llevaba colgado en los hombros cayó hacia delante contra la puerta era un anuncio en sí mismo. Realmente debería haber hecho dos viajes, pero sabía que cuando llegara aquí y la viera, no querría irme.

Cuando la oí reír, levanté la mirada y me derretí.

—¿Te vas a mudar? —me preguntó, los mechones de cabello de color trigo le rozaron la piel desnuda de las rodillas cuando se inclinó sobre la revista. Los ojos azules le brillaron de alegría al verme caer en la habitación.

En ese momento, supe que haría cualquier cosa para mantener esa sonrisa en su cara.

—¿Crees que me dejarían?

Comencé el largo proceso de soltar todo lo que llevaba. Primero, las bolsas de comida, y después el enorme equipamiento colgado en la espalda.

—Mmm... no lo sé. La cama es demasiado pequeña para dos personas —contestó.

Levanté la mirada justo a tiempo de verla abrir los ojos de par en par al darse cuenta de sus palabras. Lo había dicho sin darle importancia y bromeando, pero lo único que había oído era la posibilidad de los dos juntos de nuevo en la cama.

—Quiero decir, ya sabes... sería incómodamente pequeño. Podría darte patadas y robarte las mantas y...

—Creo que podría soportarlo.

Sonreí, y dejé que mi mirada recorriera la longitud de su cuerpo.

Los pantalones grises que llevaba no le cubrían del todo las piernas, y tenía dificultades para poder apartar la mirada de su piel blanca como la leche. Solía estar siempre tapada debido a las frías temperaturas del hospital, así que era raro verla tanto.

—¿Estás bien? —le pregunté, y de inmediato me acerqué para tocarle la frente y las mejillas.

—Sí, estoy bien. ¿Por qué?

—Normalmente estás más tapada —le dije, y señalé a sus piernas desnudas.

—Oh, yo, um...

Trató de encontrar las palabras, se sonrojó y miró hacia abajo.

—Tú, um, ¿qué? —le pregunté en voz baja, y le acaricié el muslo con los dedos.

—No tengo nada bonito que ponerme, pero pensé que al menos podía tratar de verme... sexi.

Miró fijamente mi mano sobre su piel. Respiró profundamente y soltó el aire despacio mientras me hundía a su lado.

—Podrías llevar un vestido de diseño o una bata de hospital, y te encontraría sexi de cualquier manera. No me importa lo que te pongas... o no te pongas —añadí con una sonrisa—. Me siento atraído por ti, por tu sonrisa, por tu voz, por la forma tan sexi en la que respiras cuando te beso. Nada de eso tiene que ver con lo que elijas poner en tu cuerpo.

En cuanto acabé de pronunciar la última palabra, se abalanzó sobre mí, besándome con una pasión que no sabía que ella tenía. Cada vez que pensaba que había desenmascarado a esta tímida e inocente muchacha, ella me derribaba de espaldas y me recordaba el increíble misterio que fue descubrirla.

Retrocedió, me sonrió feliz y agradecida, y me hizo saber que estaba muy contenta consigo misma.

—Entonces, ¿eso significa que debería cambiarme y ponerme unos pantalones largos? —preguntó, colocó su mano sobre la mía y la arrastró por toda la longitud de su muslo.

Inocente, un cuerno. Esta chica aprende rápido.

—No, esos están bien. Es decir, no queremos que tu madre tenga más ropa que lavar —respondí, y hundí los dedos en la carne.

Una sonrisa tímida apareció en su rostro, y trató de cubrirla con la mano.

—Entonces, si no te vas a mudar aquí, ¿qué es todo esto?

—Bueno, primero tienes que prometerme que no te enfadarás conmigo —dije, a la espera de un posible impacto.

—¿Por qué? ¿Qué hiciste? ¿Tiene algo que ver con mi madre? ¿O algo vergonzoso? Oh, Dios, ¿es algo que tiene que ver con mi madre y a la vez es vergonzoso?

Dejé escapar una risita.

—No, no tiene nada que ver con ningún miembro de la familia y no es nada vergonzoso.

—Está bien, dispara.

—Le he echado un vistazo a tu lista —dije rápidamente.

Abrió los ojos.

—¡Dijiste que no era nada vergonzoso!

—Y no lo es —me apresuré a decirle, y levanté las manos en señal de defensa—. Lo juro, solo fue un vistazo rápido, y no miré cerca del principio. Quería sorprenderte con algo, y no podía hacerlo sin mirar por mi cuenta.

Suspiró con disgusto.

—¿Me prometes que no viste nada que me haga sentir avergonzada?

—Había algo relacionado con nata montada... —comencé a decir, tratando de mantener la cara seria.

Cuando su rostro asustado voló hasta el mío, no pude contener la risa.

—¡Estoy bromeando!

Me dio una palmada en el brazo y puso los ojos en blanco.

—Te sostuve el pelo mientras vomitabas y te cuidé hasta que estuviste bien. Tendrás que hacer mucho más que dejarme ver un cuaderno lleno de secretos para mandarme a paseo.

—¿Te molesta que no te los haya contado todos? —preguntó de repente.

—No, en absoluto. No te tomes esa simple mirada como nada más que lo que es, quería darte una noche especial. Sé que ese cuaderno es sagrado para ti, y que hayas compartido algunas cosas conmigo es todo un honor para mí. Cada vez que compartes un deseo o un sueño es como desentrañar otra capa de ti. Me ayuda a conocer a la mujer de la que... he llegado a preocuparme tanto.

Cobarde.

Podía admitir mis sentimientos a mí mismo e incluso al doctor Marcus. Dios, probablemente hasta a cualquiera que pasara por el pasillo, pero cuando quería decírselo a la mujer que amaba, se me hacía un nudo en la garganta.

Una parte de mí continuaba vagando por aquel pasillo solitario de la planta baja, llorando por la pérdida de una mujer que nunca tendría, de una vida que nunca tendría. Por mucho que supiera que eso había acabado y que estaba avanzando, tenía miedo de hacerlo. Decirle a Lailah que la amaba era el final. No habría vuelta atrás a partir de ese momento, y sabía que en el mismo segundo que lo hiciera, tendría que decirle adiós al fantasma al que me había aferrado durante demasiado tiempo.

Tenía delante de mí dos caminos y dos vidas muy diferentes.

Necesitaba encontrar la forma de dejar ir a uno de los dos.

17

Shakespeare in Love

Lailah

—¿Qué vamos a hacer qué? —pregunté de nuevo, sin creer lo que acababa de decir.

—Vamos a ir al cine —repitió él, y rápidamente añadió—: más o menos.

—¿Cómo vamos a ir al cine? ¿Más o menos?

Me incorporé en la cama y miré como comenzaba a arrastrar los pies entre las muchas bolsas que había traído.

—Bueno, evidentemente, el doctor Marcus me miraría mal si te secuestrara y te llevara a un cine de verdad —dijo, sacó lo que parecía un mini reproductor de DVD y lo puso en mi mesa de madera.

Lo colocó en dirección a la pared y lo inclinó hacia la derecha.

—Dado que una noche en el cine estaba descartada, tiré de algunos hilos y pude pedirle prestado al departamento de Marketing este pequeño proyector, gracias a un favor del departamento de Recursos Humanos. Así que, esta noche, vamos a ver una película de tu elección en pantalla grande, o tan grande como podamos ponerla —añadió.

Giró un interruptor y apareció un cuadro blanco brillante en la pared que había frente a mí.

—Oh, Dios mío, ¿me estás tomando el pelo?

Casi grité de la emoción.

Cuando acabó de montar el proyector se dio la vuelta y sonrió.

—Sé que no es exactamente tu número setenta y uno, pero pensé que podríamos usarlo como un sustituto hasta que logremos sacarte de aquí. Entonces, podremos llevarte a un cine de verdad, y podrás tacharlo de tu lista.

—Es perfecto.

—Bien, pero aún no he terminado —dijo, y atravesó la habitación hasta las bolsas de papel de un supermercado local—. ¿Qué cine falso estaría completo sin palomitas de maíz? Las cogí sin sal de la sección de comida orgánica. Es probable que sepan a mierda, pero al menos podrás comértelas. Además, te he traído M&M's y natillas, por supuesto.

—Estás loco —dije.

—He oído mucho eso hoy. Entonces, ¿Qué quieres ver, ángel?

Volvió a correr hacia la bolsa negra en la que había traído el proyector y sacó un elegante ordenador portátil de color negro. Tenía un pequeño logotipo del hospital en la tapa. Al parecer, el favor del departamento de Recursos Humanos también incluía un ordenador portátil.

—No lo sé. ¿Cuáles son mis opciones?

—Bueno, me tomé la libertad de preguntarle a Grace cuáles eran tus favoritas, y ella se ofreció a traerme varias durante su hora del almuerzo —dijo él, y sacó un estuche lleno de DVDs—. Además, añadió algunos extras. Elige el que quieras.

Abrí el estuche de cuero lleno de DVDs, y no me sorprendió ver que Grace había colocado *Frozen* en la primera funda de plástico. Resoplé y seguí mirando, abrumada por la generosidad de Grace. Había conseguido reunir todos mis favoritos como *Todo en un Día* y *Dirty Dancing*, y otras tantas que estaba deseando ver pero que aún no había podido ver.

—Esta —dije, señalando mi elegida.

—Creo que nunca la he visto. ¿Y tú? —preguntó, y sacó el brillante disco de la funda de plástico transparente.

Negué con la cabeza. Lo preparó todo y regresó a la cama conmigo. Comencé a moverme un poco para darle más espacio en mi pequeño colchón individual de hospital, pero él me devolvió a mi sitio y tiró de las mantas sobre mis piernas desnudas. Luego, cogió una bolsa de palomitas para los dos.

—Así que, mi pequeño ratón de biblioteca escoge una película sobre el dramaturgo más famoso del mundo —dijo.

El título de apertura de *Shakespeare in Love* apareció en la pantalla-pared.

—Es todo ficción, lo sé, pero me gusta la idea de que basara alguna de sus obras más famosas en su propia vida.

Jude tenía razón. Las palomitas de maíz no eran fantásticas, pero estaba acostumbrada a tomar la comida sosa. Un par de M&M's y unas cuantas palomitas eran una buena combinación, y en seguida, me encontraba inmersa en la dramática vida de William Shakespeare.

El personaje de Gwyneth Paltrow, Viola, se había visto obligada a vestirse como un hombre para ocultar su forma femenina de la alta sociedad y así poder actuar en *Romeo y Julieta*. Al descubrirse su engaño, se desencadena una ardiente escena de amor.

Mis ojos deambulaban por la fuerte mandíbula de Jude. Se había afeitado después de esta mañana. Cuando me besó, le toqué la barbilla, donde ahora vagaban mis ojos, me encantó la ruda y masculina sensación de su piel sin afeitar contra la mía. Era tan extraño y diferente a cualquier otra cosa que hubiera experimentado antes, y yo deseaba más.

—Ya no estás viendo la película —susurró Jude.

—Sí, sí —respondí, y rápidamente volví la mirada hacia la película.

William estaba quitando los vendajes del cuerpo de Viola y ella se giraba y reía. Estaba completamente prendado de ella, la miraba, mientras ella jugueteaba hasta que por fin dejó caer el último trozo de tela y la tomó en sus brazos.

—No, me estabas mirando.

La escena de amor continuó y acalló su voz.

Mi respiración se entrecortó en el mismo instante en que sentí su dedo rozar la tela que me cubría la clavícula, me estremecí cuando me apartó los mechones de pelo.

—¿En que estabas pensando? —me preguntó en voz baja. Me di la vuelta y me encontré con su intensa mirada clavada en la mía.

—Cuando me besaste esta mañana —contesté, olvidando por completo la película que teníamos delante de nosotros. Mis ojos avanzaron hacia sus hermosos y gruesos labios, y noté como mi lengua me humedecía los labios.

—¿Quieres que te bese otra vez, Lailah?

—Sí —respondí, y el suave sonido parecía más una súplica.

—¿Aquí?

Me acarició la sensible carne rosada del labio inferior con la yema del pulgar mientras se acercaba a mí. No esperó una respuesta, y su boca descendió sobre la mía. Con suavidad y delicadeza, me besó con tanta ternura que me dio un vuelco el corazón. Movió los brazos, tiró de mí y me abrazó. Entonces, sentí el calor de su mano en el cuello.

—¿Qué tal aquí? —murmuró contra el hueco de la garganta.

En vez de responder, volví la cabeza y dejé más piel al descubierto. Movió la cabeza hacia abajo, y con la lengua dibujó un camino ardiente por mi piel de marfil. Cuando acercó la mano al borde de la camiseta, me quedé sin aliento, y sus dedos se detuvieron.

Nuestros ojos se encontraron.

—Te has puesto tensa. ¿Te he hecho sentir incómoda?

Negué con la cabeza, pero mi rechazo a la situación no pasó desapercibido.

Se sentó de inmediato.

—Lailah, háblame —me suplicó.

Me froté las manos, para tratar de evitar su mirada.

—Tengo muchas cicatrices —finalmente admití.

¿Me mirará diferente ahora que lo sabe?

Aunque yo era diferente. Él siempre lo había sabido.

Pero ahora que él sabía que yo tenía pruebas físicas ¿cambiará la forma en la que me mira? ¿Habrá lástima en sus ojos o pena en la manera en la que ve mi situación?

Había visto las miradas tristes y comprensivas de todos los demás desde el día en que nací. Había tenido las palmaditas en el hombro y las lágrimas perdidas de aquellos que pensaban que tenía poca esperanza de vida.

¿Se unirá a ellos cuando vea la cicatriz que me recorre el pecho?

Al no responderme, reuní el valor para mirarlo, y me encontré con una penetrante y cálida mirada.

—Todos tenemos cicatrices, Lailah. Solo que algunas son más visibles que otras.

—¿Cuáles son tus cicatrices, Jude? —pregunté, sorprendida y asustada por mis propias palabras.

Sus ojos se dispersaron por un breve instante, como si hubiese perdido el centro de la realidad. Cuando por fin regresó, sonrió.

—Me estoy escondiendo a plena vista, ¿recuerdas? Soy el heredero desterrado de una fortuna multimillonaria. No se pueden tener más cicatrices que eso.

Miré los antebrazos tatuados. Los negros remolinos de los dibujos parecían no tener sentido, ni propósito. Simplemente serpenteaban por sus brazos sin acabar nunca.

¿De verdad se cubrió la piel con tinta y cambió de apariencia para desaparecer de la sociedad? ¿O estaba tratando de esconderse de sí mismo?

—¿Me las enseñas? —preguntó indeciso, su voz me atravesó la mente como un cuchillo.

Agarré el borde inferior de mi camiseta con ambas manos, respiré hondo y cerré los ojos con fuerza. Nunca llevaba algo con botones o un cuello de pico, por lo que, para enseñárselas, tenía que mostrarle todo de mí.

Unas cálidas manos cubrieron las mías, abrí los ojos y vi sus iris de color verde claro.

—Deja que te ayude.

Me rozó los costados con los dedos al coger la tela con las manos y levantar la camisa sobre la cabeza.

El corazón me comenzó a latir más deprisa, respiré lentamente varias veces para estabilizarlo. Tan pronto como la tela salió por la cabeza, de manera instintiva, me cubrí la rosada línea entre los pechos que tenía desde que nací. La misma cicatriz había sido agrandada y modificada con cada operación, creciendo conmigo a medida que me hacía mayor.

—No te cubras —dijo Jude en voz baja, y me apartó las manos del cuerpo—. Eres preciosa.

Tenía los ojos por todas partes, y eso me confundió. Cuando estaba sin camiseta, la cicatriz era siempre la protagonista. Gritaba para ser el centro de atención. Incluso los médicos con mayor formación médica se sentían atraídos por ella.

En cuanto Jude puso los ojos sobre mi cuerpo semidesnudo, me vio a mí, solo a mí. No vio mi cicatriz ni a una frágil chica sin ninguna esperanza para el futuro. Me vio a mí, y en sus ojos, vi pasión y calor, no tristeza o compasión.

—Eres preciosa —repitió, y acarició la piel rosada con los dedos.

Cerré los ojos y gemí cuando rozó el borde del sujetador con la lengua, dejó un rastro húmedo en el pecho y subió hasta la boca. Nuestros cuerpos y nuestras piernas se entrelazaron rápidamente cuando nos besamos con más pasión. Su lengua se enredó con la mía, una y otra vez, mientras me movía contra él. Sentí como se endurecía, y en vez de sonrojarme, lo besé de nuevo, por fin comprendía para qué servía este cuerpo femenino que me habían dado. Sus caricias erráticas se detuvieron, y sus frenéticos besos comenzaron a desvanecerse hasta que se apartó por completo.

—Tenemos que ir más despacio —dijo, echó hacia atrás unos cuantos mechones alborotados mientras me sonreía con ternura.

Asentí, esquivé su verde mirada y busqué mi camiseta.

—Lailah, mírame.

No lo hice. Continué mi búsqueda hasta que me giró la cabeza con sus suaves dedos.

—¿Qué te dije? Dime si hice algo mal.

—¿Te habrías detenido si yo fuera otra persona, Jude? —pregunté, doblé las manos sobre mi sencillo sujetador de algodón blanco. Era el mismo sujetador aburrido que mi madre me compraba desde los trece años.

—¿Por qué me preguntas eso?

—No quiero que me trates de modo diferente —le solté, por fin encontré mi camiseta arrugada cerca de mis pies.

Me incliné para cogerla, pero Jude me detuvo a la mitad del camino.

—Bueno, vamos allá —dijo él—. Te trataré de forma diferente, no por tu problema de corazón o porque piensas que eres físicamente frágil o débil. Te trataré de modo diferente porque para mí eres diferente. Tú me importas. No tomaré tu virginidad en un hospital, cuando te estás recuperando de un virus que casi te mata. Te mereces muchísimo más que eso. Así que, sí, continuaré tratándote de modo diferente porque creo que te mereces más.

—Lo siento —dije, tropezando con mis palabras—. Yo pensé...

—Pensaste que he parado porque pienso que eres inocente y frágil. Pero la chica que gemía y se retorcía debajo de mí no es ninguna de esas dos cosas. Te quiero, Lailah, quiero todo de ti en todos los sentidos, pero no será aquí, no así. Te quiero despacio y suave, rápido y fuerte, y todo lo demás. Cuando lo hagamos, será a kilómetros de este lugar, y pasaré horas ayudándote a tachar ese número de tu lista —dijo con un guiño.

Abrí la boca para reñirle, pero habló antes de que yo tuviera la oportunidad de hacerlo.

—Sé que tiene que estar en algún lugar.

—Así es —respondí—. Número ciento veintiuno.

Sonrió y se agachó para besar mis labios.

—Entonces, ¿no es el número uno?

Extendió la mano para coger la camiseta y me la dio.

—No.

—¿Qué podría ser mejor que el sexo? —bromeó, el pequeño hoyuelo de la mejilla volvió a aparecer al observar la suave tela de algodón sobre mi piel.

—Mmm... no lo sé. Supongo que tendrás que averiguarlo.

Quiero todo de ti en todos los sentidos.

Las palabras de Jude continuaban resonando en mi mente mucho después de que él se marchase, y regresaron cuando me desperté a la mañana siguiente.

Despacio y suave... rápido y fuerte.

Desde entonces era una boba distraída. Ni siquiera podía recordar lo que había tomado para desayunar. Llevaba más de una hora mirando la misma página en blanco de mi revista cuando mi madre entró por la puerta.

—Has venido pronto —dije, al darme cuenta de su vestimenta informal. Llevaba unos vaqueros y una blusa de flores. Era diferente del estilo de vestir ejecutivo cómodo que solía llevar cuando daba clases.

—Cancelé las clases de hoy —dijo con un movimiento de mano mientras se sentaba en la desgastada silla azul.

—¿Cancelaste las clases? —repetí, incliné la cabeza sorprendida.

—Sí, quería hablar contigo. A solas —respondió, dando un especial énfasis a la última palabra.

—Ya veo.

Allá vamos.

—He investigado un poco a tu amigo Jude —comenzó.

—¿Has investigado, mamá? —pregunté, y levanté la mano para hacerla callar.

—Lo busqué en Google.

Solté un pequeño bufido que se transformó en risa, y coloqué los brazos en la cintura en un intento de controlar las rugientes carcajadas.

—Tú... ¿usaste Google?

Mi madre era maestra, profesora, pero no estaba licenciada en el siglo veintiuno. Llevaba un teléfono móvil para las emergencias.

Cuando lo abrías tenía exactamente tres números memorizados: el del hospital, el de nuestra casa y el del doctor Marcus. Mi portátil era de un compañero de trabajo que se lo dio cuando decidió comprarse uno nuevo. Mi madre le echó un vistazo y se aterrorizó. Usaba un ordenador de sobremesa en el trabajo y lo consideraba un castigo.

Según mi madre, cualquier investigación debía hacerse en una biblioteca. Google era para imbéciles y pervertidos. El hecho de que lo hubiera usado para buscar a Jude significaba que estaba nerviosa y bastante frustrada.

—Sí, sentía curiosidad por el chico con el que pasas tanto tiempo.

—Mamá, tiene veinticinco años. Ya no es un niño.

Hizo caso de mi comentario y continuó observándome desde su destartalado trono azul.

—¿Crees que cuidará de ti? ¿De eso se trata todo esto? Es rico y poderoso, ¿así que piensas que te protegerá?

La miré, con la boca abierta, y dejé que el golpe disminuyera.

—¿Eso es lo que piensas de mí? ¿Qué piensas de él?

—No lo conozco —respondió.

—No, pero me conoces a mí. ¿Crees que haría algo así? ¿Entregarme en bandeja de plata? —le espeté.

—Yo lo hice —dijo en voz baja.

—¿Qué?

—Los hombres prometen todo tipo de cosas cuando quieren algo, especialmente si se trata de una mujer. Tu padre no era diferente.

Me quedé sin respiración cuando la oí hablar de él. En mis veintiún años sobre esta tierra, solo lo había nombrado unas cuantas veces. Nunca era ella quien sacaba el tema, y siempre cambiaba de asunto rápidamente. La mayoría de lo que sabía sobre él eran pequeñas cosas que había visto en los informes médicos.

—Desde el momento en que nos conocimos, me enamoré por completo de él. Me hacía ser imprudente con su constante persecución. Me prometió la luna y las estrellas, y yo creí cada palabra. Dijo que siempre me protegería, pero cuando me quedé embarazada, desapareció, al igual que sus falsas promesas.

—Mamá —comencé a decirle, con la voz rota por las lágrimas que estaba conteniendo por el dolor que mi madre había sufrido—. No todos los hombres son como mi padre.

Entonces me di cuenta de que incluso después de su historia sincera, aún no me había revelado su nombre. El único padre que conocía no tenía rostro ni nombre.

—¿Cómo puedes estar tan segura? —me preguntó, y se inclinó hacia delante para coger mi mano entre las suyas.

—No creo que nadie pueda estarlo. ¿Pero no es eso de lo que se trata la vida? ¿Arriesgarse? ¿Con alguien? Jude es una persona maravillosa, mamá, pobre y sin dinero —añadí.

Abrió los ojos de par en par.

—Pero, yo pensaba... se parece tanto a... —balbuceó.

—Es él. Ese es él. Tus habilidades con Google son buenas. Es una larga historia, y algo que probablemente deberías preguntarle tú misma, pero solo quiero que sepas que no espero nada de él, y él no espera nada a cambio. Sé que esto es estresante para ti. Entiendo que estoy interfiriendo en tu sentido del control, pero por favor, mamá, déjame correr este riesgo, déjame amar a alguien.

Asintió, se levantó de su asiento para sentarse conmigo en la cama. De buena gana la dejé que me abrazara, adoraba la forma en la que aún encajaba en su pequeño cuerpo. Ella a veces era controladora y dominante, pero era mi madre. Era mi hogar, y todo lo que había hecho desde el momento en que llegué gritando a este mundo había sido porque me amaba.

—Solo ten cuidado, mi pequeño ángel.

Sonreí contra su pecho, al recordar como Jude me había llamado así de dulcemente solo unas horas antes. Mamá me llamó Lailah por el ángel hebreo del embarazo. Cuando descubrió mi defecto cardíaco en una ecografía rutinaria, quiso darme un nombre fuerte y lleno de esperanza. Tal vez no fuera una persona religiosa, pero supongo que de algún modo sería su forma de pedir un poco de ayuda a quienquiera que estuviera escuchando.

—Lo haré, mamá, lo prometo.

Me dio un pequeño apretón, y yo cerré los ojos, sabía que había mentido a mi madre.

No hay forma de tener cuidado a la hora de enamorarse.

18

Bailando bajo la lluvia

Jude

Había pasado poco más de una semana desde aquel horrible día en el que la fiebre casi se lleva a Lailah de este mundo. La fiebre era algo muy simple para la mayoría de las personas, pero extremadamente peligrosa para ella. No era de extrañar que su madre se hubiera vuelto tan controladora con respecto al más mínimo detalle de la vida de Lailah. Su madre había ido demasiado lejos para asegurar la seguridad de Lailah, pero, desde el lado opuesto de la maternidad, podría apostar que una madre haría cualquier cosa para mantener a su hijo con vida, aunque eso significase evitar que llevara una vida normal.

En su mayor parte, la vida en el hospital había vuelto a la normalidad. Después de mis pocos días de vacaciones forzosas, me permitieron volver al trabajo al no mostrar ningún síntoma del virus de Lailah, y así, Lailah y yo volvimos a nuestras visitas de natillas nocturnas. La única diferencia eran mis visitas diurnas fuera del horario. Una hora al mediodía ya no era suficiente, y yo no tenía una cuenta en el banco infinita a la que recurrir. Necesitaba mi trabajo. Ahora más que nunca, el hospital se había convertido en mi casa. Estaba allí mañana, tarde y noche, solo iba a casa para ducharme, dormir y hacer planes.

Siempre estaba haciendo planes.

La noche de cine no era el único as que tenía bajo la manga. Desde aquella noche, había conseguido realizar con éxito unos cuantos sustitutos más con la esperanza de hacer un poco más agradable la pena de prisión de Lailah.

Una tarde tuvimos una heladería, de la que traje diez sabores diferentes de helados. Logramos hacer un helado digno del nombre cursi que había inventado para mi ficticio esfuerzo helado.

—¿Una heladería con el nombre de «Un tipo llamado Jude»? —preguntó con una sonrisa sarcástica.

—Oye, tardé mucho en encontrar ese nombre. Perdí unas preciosas horas de sueño.

—Es mono.

—¿Quieres decir que es sexi? —dije con un movimiento de cejas mientras ponía pepitas de chocolate con menta en un cono.

—Mmm... sí, eso también.

Conseguí mantener su sonrisa toda la tarde mientras servía conos de helado a todo el personal que logró encontrar el camino hacia el helado sin instrucciones ni invitación. Lailah estaba en éxtasis por la conmoción y daba la bienvenida a todo el mundo, habló con médicos y enfermeras durante horas mientras yo hacía las veces de anfitrión.

¿Quién diría que Jude, el solitario, podría ser tan carismático?

Ella había traído esa parte de vuelta, la vieja versión más desenfadada de mí mismo, la parte que pensaba que había muerto cuando vi a Megan exhalar su último aliento.

Todavía visitaba el pasillo. No muy a menudo, pero había estado allí durante un breve instante, dando vueltas y esperando... algo. El qué, no lo sabía.

¿Estaba esperando una señal divina de mi prometida, que me dijera que todo era como debería ser? ¿Esperaba oír su voz diciéndome que estaba bien amar de nuevo?

Joder, no lo sé.

Aún sentía el tirón entre mi antigua vida y la nueva que parecía estar emergiendo, pero la culpa se estaba disipando. Cuando caminé por el pasillo y me senté en mi banco, mirando la puerta cerrada que perteneció a Megan durante unos cuantos días, me sentí culpable por estar allí, por no compartir esta parte de mí mismo con una mujer a la que se suponía que amaba.

Cuando amas a alguien, se lo cuentas todo, incluido el hecho de que la amas.

Pero yo no había tenido el coraje de hacerlo.

Seguía teniéndolo allí, en la punta de la lengua.

Había tenido muchas oportunidades durante los últimos días, pero, cuando la sostenía entre mis brazos, recostados en la cama, sabía que dejaría que esos momentos se los llevase el viento. Cada vez que lo hacía, me imaginaba de vuelta en aquel solitario pasillo, y lo odiaba. Odiaba seguir atascado cuando todo lo que tenía delante de mí parecía tan claro como el cristal, y sin embargo yo me sentía tan malditamente oscuro.

La heladería había sido un éxito tan grande, que al día siguiente había entrado en el hospital preparado para otro reto más. Era mi primer día libre después de seis noches seguidas. Tras una breve parada en un centro comercial cercano, llegué unas horas antes del almuerzo, listo para pasar todo el día con ella.

—¿Quieres otro?

Colocó su último libro de bolsillo en la cama y balanceó las piernas para que los pies le colgaran por uno de los lados.

Sus dedos quedaron en el aire, y pude ver un destello del esmalte de uñas de color lavanda brillando en el dedo gordo del pie. Se quedó mirando cómo colocaba la bolsa de papel blanca cerca de la cama, pero no dijo nada.

—Sí, dispara —respondí con una sonrisa.

Me miró, con las manos cerca de las rodillas y sin dejar de balancear los pies adelante y atrás.

Es tan hermosa.

—Está bien, número cuarenta y tres: bailar bajo la lluvia.

Los ojos le brillaban con una sonrisa contenida.

—¿Quieres un sustituto para eso? —pregunté en auténtico estado de pasmo.

—Sí. Es decir, ayer trajiste una heladería entera, hasta con pepitas y cerezas. ¿Tan difícil puede ser un poco de lluvia?

Lanzó un guiño coqueto al final solo para fastidiarme.

Mi tímida muchacha nerviosa se había transformado rápidamente en una ingeniosa tentadora, y eso me gustaba.

—¿No podrías haber escogido algo más fácil? No, tuviste que elegir la lluvia, en el hospital —añadí.

—Bueno —comenzó a decir con voz melancólica—, si es demasiado difícil...

Ni siquiera la dejé acabar la frase. Me acerqué cruzando el pequeño espacio entre nosotros y la cogí de la mano. Abrió los ojos de par en par y comenzó a reír con fuerza.

—¿Qué estás haciendo? —gritó.

La llevé corriendo hacia el baño.

—Hacer que llueva —respondí.

Me quité los zapatos y saqué el móvil y las llaves de los bolsillos, recordé que aún le tenía que revelar el contenido de lo que había escondido en la misteriosa bolsa que había traído.

Me encogí de hombros mentalmente. *Eso puede esperar. Es hora de jugar con el agua.* Me giré hacia ella y tenía esa mirada de «en qué me he metido».

Sonreí y nos lanzamos hacia la ducha. Alcancé la manija del grifo y la giré. El agua fría comenzó a caer sobre nuestras cabezas desde la ducha.

—Oh, Dios mío, ¡estás loco! ¡Estamos completamente vestidos y empapados!

—Bueno, si no estuviéramos vestidos, solo sería una ducha. —Mis ojos le recorrían el cuerpo empapado, me encantaba la forma en la que la ropa se aferraba a cada centímetro de su piel—. Pero ahora que lo mencionas, una ducha suena bastante bien en este momento.

Se quedó sin aliento, y sus ojos cristalinos se encontraron con los míos.

Había tantas posibilidades en ese mismo instante.

—Pero tú querías bailar bajo la lluvia, así que la ropa se queda puesta, al menos hoy —añadí con una sonrisa pícara.

No empujarla contra aquel horrible azulejo blanco y enseñarle todo lo que quería hacerle en ese momento era físicamente doloroso. Pero había hecho una promesa, a ella y a mí mismo. No era así como la haría mía. Los ángeles no bajaron del cielo para ser tratados como algo común y corriente. Nunca nadie me había hecho un regalo como el que Lailah estaba eligiendo darme. Hasta ahora, no había considerado la virginidad como mucho más que un interludio de embriaguez que se deja atrás en el instituto. Así fue como la mía vino y se fue. Megan había salido en serio con alguien durante la mayor parte de la secundaria, y aunque nunca quise detalles, sabía que habían tenido relaciones íntimas.

La vida de Lailah había transcurrido entre las paredes de este hospital. Su enfermedad, el defecto con el que había nacido, había absorbido y robado casi cada minuto de su existencia. No estaba dispuesto a que le arrebatara nada más.

Deslicé las manos por sus brazos, la agarré por las manos y los puse alrededor de mi cuello. Sus cálidos y húmedos dedos se aferraron a mis hombros, la agarré por la cintura y la acerqué a mí.

—Espero que no te importe si bailo contigo —susurré, me encantaba sentir su cuerpo contra el mío, y comencé a balancearnos adelante y atrás bajo la cascada de agua.

—Nunca —respondió, y colocó la cabeza sobre mi hombro.

No sé cuánto tiempo nos quedamos así, bailando lentamente bajo la suave lluvia de la ducha, mientras fingíamos estar en otro lugar.

—Ahem —una ruda voz masculina nos sobresaltó de nuestro vals de ensueño entre la niebla.

Lailah levantó la cabeza de mi hombro y yo me volví para encontrarme al doctor Marcus de pie junto a la puerta. Me miraba fijamente, con una mirada que no era nada amistosa.

—Será mejor que os cambiéis. Lailah, tu madre estará aquí dentro de unos minutos. Dijo que habló con alguien de la compañía de seguros y quería hablar contigo.

Y con esa vaga afirmación, salió del cuarto de baño. Me di la vuelta y vi que la despreocupada chica que había estado bailando conmigo bajo la lluvia había desaparecido. Lo que quedaba era miedo, solo puro miedo.

—Lailah —dije, le acaricié la cara con ambas manos mientras trataba de llegar hasta ella. Podía verla retraerse, huyendo dentro de sí misma, donde se sentía segura, como una tortuga entrando en su caparazón—. Oye, todo va a ir bien. Pase lo que pase, estamos aquí, sea lo que sea.

Levantó la mirada finalmente, sus ojos conectaron con los míos, mientras asimilaba mis palabras.

—Sea lo que sea —repetí.

Asintió, y la estreché entre mis brazos. Odié al doctor Marcus por su comportamiento tan insensible. Él, más que nadie, debería haber sabido cómo le afectaría un comentario como ese.

—Vamos a hacer que entres en calor —sugerí, cerré el agua y cogí una toalla. La envolví como si fuese un burrito. Salí de la ducha, sin preocuparme por mi ropa empapada, y comencé a secarle con suavidad la cara y las manos.

De repente me miró, con los ojos abiertos de par en par.

—¿Qué te vas a poner?

Le di una media sonrisa mientras le secaba el agua de su larga cabellera rubia.

—Tengo un par de uniformes de recambio y unas cuantas mudas en mi taquilla. He estado guardando ropa extra allí desde que te pusiste enferma y comencé a ducharme aquí para pasar la noche.

—¿Te... has duchado aquí? —preguntó, le echó un vistazo rápido a la ducha, como si de repente me hubiese imaginado allí dentro.

—Sí, ahí mismo. Apuesto a que desearías no haber estado dormida, ¿no? Además, me cambiaba con la puerta abierta —dije con una sonrisa.

Se quedó boquiabierta, y me eché a reír, contento de ver que había logrado que dejara de pensar en la inminente noticia de su trasplante.

—Voy a ir a mi taquilla para cambiarme. Vuelvo en seguida. Cinco minutos como mucho —añadí.

Cogí una toalla y traté de secarme el exceso de agua de la ropa mojada, y luego me puse los zapatos.

Tendrá que valer así.

Le di un beso en la frente y me fui.

Ahora tenía que encontrar al doctor Marcus.

No tardé mucho en encontrarlo.

Con mis zapatos chirriando por el pasillo, lo encontré en el puesto de enfermeras. Me miraba con la misma mirada de desprecio con la que yo le miraba a él.

—Creo que tenemos que hablar, Marcus —dije con los dientes apretados.

—Eso creo —respondió.

—Bien, vamos a dar un paseo.

Ni siquiera me detuve a esperar una respuesta. Mientras llegaba al ascensor y presionaba el botón con el agua goteándome por los lados de la cara, le oía caminar a mi lado. Yo tenía las manos puestas en los costados, pero permanecí en silencio. No había necesidad de montar una escena delante de los compañeros de trabajo. El ascensor sonó, entramos de uno en uno, y esperamos a que la puerta se cerrara.

—Te has pasado de la raya —dije.

—Has ido demasiado lejos —dijo al mismo tiempo.

—¿Qué yo he ido demasiado lejos? —farfullé—. Casi la has destrozado ahí dentro, Marcus. ¿A dónde ibas entrando así, hablándole como si fuera una paciente más? ¿Sabes lo que le has hecho? Solo la simple mención de la compañía de seguros la aterra. Le da miedo que no aprueben el trasplante.

Tenía la mirada nublada y perdida.

—Lo siento. No lo pensé. Entré allí y vi... y pensé... y yo solo...

—Pensaste como padre, no como médico —dije.

Levantó la mirada y me miró.

—Mira, Marcus, no sé qué historia hay entre la madre de Lailah y tú, pero no soy tan tonto como para pensar que solo te preocupas por ellas como médico. Aquí hay algo más, y va más allá de este hospital. Sientes algo por las dos, y no te voy a criticar por ello.

El ascensor se detuvo, y nos dirigimos hacia la entrada del vestuario del personal. Encontré mi taquilla, abrí la cerradura y saqué una muda de ropa. No podía hacer nada con los zapatos, pero al menos ya no tendría los calzoncillos mojados. Me di la vuelta y me encontré a Marcus sentado en un banco, de espaldas a mí. Estaba encorvado, como si se sintiera derrotado.

—He estado enamorado de Molly Buchanan desde que estaba en la facultad de medicina. Ella es la única mujer que he amado.

—¿Ella lo sabe? —pregunté.

Me quité la camisa y la sustituí por otra camisa azul limpia y seca.

—Sí, lo sabe. No fue justo, la forma en la que la hicimos escoger. Yo nunca ganaría. ¿Quién elegiría al hermano serio y aburrido?

Abrí los ojos de par en par, acabé de vestirme y cerré la taquilla.

—¿Eres el tío de Lailah? —pregunté, encajando todas las piezas.

Sacudió la cabeza en señal de asentimiento.

—Dos hermanos que van detrás de la misma chica es todo un clásico. Vivíamos en los barrios bajos, y fuimos criados por padres adoptivos. Brett y yo no teníamos nada que ver el uno con el otro. Yo usé nuestra tragedia personal para crecer y hacerme más fuerte. Sobresalía en la escuela y solicitaba todas las becas que pudiera conseguir. Mi hermano hacía todo lo contrario. Tenía una reputación que era de todo menos respetable.

Conocimos a Molly una noche en un bar. Yo estaba allí con algunos compañeros de universidad, celebrando el fin del semestre. Brett probablemente estaba haciendo tratos en la puerta de atrás. Conocí a Molly primero, y compartimos un momento de conexión y un baile, pero él tenía un don con las mujeres, y acabó ganándose su corazón. Cinco semanas después, ella estaba embarazada, y él se había ido. Molly y yo no lo hemos vuelto a ver desde entonces, y, durante todo este tiempo, he estado intentando convencerla de que yo no soy mi hermano.

—¿Y Lailah no sabe nada de esto? —pregunté mientras regresábamos al ala de cardiología.

—No. He estado a su lado desde el día que nació, y no tiene ni idea de quién soy.

—¿Por qué?

—Molly estaba muy enfadada por haber caído tan fácilmente en las mentiras de mi hermano. Siempre se había enorgullecido de ser metódica y tomar las decisiones acertadas, y en solo cinco semanas, la había engatusado con cenas y vino y la había dejado embarazada. Traté de advertirla, pero, cuando comenzó a escucharme, ya era demasiado tarde. Después de que se marchara, no quiso volver a hablar de él, así que no lo hizo. Por eso, mi papel se redujo a ser el doctor Marcus. Pude estar cerca, pero solo en condición médica. Si no fuera por mi ocupación, no habría tenido participación alguna en sus vidas.

—Una bendición y una maldición —dije mientras bajábamos del ascensor.

—Sí, exactamente. He intentado convencer a Molly de que no soy él, que nunca le haría daño, pero mi hermano la destrozó, y no sé si alguna vez volverá a confiar en otro hombre.

Llegamos a la puerta de la habitación de Lailah, y me volví a Marcus antes de entrar.

—Sigue intentándolo. No te rindas, Marcus.

—Tiene buena pinta —dijo la señora Buchanan con una mirada de esperanza en sus ojos azules.

—¿Qué significa eso? —preguntó Lailah, agarrada a mi mano y con dos pares de ojos observándola.

—Eso quiere decir —dijo ella mirando a su hija—, que creo que las cosas van finalmente por buen camino. Hoy hablé con alguien de la compañía de seguros para asegurarme de que tenían todo lo que necesitaban. Todo está en orden con UCLA, te operarán cuando llegue el momento y yo he comprobado doblemente que tienen todo lo que necesitan. No quiero que nada salga mal con la compañía de seguros.

Lailah puso los ojos en blancos, y yo traté de evitar sonreír. Lailah decía que su madre era muy controladora, y yo no podía estar más de acuerdo. Verla en acción era aterrador. Era como un huracán con tacones.

—¿De verdad que los llamaste? —dijo Lailah, con una sacudida de cabeza.

—Sí, eso hice. No quiero que algún imbécil incompetente en un cubículo meta la pata en todo esto. Llamé y confirmé. Me dijeron que todo estaba en marcha y se veía bien —dijo ella.

—¿Te fías de la palabra del imbécil incompetente? —preguntó Lailah, repitiendo las palabras de su madre.

—No, claro que no. Hablé con la persona encargada de revisar los casos.

—Oh, Dios mío, mamá, eres demasiado.

—Hago cosas —afirmó.

—Ni siquiera quiero saber cómo lo conseguiste —murmuró Marcus—. Pero es bueno oírlo. Con suerte, significará una gran noticia para nosotros más adelante.

La señora Buchanan tuvo que salir corriendo a dar una clase, y Marcus tenía otros pacientes que ver. Después de unas breves despedidas, volvimos a ser solo nosotros dos.

Lailah miraba por la ventana, absorta en sus pensamientos.

—¿Alguna vez piensas cómo sería nuestra vida si aprobaran la operación? ¿Si consiguiera un trasplante y realmente pudiéramos estar juntos fuera de esta habitación?

—Sí, lo pienso.

Me miró, sus ojos azules seguían perdidos en su reflexión.

—¿En qué piensas?

—Pienso en llevarte al embarcadero y que por fin puedas sumergir esos preciosos pies en el Pacífico —dije con una pequeña sonrisa—. Pienso en Irlanda y en aquel hotelito y en todas las cosas malvadas que prometí que te haría.

Un súbito rubor le subió por las mejillas.

—Pero ¿y si nunca sucede? —preguntó.

—Sucederá —dije con convicción.

—¿Cómo lo sabes? ¿Cómo puedes estar tan seguro?

—Porque me niego a creer que no es posible. De alguna forma, de algún modo conseguiremos que suceda. No me voy a rendir si tú no lo haces —afirmé.

No parecía completamente convencida, pero se inclinó hacia delante. Apoyó la cabeza contra la mía, su señal de rendición, y me dejó tomarla entre mis brazos.

—¿Qué hay en la bolsa? —preguntó tras un largo silencio.

—Oh, casi me olvidé de mi pequeña sorpresa.

Levantó la cabeza de mi hombro, y me levanté a toda prisa para coger la bolsa de papel blanca del suelo. Regresé a la cama y me eché a reír cuando quiso mirar dentro con entusiasmo.

—¡No mires! —exclamé.

Se echó hacia atrás, se sentó recta y colocó las manos en la espalda como si no hubiera hecho nada malo.

—Ahora, creo que me hablaste de una cosa de tu lista, y puede que yo te lo hiciese pasar un poco mal...

—¿El baile de graduación?

—No, esa no.

De repente tuve una idea fantástica.

—Me lo has hecho pasar mal con unas cuantas. Así que, ¿por qué no me lo enseñas ya? —sugirió con una sonrisa burlona.

—Está bien.

Metí la mano en la bolsa y saqué la pequeña caja blanca.

—¡Me has comprado un móvil! —casi gritó.

No era el último modelo, pero era lo máximo que me podía permitir. Podría navegar por internet, instalar aplicaciones, y, por supuesto, mandar mensajes de texto.

—Así es.

—¡Ahora por fin podré mandarle mensajes a mi otro novio! —dijo sonriendo.

—Muy bonito, Lailah. Muy bonito —dije con sequedad.

Cogí la caja, la coloqué sobre la mesa de bandeja junto a ella, y le lancé una mirada expresiva mientras me inclinaba hacia delante. Vi un destello de conciencia en su mirada segundos antes de que la recostara sobre el colchón. Deslicé las manos por sus brazos, dejándola sin aliento. Entrelacé sus dedos con los míos y le levanté las manos por encima de la cabeza.

—El único hombre al que llamarás por ese título soy yo —susurré.

Rocé su cuello con los labios y luego los moví hasta la sensible piel de la oreja.

Soltamos las manos, y dejé que mis dedos recorrieran las pequeñas curvas de su cuerpo hasta que encontré la piel desnuda donde se le había levantado la camiseta. Mis labios se unieron a mis ansiosas manos, mordisqueé y besé la piel desnuda mientras las yemas de los dedos se burlaban de la cintura de sus pantalones.

—El único hombre que te tocará así seré yo —dije con sofocante esfuerzo.

Este juego había comenzado como algo simple y travieso, y ahora, se estaba convirtiendo en algo completamente diferente. Cada parte del cuerpo ardía, necesitaba más de ella. Había ido demasiado lejos, me había exigido mucho, y ahora, me estaba muriendo.

Gimió debajo de mí, apretaba los muslos, como si ella tampoco pudiese soportar el fuego. Agarré el borde de los pantalones, coloqué los dedos debajo y le acaricié las caderas, tiré con suavidad antes de besar la carne que acababa de revelar.

Sabía que estaba jugando con fuego. Esto era exactamente lo que había dicho que no haría, no aquí, no así.

Joder, quiero hacerlo.

Voy a ir al infierno.

—Por favor, Jude —susurró—. Solo esto. Enséñame cómo es.

Alguien podía entrar en cualquier momento. No teníamos privacidad; sin embargo, seguía pensando en ello. Quería dárselo todo, incluido esto.

Continué mi camino, dejé un sendero de besos mientras que lentamente le bajaba la tela por las caderas, dejando al descubierto su hermosa piel desnuda. Miré hacia arriba y la vi mirándome con los ojos entornados. No había inhibición, solo el débil color rosado de la pasión y la expectación. Si bajo los pantalones vaqueros no hubiera estado ya duro como una roca, me habría puesto tieso solo con esa mirada.

Le pasé las manos por las piernas, por las caderas, y llegué hasta la unión de sus delgados muslos, los separé hasta que se abrieron. Mis dedos se deslizaron por la brillante piel por primera vez, y jadeó. Ella era asombrosa, y yo estaba completamente cautivado. Deslicé mi dedo por su clítoris, y al instante gimió.

—Chis, ángel. Vas a meternos en problemas.

Sonreí.

Apretó los labios, una sonrisa tímida le recorría la cara.

—Dime que pare —dije, pasé el pulgar sobre la tierna piel de nuevo.

—No —respiró.

—Dime que quieres esto.

—Quiero esto Jude. Por favor.

Me incliné hacia delante y la saboreé por primera vez. Vi su mano volar hasta la boca para acallar los gemidos.

Debería haber sabido que un ángel sabe como el cielo. Le separé un poco más los muslos, y usé la lengua, entraba y salía de su interior, se movía sobre el clítoris, lamí y chupé hasta que me sentí borracho.

Por una fracción de segundo antes de haber tomado la decisión de hacerlo, me había preocupado que pudiera ser demasiado, demasiado pronto para alguien tan nuevo en el aspecto físico del amor, pero al verla desplegarse delante de mí, no pude resistirme. Había tenido que mostrarle un destello, y ella había florecido bajo mis caricias.

Se retorcía y se movía contra mí, gimiendo bajo su respiración, y con la mano libre me agarraba del pelo. Estábamos tan atrapados el uno en el otro en ese momento, que pensé que el edificio podría haberse derrumbado a nuestro alrededor y no nos habríamos dado cuenta. Afortunadamente no fue así.

Los gemidos de Lailah se hicieron más erráticos, se apartó la mano de la boca.

—Jude, es... no puedo... demasiado —dijo en frases entrecortadas.

La miré para asegurarme de que no era su corazón, y no, no era. Tenía los ojos encendidos y el rostro enrojecido. Sin dejar de mirarnos, me dirigí directamente al clítoris y lo acaricié una y otra vez sin parar. Entonces, la vi estallar por primera vez en su vida. Su cuerpo temblaba y se sacudía, y su despertar fue asombroso.

Y ahora, ¿cómo diablos se supone que voy a sobrevivir el resto de su encarcelamiento hospitalario, sabiendo que puede deshacerse así?

19

Verdad y mensajes de texto

Lailah

Querido cuaderno/diario/guardián de secretos:

Sé que nunca te he tratado como un diario ni como una persona, pero hoy necesito que seas mi consejero. Necesito alguien que escuche mis secretos y los mantenga a salvo. ¿Harías eso por mí?

Hoy, hablemos como amigos. Tú puedes ser... bueno, tú, y yo seré yo. Mañana, puedes volver a ser un vacío sin fondo donde atrapo todos mis pensamientos errantes y mis sueños que vuelan y revolotean a mi alrededor.

Hoy, siento... todo, felicidad, amor, miedo, deseo, y sí, hasta esa pequeña emoción tan peligrosa, esperanza.

Un nuevo corazón.

Un nuevo comienzo.

Una nueva vida.

¿Podría ser posible?

¿Podría ser posible con Jude? Desde que entró en mi vida, he estado caminando sobre arenas movedizas, con miedo por lo que mis sentimientos pudieran hacerle a él, a mí, a los que nos rodean.

Pero, ¿podría ser esta la respuesta que hemos estado esperando? ¿Podría un nuevo corazón ser nuestro billete de ida para una vida normal? ¿Para disfrutar de un mundo que con tanta desesperación deseaba ver con Jude a mi lado?

Parece demasiado bueno para ser verdad, y he aprendido a desconfiar de este tipo de situaciones. Nunca acaban bien para mí.

Pero, ¿y si esta vez todo sale bien?

Hoy, pude ver cómo sería mi vida con Jude más allá de las paredes de este hospital.

Dios mío, quiero más.

Cuando me tocó, me saboreó, y su lengua acarició mi inocente piel, una parte de mí se despertó, una parte de mi alma cobró vida. Mi corazón se aceleró, y mi piel ardía.

Eso me asustó.

Me emocionó.

Igual que a Jude.

Igual que a Jude. La frase se quedó en el aire, y sonreí mientras me frotaba el labio inferior con el pulgar. Él era emocionante y aterrador, pero también era amable, dulce, y muy, muy sexi. Me reí de mí misma y cerré el cuaderno, con la intención de volver a él más tarde.

Estaba empezando a hacerse tarde, poco más de las once, y Jude no hacía mucho que se había ido a casa, porque, según él, yo necesitaba descansar.

—Estoy bien —insistí.

—Entonces, ¿por qué sigues en el hospital?

Me dio un beso en los labios y desapareció antes de que pudiera decirle nada más.

El doctor Marcus y mi madre habían estado conspirando para mantenerme aquí un poco más y poder observarme después de mi reciente enfermedad. Podía comprender los problemas de control y de pánico de mi madre, pero no entendía por qué el doctor Marcus había actuado de una manera tan cautelosa. Sí, estuve enferma, y vale, podía admitir que fue malo, pero ahora estoy bien, bueno, tan bien como podría estar una persona con insuficiencia cardíaca congestiva.

Da igual.

Hasta que sus sobreprotectoras excentricidades acabaran, me quedaría allí.

Recordé mi tarde con Jude, y una sonrisa me subió por las mejillas.

El hospital no estaba tan mal. La cara de repente se me encendió por el calor, y me eché a reír.

Jude me había desnudado, y yo le había dejado que me hiciese cosas muy atrevidas, y ni una sola vez le mostré un segundo de vergüenza. Estaba sorprendida por mi descaro y mi total desenfreno.

Pero de momento, a solas, me sonrojaba.

Un chirriante sonido me sacó bruscamente de mis malos pensamientos, cogí mi nuevo teléfono móvil de la mesilla.

Jude: ¿Te has sonrojado?

Miré a mi alrededor como si el teléfono de algún modo le hubiese dicho lo que estaba sucediendo en mi habitación. Pero no, era solo un mensaje de texto. No había magia. Era tecnología directa y un hombre entrometido.

Lailah: ¿Y por qué piensas eso?

Había enviado mi primer mensaje de texto, me sentía orgullosa de mí misma.

Estaba enviándole mensajes de texto a mi novio. Increíble.

Me di cuenta de que estaba unos cinco años por detrás para que esa afirmación fuera apropiada, pero la adolescente en mí que nunca había enviado un mensaje de texto estaba encantada.

Jude: Porque sé que estás pensando en mí.
Lailah: Eres un engreído de cabo a rabo.
Jude: Una interesante elección de las palabras.
Lailah: ¡OMG!
Jude: Eh, fíjate. Tres mensajes y ya eres toda una experta.
Lailah: Bueno, soy un producto de mi generación, aunque no pueda participar. :-)
Jude: Está bien, ahora estás vacilando.
Lailah: Alguien claramente echaba de menos sus clases ;-).
Jude: Culpa de la severa educación. Me pone muy nervioso escribir frases incompletas.

Lailah: Gracias por el teléfono.

Jude: De nada. Tacharemos todos los números de tu lista, Lailah. Lo prometo.

Lailah: Estás loco.

Jude: Sí, pero me quieres de todos modos. Buenas noches.

Lailah: Buenas noches. <3.

No pude evitar que una sonrisa se me quedara grabada en la cara cuando dejé el teléfono. Me di la vuelta y saqué el cuaderno que contenía mi larga lista de sueños. Pasé algunas páginas y encontré el número cincuenta y uno. Después de coger el bolígrafo que tenía a mi lado, dibujé una larga línea negra entre las palabras «Tener una conversación entera usando solo mensajes de texto.»

Pasé algunas páginas y me di cuenta de que podía tachar unos cuantos números más, y entonces mis ojos se posaron en el número uno.

Rápidamente, sin pensarlo un segundo, cogí el mismo bolígrafo negro y tracé una línea permanente en el único sueño que jamás pensé que podría realizar.

~~1. Enamorarme.~~

Casi desde el primer momento en que conocí a Jude Cavanaugh, él había estado en un modo de planificación constante. Había pasado de las natillas de la cafetería a los teléfonos móviles, pero siempre estaba planeando algo para mí.

Durante la última semana, me di cuenta de que estaba planeando algo grande.

Tenía la nariz enterrada en el teléfono, y parecía desaparecer en los momentos más extraños en esas reuniones secretas con Grace, el doctor Marcus e incluso con mi madre. Después de todo lo que había hecho por mí, me daba un poco de miedo preguntarle qué sería lo próximo.

—Has estado muy reservado últimamente —le dije una noche durante su breve pausa para comer.

Se estaba comiendo un sándwich de ensalada de huevo de la cafetería mientras yo me tomaba lentamente las natillas que me había traído.

—Todo a su tiempo —respondió con un guiño.

Arrancó otro bocado de pan y se lo arrojó a la boca. Esa noche estaba reclinado hacia atrás en la silla y con los pies apoyados en los rieles de mi cama. Se había apartado su lacio pelo rubio de los ojos, lo que le hacía parecer más joven y despreocupado.

Mi mirada vagaba por su largo y delgado cuerpo, admirando la forma en que se había preocupado por él. Sabía que corría y pasaba mucho tiempo levantando pesas cuando no estaba allí. Lo demostraba en cada movimiento que hacía. Cuando estiraba o doblaba el cuerpo, los tatuajes de los brazos parecían cobrar vida con el más mínimo movimiento.

—¿Significan algo para ti esos tatuajes? —le pregunté, sin apartar la mirada de las sinuosas espirales negras que le recorrían el antebrazo hasta desaparecer debajo de la camiseta.

—No, en realidad no —respondió—. Estaba en un lugar muy oscuro cuando me los hice. Quería ser alguien diferente, cualquiera menos la persona que era cuando llegué aquí.

—¿Funcionó?

—No —respondió—. Los tatuajes y un peinado diferente no cambian quien eres. Lo hace la vida.

Me acerqué, deslicé los dedos por la piel cubierta de tinta y tracé el camino que describía.

—Tendrían que haberme ayudado a desaparecer, pero todavía soy un Cavanaugh.

Sus ojos parecían perdidos, como si se hubiese ido a algún lugar de su pasado.

—Háblame de tu familia —dije, y le cogí de la mano.

Pilló la indirecta, y puso el café y los restos de su cena en el suelo a un lado de la cama. Se acercó a mí, y me acurruqué en su regazo a la espera de que respondiera.

—Mi familia es una variedad de cosas. Éramos cuatro personas diferentes dentro de una misma casa, pero supongo que eso podría suceder en cada familia del planeta. Solo que la mía venía con la presión añadida de una corporación multimillonaria.

—¿Has dicho multimillonaria?

Asintió.

—Mi madre es amable y cariñosa, y mi padre la adora. A lo largo de los años, la prensa ha intentado en varias ocasiones encontrar pruebas de la infidelidad de mi padre, pero nunca lo lograron. Tendrían mejor suerte si buscaran en otros lugares fuera de su cama —comentó, y sacudió la cabeza.

—¿Qué se supone que significa eso?

—Digamos que las prácticas empresariales de mi hermano y mi padre no siempre han sido las más...

—¿Legales? —sugerí.

—No, la mayoría son legales, o al menos podrían pagar a alguien de fuera para que se lo confirmara. Nunca estuve de acuerdo con la forma de hacer los negocios. Para ellos, siempre ha sido pura codicia. ¿Cuánto podemos ganar, y con qué rapidez podemos hacerlo? No importa cuántas empresas tengamos que cerrar o la cantidad de gente que tengamos que despedir. Lo único que importaba era conseguir hasta el último dólar. Si la tendencia era expandirse, lo hacíamos. Si teníamos que reducir el tamaño, recortábamos hasta parecer ladrones. Lo odiaba.

—¿Por eso te fuiste?

—Es por lo que me alejé. Aunque no es por lo que me fui.

Todavía enroscada en su pecho, retrocedí un poco y lo encontré mirándome fijamente, con los ojos llenos de conflictos.

—Estaba comprometido —confesó, con voz ronca y suave.

Lo tomé de las manos y apreté.

—Lo sé.

—¿Lo sabes?

—Sí, lo siento. Encontré un artículo que hablaba de ti...

—Y mencionaba el accidente de coche —adivinó.

—No, en realidad fue Grace quien me contó esa parte. No sabía que le estaba preguntando por ti.

Asintió, sin hacer ningún sonido.

—Supuse que me lo dirías cuando estuvieras preparado —le dije.

—Se llamaba Megan —dijo por fin tras una larga pausa—. Era maravillosa, y una bromista, todo el mundo la adoraba. Todos mis amigos pensaron que estaba loco por proponerle matrimonio el día que nos graduamos de la universidad, pero yo sabía que quería tenerla a mi lado cuando tuviera que regresar a casa para unir fuerzas con mi padre y mi hermano. Megan y yo tuvimos dos semanas de vacaciones para disfrutar de California y Hawái antes de que mis días de diversión acabaran, y tuviera que cambiarlo todo. Dios, recuerdo que estaba tan asustado por cómo podría salir todo, con una esposa y un padre tan exigente. No sabía si iba a funcionar, pero lo deseaba tanto.

—¿Qué sucedió? —le pregunté.

—Megan y yo fuimos a una fiesta. Conocimos a unos estudiantes universitarios en un bar y nos invitaron a una fiesta de fin de curso en el campus. Le supliqué que regresáramos al hotel en vez de quedarnos toda la noche. Todo es culpa mía —respondió con la voz rota.

—Oh, Jude —dije, con el corazón destrozado por él.

Le envolví los brazos a mi alrededor, como si yo fuera su ancla, mientras me abrazaba en silencio.

—Te has quedado aquí para castigarte —susurré contra su pecho.

Se tomó su tiempo antes de contestar.

—Me quedé porque no tenía a dónde ir.

Me aparté, lo miré a los ojos que estaban tan llenos de tristeza.

—Pero tenías una familia, Jude. ¿Qué hay de tus amigos? ¿No les importaba que estuvieras sufriendo?

—Los amigos solo pueden intentarlo durante un tiempo. Cuando cambié de número y desaparecí, ellos también lo hicieron. Y mi familia me había dejado bastante claro que solo me querían para una cosa, y era para ganar dinero —contestó, y su expresión se volvió un poco más dura al hablar de su familia—. Además, mi vida había acabado, Lailah. No tenía un hogar al que regresar.

—Ni siquiera puedo empezar a entender por todo lo que pasaste, pero oírte decir que pensabas que tu vida estaba acabada me duele de una forma que no puedo describir. Tenías veintidós años, Jude. Perdiste a alguien a quien amabas, pero definitivamente tu vida no había terminado. De verdad espero que no sigas pensando eso.

—Ya no sé ni lo que pienso.

Se sentó y se pasó las manos por el pelo con frustración. Lo seguí y me senté junto a él con las piernas cruzadas.

—¿Alguna vez te has parado a pensar que tu vida no ha hecho más que empezar? —le pregunté.

Sus ojos volaron hasta los míos, sorprendido.

—¿Cómo? —preguntó.

—No lo sé, pero dijiste que estabas asustado por lo que pudiera suceder cuando regresaras a Nueva York. ¿No se te ocurrió que, al quedarte aquí en California, te habías dado la oportunidad de crear algo nuevo, algo diferente?

Se echó hacia delante, fuera de mi alcance, hasta que se alejó de la cama por completo. Comenzó a caminar por la habitación.

—¿Quieres decir que la muerte de Megan sucedió por una razón?

Sus palabras quedaron en el aire mientras caminaba de un extremo al otro de la habitación.

Mi cara se descompuso ante sus palabras de enojo.

—Dios, no, Jude. Eso no es lo que estoy diciendo.

—Porque no tienes ni idea de cómo era ni de lo que tuve que pasar. ¡Ella era todo para mí! —gritó, haciéndome saltar.

Las lágrimas caían por mi rostro mientras trataba de encontrar las palabras para arreglarlo.

—Lo sé. Lo siento. Olvida lo que he dicho.

Las palabras salieron disparadas y yo me aferré a cualquier cosa que le impidiera salir de la habitación, que le impidiera dejarme.

—Mi descanso se ha acabado. Me tengo que ir.

Se dio la vuelta, salió y no se molestó en mirar hacia atrás.

Me llevé las manos a las mejillas y solté la inundación que había estado conteniendo, lloré por una mujer a la que nunca conocí, una mujer que aún tenía el corazón del hombre al que amaba.

¿Podrá dejarla ir algún día?

20

Dejar ir

Jude

Habían pasado dos días desde que salí hecho una furia de la habitación de Lailah. Hacía cuarenta y ocho horas que no veía su cara ni escuchaba su voz. Demonios, hasta nuestras coquetas conversaciones de texto habían cesado.

Me había pasado dos días enteros de trabajo evitándola. Había dado grandes rodeos para esquivar la puerta de su habitación, y había pasado las horas de la comida solo en una esquina de la cafetería mientras me sentaba y me preguntaba qué estaría haciendo ella. A pesar de todo esto, de haber hecho todo lo posible por evitar un enfrentamiento, por evitar una conversación que sabía que tendríamos que tener, continué con mi plan. Había asistido a las reuniones que tenía programadas con varios funcionarios del hospital para asegurarme de tener los permisos correspondientes. Había repasado listas con Grace, Marcus, e incluso con la madre de Lailah, que me miraba con su habitual indiferencia cautelosa.

Continué con el mayor de mis planes porque, en el fondo, sabía que Lailah tenía razón.

La otra noche, estaba allí de pie, mirando mi futuro directamente a la cara, mientras miraba a los ojos de la mujer con la que quería pasar el resto de mi vida.

Y no era Megan.

Lailah no había dicho aquello para herirme o enfadarme. Lo había dicho para tratar de ayudarme a sanar. En lugar de reconocerlo cuando debía, me dejé llevar por la ira, defendiendo a un fantasma y a un recuerdo.

Megan se sentiría avergonzada por mis acciones.

Megan nunca habría querido que continuara llorándola como lo había hecho.

Sin embargo, allí estaba yo, tres años más tarde, todavía atrapado en el mismo lugar en el que estaba el día que llegamos en aquella ambulancia. Aunque tal vez eso era lo que se suponía que debía hacer, así que podría terminar aquí.

No lo sabía. Ni siquiera podía empezar a entender cómo funcionaba el mundo.

Necesitaba dejarlo ir. Necesitaba decirle adiós a Megan, la mujer que perdí, y a la vida que una vez tuve. Y necesitaba perdonarme por los errores que había cometido y que me habían traído hasta aquí.

Podía haber pasado años encerrada en una habitación de hospital, pero la sabiduría que Lailah poseía era más de la que la mayoría de la gente consigue durante toda la vida.

Me había estado castigando a mí mismo, viviendo en un purgatorio por mis pecados, y por fin había llegado el momento de liberarme.

—¿Que quieres qué? —preguntó Margaret una vez más.

—Me gustaría comprar una placa para el banco de la segunda planta. No te hagas la tonta conmigo. Sé que sabes de qué banco estoy hablando —dije mientras me recostaba en el sillón orejero que parecía ser mi casa últimamente.

Me había pasado por su despacho esta mañana temprano después de haber dormido unas tres horas desde que acabé mi turno. Pero no podía esperar más. Cada hora que pasaba marcaba cuánto hacía que no veía a Lailah, y el paso del tiempo estaba empezando a pesarme.

¿Pensará que me fui para siempre? ¿Estará bien? ¿Me odiará?.

Dios, soy un imbécil.

Pero tenía que hacer aquello antes de poder poner un pie de nuevo en esa habitación.

Tenía que volver completo o, al menos, a mi modo. Aparte de volar hasta Chicago y visitar el lugar en el que estaba enterrada Megan, esa era la única manera en la que podía resolverlo en mi cabeza. Quería una forma de decir adiós, un recuerdo, algo concreto y real que pudiera recordar.

No asistí a su funeral. Demasiado devorado por la pena y el dolor, no pude enfrentarme a nuestras familias y amigos. Por lo tanto, nunca tuve la oportunidad de decirle adiós, de tener ese sagrado momento para desearle una mejor vida después de la muerte al ser querido que me había dejado.

Lo necesitaba en ese momento.

—En realidad no soy la persona con la que tienes que hablar ese tipo de cosas, Jude —comenzó a decir.

—Oh, vamos, Margaret. Basta de estupideces, ¿vale?

Se quedó boquiabierta.

—Sé qué moviste algunos hilos y pusiste el banco ahí. A nadie más en este hospital, además de al doctor Marcus y a ti, le importo un carajo. Y tú eres la única que sabes la conexión entre ese pasillo y yo. Me resulta un poco sospechoso que un banco aparezca de repente en ese lugar exacto —presioné, mientras la miraba fijamente.

—Llamaron y preguntaron por ti —barbotó.

Aturdido en silencio por un momento, reuní mis pensamientos y traté de averiguar lo que había querido decir.

—¿Quién? ¿Quién llamó para preguntar por mí?

—Sus padres.

—¿Los padres de Megan preguntaron por mí?

Asintió.

—No conozco todos los detalles, pero unos meses después de su muerte, llamaron aquí, buscándote. No sé qué relación hay entre vuestras familias, pero cuando la llamada finalmente llegó hasta mí, parecía como si sus padres no hubieran recibido mucha información de los tuyos, así que estaban empezando de cero.

Teniendo en cuenta que mi padre seguía pensando que yo era antisocial y que estaba demasiado ocupado para hacer algo que no fuese trabajar, podía ver que mi familia no correría el riesgo de revelarle mi paradero a nadie, ni a los padres de Megan. Además del escándalo familiar, la idea de que nuestra empresa se separara podría sumir a los accionistas en el caos. Hacerles creer que era inestable y tenía miedo de la gente después de mi tragedia personal era mejor que instigar cualquier indicio de pánico.

—Les dije que trabajabas aquí, lo que les sorprendió mucho.

—Supongo —dije.

—Preguntaron cómo estabas después de...

—Continúa —le pedí.

—Bueno, desde entonces les he hablado de vez en cuanto de ti —dijo en voz baja, ya que sabía que probablemente había infringido una docena de leyes al dar información personal de un empleado—. No llaman muy a menudo, solo una o dos veces al año para ver cómo estás. Te quieren, Jude.

¿Incluso después de todo lo que les hice pasar?

La miré durante un minuto o dos, uní todas las piezas, el trato especial, la oferta de trabajo, ni me miró dos veces cuando le pedí que no pusiera mi apellido en mi placa de identificación.

—Sabías quién era desde el primer momento —dije, sin molestarme en expresarlo como una pregunta.

—Sí. Te reconocí en cuanto vi tu apellido en aquella solicitud de empleo.

—Pero ¿nunca has dicho nada?

—Todos deberíamos poder llorar en privado, Jude. Yo quería eso para ti. Solo que no me di cuenta de que tardarías tanto tiempo —confesó.

—Creo que ya casi he acabado.

Sonrió levemente, con los ojos brillantes por las lágrimas contenidas.

—Me alegro —fue todo lo que dijo.

—¿Y el banco? —le pregunté, sin saber qué papel jugaba en todo esto.

—El padre de Megan lo pidió. Cuando le dije a dónde ibas después de cada turno, quiso que tuvieras un lugar donde sentarte. Sabía que no podía evitar que lo hicieras, pero quería que al menos fuera más cómodo para ti.

—Me gustaría poner una placa si pudieras conseguirlo —dije finalmente, con la voz llena de emoción.

—Haré algunas llamadas.

—Y... Margaret. —Me levanté del sillón—. La próxima vez que llamen, podrías decirles que por fin soy feliz de nuevo. Y que yo también les quiero.

Sonrió con amabilidad.

—Estaré encantada de hacerlo.

Dejé a Margaret para que hiciera sus llamadas y me dirigí a la planta de cardiología, bajo las miradas de todas las enfermeras y miembros del personal que habían mostrado un interés particularmente alto en mi vida social durante las últimas semanas.

Enredarse con un paciente era un chisme de primera página, o al menos, eso fue lo que me dijo Grace.

En realidad, me importaba un carajo.

El pasillo parecía interminable, los brazos me temblaban a la espera de abrir esa puerta por fin, *y poder ver a Lailah de nuevo.*

Dios, he sido un tonto.

¿Es que mi pasado no me ha enseñado nada?

La vida es preciosa. Se puede ir en un segundo. No se debería desperdiciar.

Había perdido dos valiosos días por estar enojado con Lailah por algo que ya sabía pero que tenía miedo de admitir.

Finalmente llegué a su puerta, agarré la manija y llamé. Oí el suave y dulce sonido de su voz que me invitaba a pasar, y entré antes de que el silencioso chasquido de la puerta sonara detrás de mí.

Ella estaba de pie, de espaldas. Estaba repasando una pila de libros que su madre probablemente le había traído. Con una mano trazaba las letras del título de la cubierta de uno de los libros.

Cuando levantó la mirada por encima del hombro y me miró a los ojos, se quedó inmóvil.

—Jude —dijo, con los ojos abiertos de par en par por la sorpresa.

Di un paso adelante, pero me detuve.

¿Qué le digo primero? ¿Lo siento? ¿Soy un tonto? ¿Tenías razón?

Quería decírselo todo al mismo tiempo, pero no sabía por dónde empezar.

Al final, me acerqué a ella, cortando el aire y el espacio que nos separaba. Enredé los dedos en su pelo y la besé. Ella suspiró, con las manos agarradas a mis hombros antes de deslizarlas alrededor de mi cuello.

—Lo siento, Lailah, lo siento —le dije entre nuestros frenéticos besos.

—No, yo lo siento. No debería haberte presionado.

—No dijiste nada que yo no supiera.

La agarré por la cintura y la levanté, ella respondió de inmediato y envolvió las piernas a mi alrededor. La apoyé contra la pared. Coloqué las manos alrededor del culo y la sostuve para que no hiciera ningún esfuerzo.

Tampoco era una mala posición para mí. Puede que quisiese ser un buen chico y esperar hasta que pudiera tenerla en una cama de verdad, sin ruedas, pero de ninguna manera era un santo.

Con sus piernas extendidas y su cuerpo presionando firmemente contra mí, lo único que quería era desnudarla y olvidar todas las razones que tenía para esperar. Incluso con mi potente erección y el calor de su zona central alborotando mi cerebro de forma curiosa, mi conciencia aún recordaba lo mucho que quería amarla por primera vez en mi propia cama.

Pero eso no significaba que no pudiéramos divertirnos un poco hasta entonces.

—Levántate la camiseta —le susurré al oído.

Una pequeña sonrisa se le dibujó en los labios mientras subía el borde de la camiseta hasta la mitad y dejaba al descubierto su suave vientre.

—Más arriba.

Así lo hizo, y la levantó por encima del pecho.

—Hoy no llevas sujetador —le dije, mientras mis ojos recorrían su hermoso cuerpo.

—No esperaba compañía.

—No deberías esperar compañía ningún día —dije con una sonrisa maliciosa.

Con mis manos todavía sosteniéndola con firmeza, me incliné hacia delante, y moví la lengua sobre ese perfecto brote rosado hasta que se encrespó y se endureció.

—Maravilloso —dije, antes de cerrar la boca sobre el duro pezón.

Echó la cabeza hacia atrás, y gimió mientras recorría las manos por mi pelo. Mordí, chupé y besé hasta que se retorcía y movía contra mí con tanta fuerza que estuve a punto de estallar.

—Jesús, Lailah, no voy a poder controlarme.

Me miró y se ruborizó.

—¿Ah, sí?

La miré estupefacto.

—Prácticamente me estás follando con la ropa puesta y con las tetas fuera. Estoy a punto de morirme.

Dejó caer la cabeza sobre mi hombro y se echó a reír.

—Tú eres quien nos puso en esta posición —me recordó.

—Sí, lo sé —dije, y dejé que bajase las piernas hasta el suelo—. Tiendo a hacer toda clase de estupideces cuando estás cerca.

Sus ojos traviesos se encontraron con los míos.

—Me gusta cuando haces estupideces.

—Lo sé —contesté con una sonrisa mientras me alejaba de la pared. *Aire. Necesito aire.*

—¿Por qué no vienes a sentarte conmigo, y podemos ponernos al día?

Asentí, y nos colocamos en la cama, pero esta vez, me quedé sentado en lugar de acurrucarme con ella. Todavía podía saborearla entre mis labios y sentir su tacto en mi piel. Si teníamos demasiado contacto ahora, volveríamos a estar donde estábamos hace tres minutos. Y en ese momento, no estaba seguro de que pudiera volver a detenerme.

Había llevado las cosas con Lailah en aquella habitación más lejos de lo que había planeado, y con cada paso que traspasábamos de la línea, estaba más cerca de romper la promesa que le había hecho.

—¿Cómo has estado? —me preguntó, y cruzó las piernas delante de ella, al estilo indio.

—Miserable, solitario. Pasé mucho tiempo pensando en Megan y en mi pasado... y en la vida que se suponía que iba a tener con ella. Tenías razón, Lailah. Me estaba castigando a mí mismo. Siempre me dije que me había quedado aquí porque era la única forma de estar cerca de ella, pero ella no está aquí. Hace tres años que no está aquí.

Lailah me cogió de la mano.

Continué.

—Lo he pensado. Llevo aquí tres años, perdido y solo, aferrándome a una vida que nunca iba a tener. Entonces, apareciste tú y me mostraste lo que es vivir. Recuerdo aquella primera noche, cuando miré a tu habitación y te vi comiendo natillas con el dedo. Era algo tan simple, tan humano. Era lo que yo quería. Tú me haces sentir humano de nuevo.

—No quiero que pienses que estoy tratando de reemplazarla —dijo—. Durante los dos últimos días, he tenido tanto miedo de que no regresaras, y que, si lo hacías, estuvieras resentido conmigo.

—Nunca debería haberme alejado —dije, y tiré de nuestras manos unidas.

Estiró las piernas y se acurrucó en mi regazo, y yo dejé caer los brazos a su alrededor.

—Sé que no estás tratando de reemplazarla. Eres demasiado buena para siquiera intentar algo así. Ella fue mi primer amor, y el corazón se me rompió cuando la perdí. Ese fue el final de mi historia —dije, y le acaricié la barbilla y la incliné hacia arriba—. Hasta que llegaste tú. Estás sanando mi corazón.

Cuando nuestros labios se encontraron, esta vez, nuestro beso fue tierno y tranquilo. No tenía nada que ver con la apasionada unión de antes. Saboreé cada momento, derramando cada emoción y sentimiento que aún no estaba preparada para decir. Ahora sabía que hasta que no me perdonara a mí mismo y le dijera adiós a mis fantasmas y a los recuerdos que me perseguían, nunca sería capaz de avanzar por completo.

Lailah y yo pasamos la tarde compensando el tiempo perdido. Hablamos y nos reímos de la selección de libros que había traído la madre de Lailah.

—¿*El club de las niñeras?* —pregunté, mientras sostenía el desgastado libro con el título escrito en bloques.

—Mi despistada madre algunas veces coge lo primero que ve en la biblioteca.

—Haz una lista. Yo te traeré lo que quieras.

—¿De verdad? —preguntó con una mezcla de emoción y un poco de vergüenza.

—¿Por qué te has sonrojado? —pregunté, y le pasé los dedos por las mejillas.

Se mordió el labio inferior antes de contestar.

—Hay algunos libros que he estado muriendo por conseguir, pero son un poco...

—¿Qué? —pregunté.

—Nada. Solo tráeme algunas novelas policíacas.

—¿Esos libros que no me estás pidiendo, son eróticos, quizás? —pregunté, con una sonrisa torcida.

—Tal vez.

—¿Podemos leer esas partes juntos?

Las mejillas se le encendieron ante ese comentario, lo que me hizo reír. Tenía mi lista de libros. Era muy larga.

—Oye, ¿quieres ver una película? —pregunté, y me dejé caer junto a ella en la cama.

—Oh, Dios mío, ¡eso me recuerda! —exclamó.

—¿Qué?

—¿Has visto las noticias? —su expresión era mucho más seria.

—No, por lo general las evito.

—Probablemente deberías poner la CNN o ver su página web —sugirió, mientras extendía la mano para sacar el ordenador portátil.

Aquella cosa estaba llegando a la edad geriátrica, pero con la señal wifi del hospital, era pasable para el uso de internet. Se lo cogí de las manos y lo abrí.

—¿Por qué? ¿Qué debería estar buscando? —pregunté, y tecleé CNN en el buscador.

—Ahora lo verás.

Hice clic en el sitio web, y en cuanto se cargó vi varios titulares: una tormenta tropical, algo sobre una famosa, y entonces mis ojos se detuvieron.

—¿La dinastía Cavanaugh se dirige hacia el desastre?» —leí en voz alta repitiendo el titular.

Miré a Lailah, y ella asintió con la cabeza.

—Está todo en las noticias —dijo.

Pinché en el enlace para abrir el artículo completo. Había una imagen a todo color de mi hermano mientras atravesaba las puertas del edificio de Cavanaugh Investments. Parecía más viejo, con los ojos abatidos, mientras trataba de evitar las cámaras y la atención.

Leí rápidamente por encima, y no hacía falta ser un genio para averiguar lo que estaba pasando. Las frases «malas decisiones comerciales, escándalo familiar e inversores descontentos» saltaron sobre mí.

—El pequeño plan de mi padre y mi hermano para ocultar mi paradero finalmente ha fracasado; además, a ambos les falta habilidad para los negocios. Nunca ha dejado de asombrarme que mi padre no haya mandado la empresa a la quiebra antes. Era la visión de mi abuelo, no la suya.

Mené la cabeza, cerré el ordenador portátil y lo puse a un lado.

—¿Vas a hacer algo? —preguntó en voz baja.

—No. Es su problema, que lo arreglen ellos —le respondí—. Mi lugar está aquí ahora.

21

Flynn Rider

Lailah

Acababa de terminar mi insípido almuerzo de lasaña y brécol cuando alguien llamó a la puerta. El corazón me dio un vuelco ante la expectación, y me pregunté si sería Jude quien estaba a punto de honrarme con su presencia, pero luego me di cuenta de que no tenía ni idea de cuándo vendría o si me iba a visitar hoy. Cuando le pregunté ayer, fue especialmente vago, en realidad, evitó la conversación por completo.

Le dije que pasara y me quedé boquiabierta.

Mi madre y Grace entraron en la habitación cargadas con una colección de vestidos brillantes, cajas de zapatos, y varias bolsas más, casi se derrumbaron cuando dejaron las cosas en el extremo de la cama.

—¿Qué demonios? —dije, miré por todos lados en busca de algún tipo de pista—. ¿Vamos a jugar a disfrazarnos?

Los ojos de Grace se iluminaron y fue entonces cuando me di cuenta de que no estaba vestida para trabajar. En lugar de eso, llevaba unos ceñidos vaqueros oscuros, bailarinas de color rosa y un top de flores. Tenía el pelo recogido en un gran moño en la parte superior de la cabeza. Nunca la había visto sin el uniforme. Se veía hermosa y exactamente como me la habría imaginado: femenina con un toque de clase.

—Estamos aquí para prepararte —anunció Grace.

—¿Prepararme para qué?

Los ojos me daban vueltas por toda la habitación, de ella a mi madre, que no estaba tan alterada, pero, aun así, mostraba más emoción de la que solía mostrar normalmente.

—No puedo decírtelo —dijo Grace.

—Está bien.

—Es otra de esas ideas locas de tu novio —añadió mi madre con una ligera sonrisa y un movimiento de ojos.

Se estaba acostumbrando a Jude. Le estaba llevando su tiempo, pero, poco a poco, estaba cambiando de opinión. Tal vez para cuando tuviésemos cuarenta años, ella podría considerar el darle un abrazo.

—Entonces, ¿por dónde empezamos?

Comenzamos por los vestidos. Grace había traído una amplia selección, de diversos estilos y colores.

—¿De dónde has sacado todo esto? —pregunté.

—No te preocupes por eso —contestó con un gesto de mano—. Jude me pidió que me ocupara de todo lo relacionado con la belleza, y así lo hice. Ahora, ¿cuál te gusta más?

Revisé todas mis opciones. Algunos eran dulces, y otros sexis. Elegí unos cuantos para probarme, pero tenía los ojos puestos en uno de ellos, un vestido sin tirantes de color verde menta que me recordaba a los ojos de Jude. Lo dejé para el final. A Grace le encantaban todos, y mi madre incluso tenía los ojos vidriosos al verme con algo que no fueran sudaderas o pantalones vaqueros. Pero cuando salí con el último vestido, hubo silencio.

Era impresionante. El corpiño era simple, con forma de corazón, que elevaba y daba forma a mi cuerpo sin curvas. La parte que lo hacía interesante era el encaje superpuesto que cubría mi cicatriz a la perfección, se curvaba alrededor de la clavícula, pero aún era lo suficientemente transparente para que fuera visible el escote con forma de corazón. El vestido se estrechaba por la cintura, y luego le caían elegantemente trozos de tela en forma de cascada hasta el suelo.

Las dos me miraron fijamente.

—Es perfecto —dijo Grace por fin.

—Es precioso —dijo mi madre.

—¡Sí! —exclamó Grace—. Ahora, ¡vamos a elegir los zapatos!

Esa era una elección fácil. Iría con unas sandalias planas plateadas. El vestido era largo, así que, de todos modos, nadie vería mis zapatos, y puesto que nunca había usado tacones, no quería empezar ahora. En realidad, quería salir del hospital en algún momento en un futuro próximo.

Una vez tomada esa decisión, pasamos al maquillaje. Grace hizo que me quitara el vestido y me volviese a poner mi ropa. Sacó la enorme caja de maquillaje que tenía cerca de cincuenta mil compartimentos abarrotados en su interior.

—¿Estás segura de que no tienes un apartamento ahí dentro? —pregunté.

Abrió otro cajón escondido.

—No, solo es que soy muy organizada cuando se trata de maquillaje.

—Es obvio.

Me puse muy nerviosa cuando empezó a pintar sobre la base y a soplar el polvo. Nunca me había maquillado, y aunque no tenía ni idea de lo que estaba pasando, sabía que no quería parecer una prostituta.

—Bueno, hora de la revelación —dijo mientras sostenía un espejo frente a mí.

Respiré hondo y miré hacia el reflejo que me miraba fijamente.

—Oh, Dios mío, Grace.

—Lo sé —dijo ella.

Había hecho un trabajo impresionante. Era yo, solo que un poco mejorada, pero nada exagerado. No había gruesas líneas negras ni sombra de ojos atrevida. Solo tenía sutiles detalles aquí y allá para acentuar los pómulos y el color de los ojos.

—Gracias, Grace —dijo mi madre, y le dio un abrazo.

—Entonces, ¿alguien me dice, por favor, qué vamos a hacer con mi pelo? —dije; miré en el espejo mi largo pelo rubio echado a un lado.

—Sorprendentemente, tu madre ha pedido ser ella quien te arregle el pelo —dijo Grace con una sonrisa.

Miré a mi madre, que estaba sacando unas cuantas cosas de una bolsa de la compra.

—¿Qué? —se burló—. ¡Sé un par de cosas!

Levanté las manos y me eché a reír mientras ella cogía sus cosas y se colocaba detrás de mí.

Los movimientos suaves y metódicos del cepillo por el pelo masajeaban mi cuero cabelludo y me relajaban los tensos hombros.

—Cuando era joven, la abuela solía trenzarme el pelo. Podía hacer cualquier tipo de trenza que pudieras imaginar. Yo sostenía el espejo y todos los días veía cómo creaba preciosos peinados en mi largo pelo.

Las puntas de los dedos me rozaron la coronilla y noté que cogía varios mechones.

—Para cuando tú naciste, su artritis estaba muy avanzada, y ya no podía hacer muchas de las cosas que hacía antes. Lamento decir que de alguna manera a lo largo de los años he olvidado las cosas más simples.

—Mamá, me has mantenido viva.

—Sí, pero ¿a qué precio? Jude dijo que tienes una lista. Todo lo que él ha estado haciendo ha sido darte un poco de vida normal. Debería haberlo hecho yo.

—Lo estás haciendo ahora trenzándome el cabello y pasando la tarde con mi amiga y conmigo —dije.

Grace sonrió desde la silla.

—Nunca es demasiado tarde.

—Realmente se preocupa por ti, ¿verdad?

Mi madre tiraba con suavidad y alisaba los mechones de pelos para colocarlos en su lugar.

—Él es su Flynn Rider —dijo Grace con voz soñadora.

—¿Qué? —dijimos mi madre y yo a la vez.

—¿Recuerdas cuando te dije que tú eras Rapunzel, sentada en tu torre, esperando a tu príncipe? Bueno, él es tu Flynn —dijo con una sonrisa—. Y te encontró.

¿Quién diría que ser una chica podría llevar tanto tiempo?

Nos pasamos toda la tarde arreglándonos y preparándonos para una noche de la que no sabía nada.

Pero sabía que no iba a ir sola.

Después de trenzar mi cabello en un intrincado moño que hasta Katniss Everdeen envidiaría, mi madre y Grace sacaron sus vestidos y comenzaron a prepararse. Mi madre iba muy discreta con un sencillo vestido de cóctel de color negro. Realzaba su pequeña figura y le devolvió la vida a sus mejillas.

—Mamá, estás muy sexi —dije, con una sonrisa.

—Oh, para. No es más que algo que compré en las rebajas.

—Es precioso.

Grace iba de azul zafiro, el vestido que había elegido era espectacular. Sin tirantes, con un corpiño ceñido, ajustado en la cintura. Era corto y mostraba sus tonificadas piernas y sus monstruosos tacones altos.

—¿Cómo demonios puedes andar con eso? —le pregunté, y miré los zapatos con recelo.

—Con algo de práctica. Además, este tipo de zapatos no están hechos para andar. Sino para ser admirados únicamente —dijo con un guiño.

A las cinco de la tarde, las tres ya estábamos vestidas y preparadas... para algo.

—Está bien —dije, y las miré—. ¿Qué hacemos ahora? —quise saber.

Ambas se volvieron hacia mí, sonriendo, y entonces se oyó un golpe en la puerta.

—Justo a tiempo —dijo Grace, y saltó hacia la puerta sobre sus tacones de aguja.

La abrió, y la oí murmurar. Se dio la vuelta y le hizo un gesto con la cabeza a mi madre para que se uniera a ella. En cuestión de segundos, las dos salieron por la puerta con unos cuantos guiños y risas, y me dejaron sola en la habitación.

Sonó otro golpe en la puerta, y antes de que pudiera responder, se abrió lentamente y apareció Jude.

—Por Dios —susurró, y se detuvo en seco.

También se había vestido para la ocasión secreta. Hasta este momento, nunca había visto a Jude con otra ropa que no fuera la bata de enfermero o vaqueros. Vestido de negro de los pies a la cabeza, rezumaba sensualidad sin tan siquiera intentarlo. Además, se había cortado el pelo. Ya no lo tenía descuidado y enmarañado, ahora llevaba el pelo muy corto, pero se lo había dejado un poco despeinado en la parte delantera.

—Estás impresionante —me dijo mientras sus ojos se empapaban de cada detalle.

—Y tú también.

Dio un paso hacia delante, acortó la distancia entre los dos, y me cogió por las mejillas con ternura. Se inclinó y sus labios rozaron los míos tan solo un instante.

—No podía dejar pasar ni un segundo más para hacer esto.

Sonrió contra mi mejilla.

—¿En algún momento me vas a decir qué estamos haciendo?

Envolvió las manos alrededor de mi cintura, y sentí que su sonrisa se hacía cada vez más grande. Se apartó, y pude ver la emoción y la expectación en sus ojos.

—Aún no. Primero, vamos a ir a cenar.

—¿Así? —pregunté mientras miraba hacia abajo a nuestro atuendo formal.

—No te preocupes. Esta noche no hay una bandeja de comida para ti. —Corrió hacia la puerta, y la abrió un poco para coger algo que había al otro lado. Regresó con una cesta de pícnic—. Vamos a hacer un pícnic —declaró.

—Número ochenta y dos.

Recordé una noche no hace mucho cuando le conté algunos nuevos sueños y deseos de mi lista, que incluía hacer un pícnic.

—Esta noche estoy tratando de tachar un par de números de esa lista.

Había pensado en todo, y traía comida suficiente para alimentar a toda la planta. Nos sentamos en la cama, y comimos fruta, sándwiches gourmet e incluso natillas.

—Esto es mucho mejor que los paquetes de aperitivos —comenté, mientras metía la cuchara en el recipiente que estábamos compartiendo.

—¿No te gustan mis paquetes de aperitivos? —bromeó, parecía herido.

—No, me encantan tus paquetes de aperitivos. Esto es diferente. Es como lo que podría ser un paquete de aperitivos, si quisiera serlo.

Me miró fijamente.

—¿Por qué creo que eso no tenía nada que ver con los postres?

—Lo siento. No puedo dejar de pensar en ti y en todo lo que está pasando con tu familia. ¿De verdad no vas a hacer nada?

—No —dijo con firmeza.

—¿Lo echas de menos?

—¿Qué?

—Esa parte de tu vida y esa parte de ti mismo, el lado inteligente, analítico, que probablemente no pueda ser feliz vaciando cuñas y comprobando signos vitales todo el día.

—A veces, supongo —respondió con sinceridad—. Era muy bueno en eso, pero el dinero era siempre lo primero. No puedo volver a hacerlo.

—¿No crees que te escucharían? ¿Especialmente ahora? —pregunté.

Se quedó mirando a la nada y al final sacudió la cabeza.

—No tengo ganas de volver —dijo mientras me miraba—. Aquí tengo todo lo que necesito.

—¡No mires!

Jude se echó a reír mientras me sacaba en la silla de ruedas que el hospital había insistido en que usara.

La tela verde menta de mi vestido estaba perfectamente colocada debajo de mí, y las ruedas crujían a lo largo del desgastado linóleo. Habíamos bajado varias plantas en el ascensor y pasamos por muchos pasillos diferentes, con las grandes manos de Jude firmemente plantadas sobre mis ojos todo el tiempo.

—¡No creo que pudiera aunque lo intentara!

—Vale. Ahora, solo un poco más. Ya casi hemos llegado. Está bien, voy a quitar las manos. No abras los ojos todavía.

Oí que se abría una puerta y en seguida se escuchó el estridente sonido de la música.

—Venga, levántate y coge mi mano, pero mantén los ojos cerrados. Me cogió la mano con fuerza mientras me guiaba, y luego, me agarró por la cintura desde atrás. —Ahora, abre los ojos —me susurró al oído.

Abrí los párpados, y de inmediato me di cuenta de que estábamos en un sitio con poca luz. Del techo colgaban globos multicolores y serpentinas. Un gran grupo de gente bailaba en el centro de la habitación, y a un lado había mesas con comida y bebida.

—¿Qué es esto? —pregunté.

—Es tu baile de graduación —dijo, y señaló a una pancarta cerca del techo.

«El Baile de Graduación de Algún Día», se leía en la pancarta en enormes letras redondeadas.

Sentí unas emociones tan fuertes que no podía describir. Me di la vuelta y me arrojé en sus brazos mientras las lágrimas me corrían por las mejillas.

—Gracias.

No me importaba que todo acabara en ese mismo momento. Nunca nos hubiéramos imaginado llegar siquiera a la pista de baile, y no pensé que alguna vez me sentiría más feliz.

En todos mis días sentada en esa cama de hospital, preguntándome por qué yo, por qué había sido elegida para soportar esta carga, para llevar esta vida, nunca esperé que algo tan increíble me pudiera suceder a mí.

—¿Cómo conseguiste hacer todo esto? No sé qué decir —dije, mientras miraba alrededor. Comencé a reconocer a varias enfermeras y a personal de la unidad de cardiología.

—No llores —dijo, me sonrió y limpió con suavidad mis lágrimas—. ¿Bailamos?

Asentí, y me llevó hacia el grupo de personas del centro. Reconocí a Grace con un hombre que debía de ser su prometido. Me guiñó y apoyó la cabeza en su ancho hombro.

Me fundí en el abrazo de Jude y dejé que nos guiara cuando comenzó a sonar una nueva canción. «All of Me» de John Legend sonaba mientras nos balanceábamos de un lado a otro, y oía a Jude tararear la melodía en mi oído.

—¿Te he dicho que estás preciosa hoy? —dijo en voz baja.

—Jude —dije, y me volví al notar que me ruborizaba.

No necesitaba hacer esto.

—No, mírame —me pidió, y me levantó la barbilla hasta que mis ojos se encontraron con su brillante mirada—. Eres impresionante. No lo digo porque sienta pena de ti o quiera que te sientas normal. Lo digo porque es la verdad. Si te viera en cualquier otro lugar, pensaría exactamente lo mismo.

Me besó, y yo me derretí entre sus brazos.

—Me haces sentir hermosa —murmuré entre sus labios.

—Eso es porque lo eres.

Apoyé la cabeza en su hombro mientras él continuaba tarareando. Estábamos perdidos el uno en el otro y en el momento.

—Espero que no te importe si un anciano intenta interrumpiros —escuché por detrás una voz masculina que me devolvió a la realidad.

Miré hacia arriba y vi un dedo golpeando en el hombro de Jude, y un rostro que no reconocí, pero Jude al parecer sí.

—Nash —dijo con una sonrisa.

Jude lo saludó con un apretón de manos que se convirtió en un gran abrazo y que acabó con el hombretón levantando a Jude del suelo.

—Te he echado de menos, Jude, a ti y a nuestras tranquilas conversaciones —dijo el hombre después de poner a Jude en el suelo.

—Y yo a ti también, Nash. La unidad de cardiología no ha sido la misma sin ti. —Se echó a reír. Me miró y me agarró de la cintura de nuevo—. Nash, no creo que tuvieras la oportunidad de conocerla a ella formalmente antes de que te dieran el alta. Ella es mi Lailah —dijo, mientras me daba un achuchón.

Mi Lailah.

Sentí una ridícula cantidad de mariposas en el estómago al oír esa palabra junto a mi nombre.

Le estreché la mano al famoso autor, y ocupó el lugar de Jude en la pista de baile. Lo vi caminar hacia la mesa de las bebidas para hablar con el doctor Marcus, que estaba bebiendo ponche. Iba muy bien vestido con traje y corbata.

—Le has cambiado —dijo Nash con una sonrisa—. Ya no está roto.

—Lo ha hecho él solo —dije mientras nos movíamos de un lado a otro al ritmo de una canción que no reconocía.

—Tal vez, pero tú le diste una razón para hacerlo.

No insistió en hablar más después de eso, pero sí en enseñarme a bailar de verdad.

Tuve una visión y me vi con un tallo de rosa en la boca y una pierna en el aire, pero se contuvo y solo me dio una pequeña vuelta antes de bailar un poco de salsa. No pude evitar reírme. Era un anciano encantador. Cuando la canción acabó, me dio las gracias por el baile y dijo que tenía una pequeña sorpresa para mí. Desapareció por la puerta y apareció unos segundos más tardes con un pequeño querubín a su lado.

Abigail.

—¡Lailah! —gritó, y salió corriendo hacia mí con los brazos abiertos. Me agaché para abrazarla.

—¡Te he echado de menos! —exclamó.

—Yo también a ti.

—He estado escribiendo casi todos los días. Escribí tanto que mi abuelo tuvo que comprarme otro diario y, esta vez, me dejó escoger uno de color rosa —dijo con una sonrisa.

—Bien —sonreí—. Pero la próxima vez asegúrate de que tenga purpurina y brillantes.

Soltó unas risitas y nos fuimos hacia la mesa de los aperitivos para tomarnos una buena dosis de azúcar. Nos unimos a Jude alrededor de la mesa de golosinas y llenamos los platos con brownies y galletas de azúcar. Jude me llevó a una mesa donde me hizo sentarme y descansar.

—No quiero que te excedas —dijo, y colocó mis piernas sobre su regazo.

Me quitó los zapatos y comenzó a masajearme los pies mientras yo me sumergía en un brownie de chocolate.

—Gracias.

Me había comido una o dos galletas más en tiempo récord cuando el doctor Marcus se sentó con nosotros a la mesa.

—Bonita fiesta —dijo—. Para ser sinceros, no creí que consiguieras organizar todo esto, Jota.

Jude sonrió.

—Puedo ser muy persuasivo.

—Ya veo, y resultó genial. Es una forma perfecta de decirle adiós a Lailah —Sonrió de satisfacción.

Abrí los ojos de par en par, me preguntaba de qué estaba hablando el doctor Marcus.

Jude y yo nos miramos confundidos antes de mirarlo de nuevo.

—Mañana le daremos el alta a Lailah.

—Oh, Dios mío, ¿lo dice en serio? —le pregunté con un rápido suspiro de alivio.

Él asintió.

—Debería haberte mandado a casa hace una semana, pero estaba siendo demasiado protector. Esa enfermedad que tuviste me asustó, y no me gustaba la idea de no tenerte aquí, pero no hay razón para que te quedes. Estamos aquí si algo sucede, y si no, esperaremos a tener más noticias sobre el trasplante.

Miré a Jude, tenía los ojos llenos de emoción y expectación. Salté a sus brazos, gritando y llorando, mientras el doctor Marcus se marchaba.

—Me voy a casa.

—No, te vienes a casa conmigo —dijo Jude.

—¿Qué?

Me eché a reír y retrocedí para ver la seriedad en su rostro.

—¿A qué estamos esperando? Llámalo visita o estancia prolongada. No me importa. Todo lo que sé es que quiero que estés conmigo.

Llevé las manos hasta su cara y lo besé.

—Sí, iré a cualquier parte contigo.

—Bueno. Ahora, vamos a buscar a tu madre. Quiero acabar de una vez con todo esto para que podamos comenzar a hacer las maletas. Sé que no se lo va a tomar muy bien.

—Eso es el eufemismo del año.

Miré a mi alrededor, pero no la vi. La había visto de pie en una esquina, hablando con Grace y su prometido, pero ya se había ido.

—Tal vez salió a tomar el aire —sugerí—. De todos modos, el pasillo podría ser un buen lugar para decírselo.

Sonreí.

—Sí, así nadie puede oírme gritar —bromeó.

Reí mientras caminábamos hacia el pasillo, y lo encontramos desierto. Fuimos hasta el final, me volví y escuché un movimiento, y, de forma instintiva, seguí el sonido. En una esquina oscura, dos siluetas compartían un abrazo apasionado. Me acerqué, y se me escapó un suspiro cuando los reconocí.

—Lailah —gritó mi madre, y se alejó de inmediato del doctor Marcus como si estuviera en llamas—. Lo siento. Ha sido un error.

Dio un paso adelante, pero yo le tendí la mano en un intento de detenerla. No pude evitar la leve risa que se me escapó al encontrar a mi madre en una situación comprometida, teniendo en cuenta todo el comportamiento ilícito que Jude y yo habíamos tenido durante las últimas semanas.

—Por favor, mamá, no te disculpes. Si quieres salir con mi médico, no deberías sentir que debes escabullirte por los pasillos del hospital y esconderte de mí. Permítete ser feliz —le pedí con una cálida sonrisa. De repente me sentí muy orgullosa de mi madurez.

El doctor Marcus y ella se miraron brevemente, una mirada llena de emociones que no pude descifrar. Ambos parecían heridos y enojados, y llenos de arrepentimiento, y yo solo podía preguntarme por qué. Me di la vuelta y cogí la mano de un silencioso Jude, que tenía la mirada clavada en el doctor Marcus.

—Molly, no puedo seguir haciendo esto, el ir y venir entre nosotros y las mentiras. Tenemos que decírselo —dijo el doctor Marcus con la voz rota.

—Por favor, Marcus, no —suplicó una diminuta voz.

—Soy tu tío, Lailah —susurró.

Me di la vuelta y vi dolor y pesar en los ojos del hombre que me había cuidado desde el día que nací.

—Tu padre era mi hermano. Deberíamos habérselo dicho hace mucho tiempo, Molly.

Me volví hacia mi madre, esperaba que ella lo negara o que me ofreciera alguna otra alternativa por la que ambos habían sentido la necesidad de mentirme durante toda mi vida. Pero no dijo ni una sola palabra. Solo me miró como si hubiera sido herida de muerte.

—¿Por qué? —les pregunté a los dos—. ¿Por qué no me lo habíais dicho?

—Quería hacerlo, pero no era mi secreto. Y estoy cansado de ser solo un médico para ti, Lailah —dijo Marcus—. Tu madre tiene sus razones. No te enfades con ella. Pasó por un verdadero infierno por culpa de esa imitación de hombre que era mi hermano. Que me haya permitido formar parte de tu vida era más de lo que podía pedirle.

Sacudí la cabeza, para tratar de alejar las palabras y las imágenes de mi mente.

No funcionó.

—No. No puedo lidiar con esto ahora. Mañana me darán el alta. Por la mañana, haré las maletas y me marcharé, con Jude. Por favor, dale a él todos los informes del alta. Mamá, volveré a casa cuando esté lista para hablar.

El eco de sus gritos fue lo último que escuché mientras dejaba ese pasillo.

Algunas veces, ser un adulto es un asco.

22

Yertle la tortuga

Jude

No había podido dormir mientras esperaba que los minutos pasasen hasta que se hiciera de día.

Tendría que habérselo contado.

Tendría que haber dicho algo un segundo después de que pasara, pero no lo hice. Me alejé de Marcus y de su madre, que estaba llorando, y apoyé a Lailah mientras ella hacía lo mismo. Después, intenté animarla mientras íbamos a la planta de cardiología. La ayudé a soltarse el pelo y a limpiarse lo que le quedaba de maquillaje. Se había quitado el vestido, y la tuve entre mis brazos hasta que se durmió.

No dije una palabra.

Yo sabía que Marcus era su tío. Lo sabía, y no se lo había dicho a ella. Le había guardado el secreto, porque, al igual que Marcus, no era asunto mío contárselo. Esta mentira era un castillo de naipes, y yo no iba a ser el que lo derrumbase.

Pero ahora estaba totalmente metido dentro, y tenía que encontrar la manera de decírselo a Lailah.

Los primeros rayos de sol comenzaron a entrar por mi ventana, y me senté. Miré a mi alrededor en la habitación vacía, preguntándome si la tendría conmigo esa noche, o si me quedaría solo de nuevo.

Solo hay una forma de saberlo.

Salí de la cama y me metí en la ducha.

Al cabo de veinte minutos, estaba poniéndome una camiseta y cogiendo una manzana mientras salía por la puerta.

Aún era pronto, pero sabía que Lailah se despertaría tan pronto como saliera el sol, recogiendo sus cosas y preparándose para irse. Quería estar con ella, ayudándola. No tardé mucho en llegar al hospital y aparcar. Tomé el ascensor, y llegué a la puerta de su habitación. Hoy estaba abierta. La vi antes de que se diera cuenta de que estaba ahí. Tenía el largo pelo rubio echado hacia delante, ondulado por las trenzas que su madre le había hecho la noche anterior. Cuando dobló una camiseta y la puso en un montón, sentí un déjà vu. La noche previa a su última despedida, le había visto hacer exactamente lo mismo. Saber que se iba ese día me hacía sentir asustado a la vez que feliz. Asustado, porque se iba, y feliz, porque por fin iba a irse a casa.

Ese día, sentía eso y más.

«Por favor, no cambies de opinión. Ven a casa conmigo, por favor», supliqué en silencio mientras entraba, anunciando mi llegada.

Se giró con una sonrisa.

—Llegas pronto.

—Supuse que estarías despierta, así que pensé que a lo mejor necesitabas ayuda para recoger.

—Sí, gracias. ¿Puedes coger esa bolsa de ahí? —señaló una bolsa de lana gruesa que estaba junto a la cama.

La cogí y la puse a su lado.

—Tengo que decirte algo —dije, dudando cada palabra.

Me miró nerviosa.

—¿El qué?

—Yo sabía que Marcus era tu tío.

—¿Cómo?

Se sentó al filo de la cama, con la camiseta que estaba doblando aún entre las manos.

—Lo supuse por cómo te protegía, y por cómo hablaba de ti y de tu madre. Os quiere mucho más de lo que un doctor quiere a sus pacientes.

—¿Por qué no me lo dijiste?

—¿De verdad querías saberlo por mí? No dependía de mí. Odiaba estar al corriente de ese secreto mientras tú no lo conocías, pero sé que ni tu madre ni Marcus pretendían hacerte daño.

Me senté junto a ella y la cogí de la mano.

—Entonces, ¿por qué no me lo contaron?

—Marcus dijo que tu madre quería que tu padre desapareciera de su vida. Supongo que tener a tu tío por ahí hacía que todo fuera más difícil. Era más fácil que Marcus siguiera siendo...

—... el doctor Marcus.

—Tienes que hablar con ella.

—Lo haré... pronto. Antes necesito un poco de espacio.

—Bueno, puedo ayudarte con eso. Venga, vamos a recoger tus cosas.

La levanté de la cama, y ella se agarró a mis hombros y apoyó la cabeza en mi pecho.

—Tenía miedo de que te fueras del hospital sin mí.

Me miró confundida.

—¿Por qué? ¿Por eso? Estabas en una posición muy complicada, Jude. No te culpo por eso. Pero ya se terminó. No quiero más secretos. Pongámonos a recoger.

Su sonrisa radiante me hizo sentir mal.

No más secretos.

Recordé mi voz suplicante, el sonido de mi llanto mientras les rogaba que no lo hicieran, que no se la llevaran de mi lado. Recordé todo eso, la cabeza me daba vueltas.

Yo era el mayor secreto de todos.

—Aquí tienes tus papeles del alta —dijo el doctor Marcus, dándole la mano a Lailah.

Se había quedado muy quieta y callada desde el momento en el que él había llegado con las instrucciones para su cuidado en casa.

—Hemos hecho esto muchas veces, así que me parece que nos estamos repitiendo. Solo voy a decirte que tengas cuidado, Lailah. Cuida de ti. No seas más ambiciosa de la cuenta o volverás a verte en esta habitación. Puede que no me creas, teniendo en cuenta lo protectores que tu madre y yo hemos sido al cabo de los años, pero de verdad quiero que tengas una vida fuera del hospital.

Ella le miró desde la cama. Tenía las piernas cruzadas, y prácticamente podía ver cómo se estrujaban los engranajes de su cerebro mientras buscaba una buena respuesta.

—Gracias... Ni siquiera sé cómo llamarte.

—¿Qué tal Marcus? Empecemos por ahí.

Asintió, y vi cómo se dibujaba en sus labios una sonrisilla leve antes de desaparecer de nuevo.

—¿Qué hay exactamente entre mi madre y tú?

Marcus dejó escapar un largo suspiro antes de apoyarse en una pared. Parecía cansado. Su pelo grisáceo, que normalmente le hacía parecer más sofisticado, ahora solo acentuaba sus ojeras.

—Lo mismo que ha habido durante los últimos veintidós años. Me acerco más de la cuenta, y ella se aleja de mí. Se niega a reconocer que hay algo entre nosotros, y yo soy lo bastante estúpido como para intentar convencerla de lo contrario.

—La amas —dijo, mirando al hombre que podría haber sido su padre, si las cosas hubieran sido de otra manera, si la vida hubiera sido de otra manera.

—Todos los días de mi vida, desde que la vi por primera vez —contestó él, tan convencido que se me encogió el corazón de dolor por él.

Llegó el auxiliar de enfermería, un tío que conocía del turno de día, para ayudar a llevar a Lailah hasta el aparcamiento. Ella se levantó, mirando a Marcus sin saber qué hacer. Al final, rodeó el cuello de Marcus con los brazos.

—No dejes de luchar por ella, Marcus.

Emocionado, cerró los ojos mientras abrazaba a la chica a la que quería tanto como si fuese suya propia.

—Ni por ella, ni por ti.

Cogí las pertenencias de Lailah y la ayudé a sentarse en la silla de ruedas. Nos despedimos de Marcus brevemente, prometiendo llamarle una vez a la semana, y salimos por la puerta.

—¿Jude? —me llamó Marcus mientras salíamos.

Me giré y le vi en el mismo sitio, junto a la cama, viendo cómo nos íbamos.

—Cuida de nuestra niña.

—Con mi vida.

—Sé que lo harás. Ten cuidado, Jota.

Me apresuré para llegar hasta Lailah, que estaba en el pasillo con el auxiliar, hablando sobre el buen tiempo que hacía. Bajamos las escaleras, y al cabo de tres minutos ya estábamos fuera.

Le di las gracias al otro tío, echándole un vistazo a la etiqueta de su nombre, y ayudé a Lailah a levantarse de la sillita.

—Ya podemos solos, Adam —dije, guiñándole un ojo a Lailah.

Ella miró a su alrededor, con los ojos cerrados, y tomó una bocanada profunda de aire cuando la brisa le dio en la cara.

—¡Soy libre! —chilló.

—Entonces, ¿qué hacemos perdiendo el tiempo aquí? ¡Vámonos! —me reí, cogiéndola de la mano y llevándola hasta mi coche.

—Siento que no sea superbonito, pero al menos funciona —dije, mirando el desastroso estado en el que se encontraba mi coche, que seguramente tenía más años que ella.

—¡Es verde!

Puse sus bolsas en el maletero.

—Sí, verde como la sopa de guisantes o la caca de bebé.

—Eh... qué asco. Gracias por arruinarme la sopa de guisantes —dijo entre risas.

—Bueno, ¡es que ese es el color!

—Creo que deberíamos ponerle un nombre.

Giré la llave.

—¿Al color? Me parece que acabo de hacerlo.

Salí de la plaza de aparcamiento y nos fuimos del hospital.

Ya éramos oficialmente libres.

—No —dijo entre risas—. Me refería al coche. Los coches del color de la mierda de bebé se merecen tener un nombre.

La miré sorprendido de broma.

—¿Acabo de oírte decir una palabrota? Me parece que nunca antes, en mi vida, había oído una mala palabra salir de tus preciosos labios. Solo llevas dos segundos fuera del hospital, ¡y ya hablas como un camionero! Creo que soy una mala influencia para ti.

Me sacó la lengua y sonrió.

—Ya he dicho palabrotas alguna vez. Casi siempre en mi cabeza, en alguna ocasión en voz alta. Pero no me cambies de tema. Desde este día, nombro por la presente a éste...

—¿Por la presente a éste? —no pude evitar preguntar.

Estaba literalmente temblando de la emoción. Estar fuera del hospital había hecho que se revitalizase su espíritu, y sus pulmones se habían llenado de aire y vida.

—¡Cállate! Estoy dando mi discurso de nombramiento de este coche. Se supone que tengo que sonar como Shakespeare.

—Oh, disculpe. Prosiga. Nombras por la presente a este...

—Nombro a este coche... mmm... —Miró a su alrededor, pensando en algo. De pronto, abrió los ojos como platos—. ¡Yertle la tortuga!

Estaba tan orgullosa de sí misma que ni siquiera se dio cuenta de dónde estábamos cuando paré.

—Muy lista, Sami-Sam. Pero Yertle la tortuga era azul.

—¡No lo era!

—Sí. En los dibujos del libro, era azul.

Me miró con los brazos cruzados.

—¿Cómo demonios sabes tú eso?

—Mi madre solía leernos mucho cuando yo era pequeño. Además, soy listo —dije con una sonrisa, dándome toquecitos en la sien.

—Bueno, lo que sea. Vamos a llamarlo Yertle, aunque no sea azul. ¿Dónde estamos? ¿Qué hacemos aquí? —preguntó, mirando a todas partes. Se quedó sin aliento cuando vio el mar.

—Vamos a que pises el mar.

23

Vuelta a casa

Lailah

En realidad, no me había pasado todos esos años encerrada en una caja.

Vivía en el sur de California, así que había visto el océano alguna que otra vez cuando cruzábamos la ciudad. Pero sentada allí en el coche de Jude, viendo el agua turquesa brillar infinitamente ante mí, me pareció como si lo estuviera viendo por primera vez. Mi mirada se paseaba por la larga extensión de arena que me separaba de las olas, que rompían con suavidad.

Me giré hacia él.

—¿Cómo lo haremos? No sé si podré pasar por toda esa arena sin tener problemas para respirar o cansarme demasiado —admití, odiando mis limitaciones y debilidades.

—Te voy a llevar yo —dijo él simplemente.

—¿Todo el camino? ¿Por la arena?

—Sí. Ahora mismo, ¡vamos!

Abrió su puerta de golpe y salió de un salto, y yo me quedé mirando el asiento vacío. Instantes después, ahí estaba, abriendo mi puerta con una sonrisa.

—El agua no va a venir hasta aquí —dijo, y me tendió la mano.

Se la tomé.

—Pero es muy lejos para que me lleves, Jude.

Me lanzó una mirada dudosa y divertida.

—Pesas más o menos lo mismo que una bolsa de palomitas, y en caso de que no te hayas dado cuenta en esas veces que tenías tus manos metidas por dentro de mi camiseta, estoy en buena forma.

El guiño que siguió hizo que me ardieran las mejillas, y no pude aguantarme la risita que se me escapó cuando me levantó en brazos.

—¿Ves? Pan comido. Ahora, si has terminado de quejarte, creo que tenemos algo pendiente.

Asentí emocionada, sujetándome cogiéndole del cuello mientras él me llevaba en brazos hasta la arena.

—¿Dónde está todo el mundo? Creía que las playas de California estaban siempre abarrotadas —dije, mirando a la playa desértica.

—Todavía es pronto. La playa empezará a llenarse dentro de una hora o dos, por eso quería venir ahora. Pensé que sería más agradable estar aquí sin que hubiera miles de personas paseándose de un lado a otro.

Mirando la playa, sonreí.

—Sí, se está más tranquilo ahora. Me gusta.

El color de la arena se oscurecía conforme las olas se acercaban y alejaban.

—¿Puedo ir a pie lo que queda de camino? —dije, muriéndome de ganas por sentir entre mis dedos la humedad de la arena.

—Sí —respondió él, con una nota cariñosa haciendo eco en su voz.

Me quité las chanclas con un puntapié mientras él empezaba a dejarme en la arena. Nuestras miradas se cruzaron justo en el momento en el que mis pies estuvieron en contacto con la fría arena. Estaba húmeda y áspera, y la sensación entre los dedos de mis pies era maravillosa. Entrelazamos los dedos mientras que una sonrisa torcida se dibujaba en la comisura de sus labios. Yo me giré hacia el horizonte, y dimos unos cuantos pasos hacia la orilla. El agua helada llegó hasta mis pies, y me encogí.

—¡Qué fría está!

La carcajada de Jude inundó mis oídos.

—¿Por qué te crees que los surfistas llevan trajes de neopreno? Ya te acostumbrarás —me prometió—. Podemos caminar un poco.

De la mano, caminamos por la playa, charlando y riendo, adelantando a los transeúntes. Era la mañana más normal que había tenido y, aun así, me parecía extraordinaria y agradable. No quería que acabase nunca esa sensación.

—No esperaba que esto fuera a pasar —admití. Paramos no muy lejos del lugar inicial—. Nunca pensé que tendría un día como este, en el que no tuviera que pensar qué estarían haciendo los demás mientras yo me quedaba en casa.

—Tendremos muchos más días como este —contestó él, acariciándome la barbilla.

Nos besamos. El beso empezó siendo dulce y delicado con nuestros labios rozándose suavemente con los del otro. Cuando sus dedos llegaron hasta mi pelo, acercándome a él mientras apretaba mis mechones rubios, el beso dejó de ser tierno.

—Tenemos que irnos de aquí —le insté entrecortadamente, separándome de él.

—Sí, buena idea.

Me cogió por las piernas y volvió a tenerme en brazos. Llegamos hasta el coche, y me sentó.

—¿Adónde vamos ahora?

—A casa —respondió él, con los ojos resplandecientes por la pasión. Mi estómago dio un vuelco.

Condujo varios kilómetros hasta llegar a un apartamento bordeado por palmeras y con un cartel de madera desteñido. Jude aparcó en la que supuse que sería su plaza, y apagó el motor.

—Espera, voy a abrirte la puerta —dijo, mientras desaparecía por el lado del conductor. Escuché el maletero abrirse, e instantes después, estaba en mi puerta. Tomé su mano y salí, mirando a mi alrededor durante unos instantes. A pesar de que se nota que el edificio tenía unos años, estaba bien cuidado, evidentemente gracias a un dueño o gerente responsable.

Nuestro apartamento tenía un estilo similar, y me dio más o menos la misma sensación. El dueño lo había heredado de su padre, y había luchado por asegurar que el legado de su familia continuase. No tenía mucho, pero era un propietario cordial, y siempre estaba dispuesto a ayudar cuando había algún problema. Nuestros electrodomésticos no eran nuevos, y nuestra alfombra ya tenía unos cuantos años, pero todo funcionaba perfectamente. Yo estaba totalmente convencida de que también nos cobraba de menos, por eso mi madre se había quedado allí durante los últimos quince años.

Jude me dirigió hasta un tramo de escaleras y se detuvo.

—Es una segunda planta y no hay ascensor, disculpa.

—No te preocupes, Jude. Puedo soportar subir unos cuantos escalones —le dije mientras subía el primero tirando de él.

Vino detrás de mí mientras subía. Una fresca brisa proveniente del océano me acarició el cuello cuando puse el pie en el último escalón, y él giró a la derecha para conducirme hasta el pasillo. Pasando antes por delante de tres o cuatro puertas, paramos, y él sacó la lleve para abrir la puerta.

Eché un vistazo dentro, viendo, al mismo tiempo que Jude dejaba mis cosas en el suelo, un pequeño sofá de dos plazas y una mesa de cocina. Acababa de cruzar el umbral de la puerta y escucharla cerrarse, cuando Jude me empujó contra ella, y sus labios se cerraron sobre los míos. Mi suspiro de sorpresa pronto se convirtió en un gemido cuando su mano rozó mi muslo desnudo.

—No tienes ni idea de cuánto he esperado para tenerte solo para mí, sin distracciones y sin nadie que nos moleste —murmuró con voz ronca—. Sin interrupciones.

Al escucharlo, se me encogió el estómago y me temblaron las piernas. Estaba ya prácticamente jadeando, solo de oír su voz.

—Pues ahora ya me tienes —contesté, sin creerme las palabras tan atrevidas que habían escapado de mis tímidos e inocentes labios.

—Ahora te tengo —en sus labios apareció una sonrisa mientras repetía lo que yo había dicho.

Su boca se aplastó a la mía, y me dejé llevar por el roce de él. Llevó mi muslo hasta su cintura, acariciando el filo de mis bragas, que recorrían la curva de mi culo por debajo de mis pantalones cortos. Todas y cada una de mis terminaciones nerviosas se habían puesto alerta al sentirlo contra mi piel. Llevó la mano que tenía libre hasta la parte de atrás de mi cabeza, ajustando su posición, y arremetió con más fuerza con su lengua.

El leve sonido de un pitido me sobresaltó como si fuera un cubo de agua fría, y mis ojos se abrieron de golpe. Sentí cómo la calidez de la mano de Jude abandonaba mi cuello, y luego lo vi mirar el reloj. Le miré con curiosidad, esperando que me diera explicaciones.

—Es hora de que comas y te tomes las pastillas —dijo, pulsando un botón para apagar el pitido agudo.

—¿De verdad has puesto una alarma?

—Sí, tengo una alarma para cada una de tus pastillas y comidas. A lo mejor pongo una para comprobar tus pulsaciones una vez al día.

—Vaya, te lo estás tomando muy en serio.

—Nada es más importante que cuidar de ti. Nada.

Vaya. La única respuesta que se me ocurría para eso era un comentario atrevido: te quiero.

¿Quieres casarte conmigo? Sí, probablemente sería demasiado pronto para eso.

—Y ahora, si dejas de distraerme con tus encantos femeninos, vamos a darte tu medicina y algo de comer.

Me dio un beso breve en la mejilla, y un azote en el culo que me hizo soltar un gritito. Cogiendo mis bolsas donde las había dejado en medio de la entrada, se fue por el pasillo, y yo le seguí. Había dos puertas, que supuse que serían el dormitorio y el cuarto de baño.

Se paró delante de una, y se dio la vuelta.

—No tienes por qué dormir conmigo. Tú puedes dormir en la cama, y yo dormiré en el suelo o en el sofá. No quiero agobiarte.

Di un par de pasos hasta que lo tuve frente a mí. Dejé que mis dedos se paseasen por su tripa y su pecho hasta llegar a su hombro, donde estaba el asa de mi bolsa. Pasando los dedos por debajo de ella, la levanté y me la colgué.

—Quiero dormir contigo.

—Menos mal —contestó él, dejando escapar un suspiro de alivio.

Pasé por su lado con una sonrisa, y entré en la habitación.

Como todas las otras partes del apartamento que había visto, el dormitorio tenía poca decoración. Eso tenía sentido, conociéndole. Habiendo estado solo durante tanto tiempo, no esperaba encontrarme una casa que pareciera un catálogo de Ikea. Su habitación estaba limpia y ordenada, sin ropa sucia o basura tiradas por ahí. La cama estaba hecha, y había un pequeño armario en una esquina.

Solté mi bolsa de lana en la colcha azul oscura y abrí la cremallera para sacar la bolsita hermética llena de botes de pastillas.

—Los viejos no tienen nada comparado conmigo —bromeé mientras abría la bolsa para empezar a sacar botes.

Él se sentó en el filo de la cama sin dejar de mirarme.

—Me da igual, siempre y cuando te mantengan a mi lado.

Encontré los tres botes de pastillas que me hacían falta para el almuerzo, y me giré para mirarle. Tiró de mí suavemente para acercarme hasta su regazo. Me encantaba la sensación de sus brazos rodeándome.

—Eso es lo único que quiero, quedarme contigo para siempre.

—Lo harás, te lo prometo.

Deseé que estuviera en lo cierto.

La alarma de su reloj sonó dos veces más a lo largo de la tarde, y no pude evitar que su dedicación me hiciera reír.

—¿Es que has robado mi ficha del hospital o qué? —pregunté cuando sonó la segunda alarma.

—No me ha hecho falta robarlo —se mofó—. Trabajo como funcionario en el hospital. Lo único que tuve que hacer fue mirarlo. —Al decir esto, se le iluminó la cara con una amplia sonrisa.

—Bueno, no vas a estar llevando ese reloj todo el rato, ¿o sí? —dije, y volví a sentarme en su regazo.

—No —susurró él—. Podría deshacerme de él a la hora de dormir.

Me rozó el cuello con la punta de la nariz, provocándome escalofríos. Entreabrí los labios y cerré los ojos. Sus manos fueron hasta mi cintura y me apretaron contra él. Después, me levantó, poniéndome de pie. Abrí los ojos, y vi una sonrisilla engreída en su rostro.

—Primero la cena. —Hice un mohín—. Vale, vale... estúpido reloj —añadió él entre risas. Me cogió de la mano y me llevó hasta la cocina—. Espero que no te importe que cenemos aquí. Podemos salir mañana si quieres, es que aún no me apetece compartirte con el resto del mundo.

Sí, por favor.

—Suena genial— contesté yo, mirándole el culo mientras caminaba por delante de mí. Desde luego, yo tampoco quería compartirle.

¿No podía secuestrarlo aquí para siempre?

—¿Me ayudas a preparar la cena?

—Por supuesto. ¿Otra vez pizza? —pregunté con una sonrisa. Me acordé de que había necesitado instrucciones para prepararla, así que tenía curiosidad por saber qué iba a preparar esa noche.

—No, nada de pizza. Vamos a hacer pollo asado, puré de patatas y judías verdes.

—¿Has ido a clases de cocina mientras yo estaba en el hospital?

Me senté en un taburete.

Se puso a sacar cosas del frigorífico, mirándome al terminar.

—Pedirte que te quedases conmigo no ha sido una decisión impulsiva. He estado planeándola, deseándola, rezando por que ocurriese. Sabía que ibas a salir del hospital un día, y esperaba que, cuando lo hicieras, vinieras a casa conmigo, así que quería estar preparado.

—¿Has aprendido a cocinar por mí?

—Lo único que hice fue hacer un par de búsquedas por internet. No fue tan complicado. Busqué recetas básicas, hice la compra para variar, y probé a hacer un par de cosillas.

Me levanté, cogí las cosas que tenía en las manos y las puse en la pequeña encimera.

—Has aprendido a cocinar por mí.

—Sí, supongo que podría decirse que sí.

—No sé qué podría hacer yo por ti —dije, desconcertada.

—Ayudarme.

—¡Eso está hecho!

Me obligó a estar sentada todo el rato, pero conseguí que me dejase lavar las patatas y trocearlas. Una vez más, hacíamos un buen equipo, trabajando juntos mientras charlábamos y nos reíamos. No pasaba un día en el que no aprendiese algo nuevo de él, y él de mí. Cada vez que aprendía algo nuevo de él, por insignificante que fuera, era como volver a enamorarme de él.

La cena estuvo genial, y me pareció que hasta Jude se sorprendió. Me ofrecí para limpiar, y él, tozudo, no me lo permitió. Me cogió y me llevó al sofá a descansar. Estuve viendo la tele hasta que escuché al lavaplatos ponerse en marcha, y luego noté sus dedos pasearse por mis piernas.

—¿Te apetece ver una película?

—No.

Apagué la tele, puse el mando en el suelo y me puse de rodillas. Llegué arrastrándome hasta donde él se había sentado. Él no paraba de mirarme. Me senté a horcajadas sobre él, y sus manos buscaron mi piel desnuda.

—¿Estás segura, Lailah?

Noté en su voz que estaba emocionado.

—Sí.

Antes de que pudiera decir nada más, su boca cayó encima de la mía, devorando, lamiendo y saboreándome. Con sus manos en mi cintura, se levantó, y yo le rodeé con las piernas. Nuestro beso se vio brevemente interrumpido cuando él me puso contra la pared del pasillo para poder quitarse la camiseta.

Después de que me llevase hasta el dormitorio, me dejó caer sobre la cama. Era la primera vez que lo veía sin camiseta, y me permití el lujo de observarle atentamente. El dibujo oscuro que recorría su antebrazo continuaba hasta su musculado bíceps y seguía hasta su hombro. Me apetecía recorrerlo con los dedos y con la lengua.

—Tienes que parar de mirarme así —dijo él, entrecerrando los ojos.

—Así... ¿cómo?

—Como si fueras a comerme.

—Podría decirse que lo haré —admití, mientras dejaba que mis manos recorrieran su esculpido torso.

—Joder, Lailah —gruñó mientras se ponía sobre mí—. Me vas a matar.

Sus dedos revolotearon por el filo de mi camiseta, levantándola levemente, y se inclinó para besar la piel que había quedado expuesta. Sus manos recorrieron la tela hasta llegar a los laterales para quitármela. Yo le ayudé levantando el cuerpo levemente, para que pudiera quitármela bien.

—Necesito verte entera.

Sus ojos se pararon, hambrientos, sobre mi sencillo sujetador de algodón.

No miró en ningún momento a la gran cicatriz rojiza que recorría mi pecho. No hubo sobresaltos ni atisbo de duda en sus ojos. Me estaba mirando como a una mujer. No le parecía que yo fuera débil, le parecía que era hermosa, sexi, y sensual.

Me quitó los pantalones cortos, deslizándolos por mis piernas, mientras iba besando mis muslos y pantorrillas. Sus ojos recorrieron mi cuerpo entero, se me quedó mirando mientras yo me llevaba las manos a la espalda para desabrocharme el sujetador.

—Eres preciosa —susurró.

Echándose hacia delante, recorrió con sus manos mis muslos, acariciando la piel sensible, pasando por mis caderas y mis costillas, hasta llegar a mis pechos. Cuando me pellizcó un pezón, gemí, juntando los muslos para prolongar la sensación de placer.

Me lanzó una mirada traviesa mientras enganchaba los dedos a la cinturilla de mis bragas, y las deslizó hacia abajo, despojándome de la última prenda que cubría mi cuerpo. Cayeron al suelo, y sus manos dibujaron un vago camino entre mis piernas, separándolas, para permitirle colocarse entre ellas.

—No quiero hacerte daño, así que vamos a ir despacito.

Sus labios se cerraron sobre mi pezón erecto, haciendo círculos con la lengua sobre la piel rosada, y dejé escapar un gemido cuando sus dedos llegaron hasta mi punto más sensible.

—Oh... Dios... —gemí mientras acariciaba mi clítoris con el pulgar.

—Joder, solo con tocarte no es suficiente. Necesito probarte otra vez.

Bajó deslizándose, dejando un caminito húmedo de besos mientras lo hacía. En cuanto su lengua rozó mi vulva, me apreté contra él de forma instintiva, queriendo más.

—Eso es, ángel. Tómalo.

Lo escuché gruñir mientras su lengua recorría y chupaba mi centro, y yo me retorcía y me frotaba contra él. Sentí mi estómago encogerse, y un cosquilleo en la espalda que nunca antes en mi vida había sentido que se intensificó hasta que estuve agarrando las sábanas y gritando su nombre. Sus manos se cerraron contra mis muslos, dejándome indefensa, y continuó lamiendo mi clítoris con más fuerza. Me hizo ver las estrellas, y parecía que estaba en otra galaxia.

Se levantó y vino hacia mí para besarme, y me apartó el pelo de la cara tiernamente.

—¿Sabes? Podría hacer eso unas dos veces más hasta asegurarme de que estuvieras lista del todo, pero entonces te mataría —dijo con una sonrisa.

—Estoy lista.

La sonrisa desapareció de su rostro, y se puso serio cuando me miró a los ojos.

—¿Cuál es tu número uno? —preguntó, su mano acariciaba mi brazo trazando círculos.

—Ya lo has conseguido —contesté yo, evadiendo la pregunta.

—¿Cuál es, Lailah?

—Enamorarme —respondí finalmente, mirándole a los ojos con expresión dubitativa.

Sin pronunciar una palabra, sus labios chocaron con los míos, marcándome con su beso. Sentí cómo su cuerpo se levantaba para que le fuera más fácil quitarse la ropa. Mis manos rodearon la curvatura de su trasero y lo empujé de nuevo hacia abajo. Piel con piel, su dulce mirada verde se paseó por mi cuerpo, y supe, sin que me dijera una sola palabra, que su amor por mí era muy profundo.

Me ama.

Noté cómo estaba duro y listo para mí. El corazón me latía desbocado.

—Necesito que me digas si te estoy haciendo daño o no. Si te sientes débil o...

—Jude —lo interrumpí, cogiéndole el brazo—, no me voy a romper. Por favor, hazme el amor.

Su mirada se volvió más tierna, más cálida.

—Siempre —prometió.

Se estiró para abrir el cajón de la mesilla, y sacó uno de los condones que había comprado por precaución. Había llevado un implante anticonceptivo en mi brazo durante años, pero teniendo en cuenta que un embarazo sería como una sentencia de muerte para mí, no quiso correr el riesgo. Lo miré mientras rompía el envoltorio con los dientes y sacaba el condón. El proceso me fascinaba. No pude evitar estirarme para ayudarle, y empecé a ponérselo. Su respiración entrecortada me asustó, y quité la mano de golpe.

—Que me toques es como tirar de la anilla de una granada. Estoy a punto de explotar —dijo, llevándome la mano otra vez hasta su miembro.

Su enorme circunferencia quedó rodeada por mis pequeños dedos, y vi cómo cerraba los ojos y echaba la cabeza hacia atrás.

—Muévela —ordenó.

Moví mi mano arriba y abajo. Él gimió, y abrió los ojos de golpe.

—Necesito estar ya dentro de ti.

Girándose, terminó de ponerse el condón, y volví a echarme sobre el colchón. Nuestras miradas se encontraron mientras notaba cómo la punta de su miembro llegaba hasta mi húmedo centro.

—Dilo, Lailah. Quiero oírlo.

Empujó levemente, y sentí cómo mi cuerpo se tensaba bajo el de él.

—Te quiero.

Se movió lentamente, centímetro a centímetro.

—Otra vez.

—Te quiero. —Sentí como entraba dentro de mí del todo. Me dolió un poco, pero cuando se movió hacia atrás, moviéndose lentamente dentro de mí, la sensación rápidamente pasó de dolor a placer—. Te quiero —gemí.

Dejó caer su cabeza sobre mi cuello, y lo besó mientras empujaba mi pierna hacia delante. La sensación de placer se había convertido ahora en ardiente éxtasis. Gemí, abrazándole por los hombros, mientras él me penetraba despacio y profundamente.

Su cuerpo era realmente majestuoso, más aún cuando me estaba haciendo el amor. Se movía con gracia, y con fuerza bruta masculina. Cada embestida era exótica y electrizante. Pasé mis manos por todo su cuerpo: por la curvatura de su culo, la marcada V de sus caderas, y sus anchos hombros.

Su boca volvió a la mía, con su lengua moviéndose en armonía con su cuerpo. Una de sus manos se coló entre mi cuerpo y el suyo para llegar hasta el punto más sensible, entre mis muslos, presionándolo mientras seguía moviéndose dentro de mí. Su pulgar rozaba mi clítoris cada vez que me embestía.

—¡Oh... Dios...! Voy a... —grité, mientras sentía como todo mi cuerpo se tensaba.

Se movió más rápido y con más fuerza, y nuestros cuerpos comenzaros a chocar como a cámara rápida. Llegué al clímax, y mi cuerpo se tensó bajo el de Jude justo cuando el de él también lo hizo. Gimiendo, me besó con fuerza.

Pasados unos instantes, se levantó y fue al cuarto de baño para deshacerse del condón. Cuando volvió, se dejó caer en la cama, y me pegó a él. Crucé mis piernas con las suyas y le di besos en el pecho. Nos quedamos así, acurrucados, charlando, riéndonos y besándonos hasta tarde.

—Mañana me gustaría llevarte a un sitio.

Empecé a notar como la sensación de somnolencia se apoderaba de mí.

—Vale —respondí, bostezando.

Me quedé dormida sintiendo sus dedos pasearse por mi pelo, y notando la calidez de sus labios al besarme la frente.

24

Hora de despedirse

Jude

Nunca había podido dormir bien en ese lugar. Desde la noche en la que tuve el accidente y entré en emergencias con el cuerpo lleno de cortes y moratones, mientras gritaba el nombre de Megan, parecía que la habilidad de descansar tranquilamente me había abandonado.

Si tenía que ser sincero conmigo mismo, tampoco había podido dormir demasiado bien un tiempo antes de lo del accidente. Había perdido la cuenta de las puestas de sol que había visto perderse en el horizonte, contando los días que quedaban para la graduación. Me había parecido más bien el día del Juicio Final. El reloj corría, y nuestra libertad se acabaría pronto. Como muchos de nuestros amigos, Megan estaba muy emocionada. Después de cuatro años, ya casi habíamos terminado. Todo nuestro duro trabajo había tenido una recompensa, y después de cruzar ese escenario con un título en la mano, estaríamos preparados para enfrentarnos al mundo, juntos.

Por la noche, solía abrazarla mientras estaba dormida. Me gustaba ver cómo la luz de la luna iluminaba su pelo castaño, y cómo sonreía levemente en sueños. La miraba, y me preocupaba. Me preocupaba de todo lo que tan cuidadosamente le había ocultado durante los años. Que ella supiera, yo me iba a ir a trabajar con mi padre. Era lo que todos nuestros amigos habían estado haciendo también, así que no había problema. Lo que pasa es que yo no iba a irme a trabajar con mi padre. Le había estado ofreciendo mi libertad en una puta bandeja de plata.

Me había enseñado las estadísticas de la compañía, y no lo estábamos haciendo bien. Esperaban que yo pudiera darle la vuelta a la situación, pero no es algo que pudiera suceder de la noche a la mañana.

Mi vida iba a cambiar de golpe, y ni siquiera se lo había contado.

¿Me hubiera odiado? ¿Se hubiera enfadado por arrastrarla a ciegas hasta esa situación?

Mi plan era explicárselo todo a la vuelta de nuestro viaje a Hawái, pero nunca tuve la oportunidad.

Había muerto creyendo que nuestra vida iba a ser perfecta. Y, por el amor de Dios, yo hubiera dado lo que fuera porque hubiera sido así.

¿Estaré cometiendo el mismo error con Lailah al ocultarle parte de la verdad sobre el accidente de Megan?

Con los primeros rayos de luz entrando por la ventana, pude ver al ángel que tenía dormido entre mis brazos. Sus largos mechones rubios caían por su cuerpo como si fueran seda dorada, y no pude evitar inclinarme para darle un beso. Sus ojos se abrieron, y sonrió.

—Buenos días —susurró, con la voz aún ronca.

—Buenos días. Perdona, no quería despertarte.

—Si vas a despertarme así, puedes hacerlo cuando quieras.

Sonrió con timidez, estirándose de forma inocente. Subió los brazos, lo que acentuó sus pechos desnudos y sus caderas. Arqueó la espalda y levantó las piernas mientras suspiraba levemente.

—¿Qué pasa? —preguntó, cuando volvió a acurrucarse contra mí.

—Eso ha sido lo más sexi que he visto en mi vida.

—¿El qué? ¿Ver cómo me estiro? Estás fatal.

Extendí la mano, la puse encima de la suya y la llevé hasta la parte superior de mis muslos, pasando por mi estómago, dejando que sus dedos rozasen mi piel sensible por debajo de las sábanas. Cuando sus dedos llegaron hasta mi polla dura, se quedó sin aliento.

—¿Te parece esto enfermo?

No esperaba que, como respuesta, me tocase, ni que sus manos ansiosas me cogieran la polla así.

—Joder... —dije entre dientes.

Sus manos se detuvieron, y me miró.

—¿Qué ha pasado? ¿Lo tengo que hacer más fuerte... o más flojito? Mierda. Soy malísima en esto, ¿no?

Su mano seguía todavía agarrándomela, y yo iba a desmayarme si no empezaba a moverla pronto.

—Sabes que me encanta cuando balbuceas, es adorable de narices, así que no te enfades cuando te diga esto, nena. —Hice una pausa, esperando a que me mirase—. Cállate, y por el amor de Dios, sigue, por favor.

Sus mejillas se tiñeron de rojo, y una sonrisilla pícara le iluminó la cara.

—¿Así? —preguntó mientras movía su bendita mano arriba y abajo.

—Sí —gemí mientras echaba la cabeza hacia atrás.

Estaba demasiado concentrado en la sensación que me daba al moverme la polla arriba y abajo con la mano como para darme cuenta de que se estaba moviendo, poniéndose ahora frente a mí. Sus rodillas rozaron mis muslos cuando se sentó a horcajadas, y la miré.

—Esos libros de la biblioteca que me conseguiste... —dijo, mientras frotaba con el dedo la punta sensible de mi miembro— eran muy educativos en ciertas áreas de estudio... y me gustaría... mm... probar algo.

Estaba ruborizada hasta el cuello.

—Creía que íbamos a leer esos libros juntos —bromeé, apoyándome sobre los codos para poder verla mejor.

—A lo mejor luego. Pero antes me apetecía leer algunos por mi cuenta.

—¿Por qué?

—Para aprender a hacer cosas como esta.

Se inclinó hacia delante, y la vi sacar la lengua para lamerme la polla de arriba abajo.

—¡Joder! —grité mientras su cálida y húmeda boquita se cerraba alrededor de mi nabo.

Unos ojos azules como el mar se encontraron con los míos mientras movía la boca de arriba abajo, con sus mejillas apretándose mientras chupaba y lamía. Lo hacía sin dudar un instante, sin pensárselo dos veces. Haciéndome eso, estaba sexi y feroz. Lo vi todo, y fue sexi de cojones.

—Necesito estar ya dentro de ti, Lailah —conseguí decir.

Se enderezó y, dándome un último lametón, subió por mi cuerpo dejando un reguero de besos por mi torso y por mi pecho. Su pelo cayó hacia delante cuando sus labios rosados vinieron a buscar los míos, y una lluvia envolvente de mechones rubios acariciados por el sol cayó sobre mí.

Me estiré hasta llegar al cajón que estaba junto a la cama para coger un condón de la caja que compré. Era algo que no se me iba a olvidar. Me había leído la cartilla de Lailah entera, y sabía que olvidar esto podría tener horribles consecuencias. Otros tíos se arriesgarían a dejar a sus novias embarazadas por accidente, pero yo no lo haría. No cuando podría matarla.

Metiendo la mano entre nosotros, me puse el condón, y luego acaricié con la punta de los dedos el interior de sus muslos. Ya estaba húmeda y lista para mí.

—¿Estás dolorida? —le pregunté mientras acariciaba suavemente su clítoris con el dedo.

—No —respondió en voz baja, sonrojándose de nuevo.

Acababa de hacerme una mamada, nada más y nada menos que su primera, casi acabando conmigo, y ahora se sonrojaba porque le había mencionado que hicimos el amor la noche anterior.

Acaricié con mis dedos sus rosados pómulos.

—Nunca pierdas esto. Estás preciosa cuando te sonrojas.

Me coloqué y uní nuestros cuerpos una vez más. La mirada de puro éxtasis que me lanzó quedaría grabada a fuego en mi mente para siempre. Puso los ojos en blanco de placer mientras se empujaba contra mí.

—Eso es, ángel.

Empezó a menear las caderas hacia delante y hacia atrás contra mí. Mis manos abandonaron sus muslos para rodear su cintura, mientras me enderezaba para sentarme. Quería tocarla por todas partes, todo de golpe, y permitirme rozar cada centímetro de su piel. El estar dentro de ella, notando lo estrecha que estaba al rodearme con su cuerpo, me parecía tan placentero como volver a casa. Ella era el consuelo que yo no sabía que buscaba. Me había dado fuerza, paz, y ganas de volver a ver la luz del sol.

Continuó montándome mientras yo la embestía con fuerza sujetándola por los hombros. Teniendo siempre en cuenta su salud, y sabiendo que se cansaría muy rápido, la cogí, y le di la vuelta para acostarla bocarriba sobre el edredón. Con los ojos cerrados, me rodeó con las piernas mientras nos movíamos juntos. Gimió y gritó cuando mi pulgar rozó la sensible piel de su clítoris.

—¡Oh, Dios...! ¡Me corro...! —gritó mientras se tensaba alrededor de mi polla.

Con cada embestida que le daba mientras llegaba al orgasmo, más cerca estaba yo del mío propio. Cuando llegó al clímax, se contrajo hasta hacerme perder el control, y caí rendido sobre ella.

Me recosté sobre un lado, y besé levemente la suave curva de su hombro antes de besarla en los labios.

—Dijiste que querías llevarme a un sitio hoy.

Sonreí.

—Sí, es verdad. Pero antes, creo que tendríamos que hacer una paradita en la biblioteca.

Abrió los ojos como platos, y su boca formó una O perfecta con divertida sorpresa. Me lanzó una almohada a la cara segundos después.

Sí, probablemente me lo merecía.

—¿Por qué estamos en el hospital?

—Aquí es donde quería llevarte.

Salí del coche para abrirle la puerta.

—Sabes que he estado aquí unas cuantas veces, ¿verdad?

Sonrió cuando la tomé de la mano y fuimos caminando juntos hasta la entrada.

—Sí, sabelotodo, ya lo sé, pero seguro que no has ido adónde te quiero llevar.

Me llevé nuestras manos entrelazadas hasta los labios, y besé cada nudillo.

Mientras llegábamos a la doble puerta, me detuve y me volví hacia ella.

—Esto es algo que tengo que hacer... —dije, mientras respiraba larga y profundamente—, para seguir adelante. Y me gustaría que estuvieras a mi lado.

Su expresión se volvió más tierna, y asintió.

—Claro. No querría estar en ningún otro lugar.

Me siguió en silencio mientras atravesábamos el hospital y el solitario pasillo al que yo había bautizado como mío propio. Cuando llegamos al largo banco de madera, me paré para mirar la puerta cerrada que había marcado mi pasado.

—Aquí es donde ella me dejó. Donde dio su último aliento.

Estaban todos equivocados: los doctores, sus padres...

No lo entendían. No entendían lo fuerte que ella era, lo fuertes que éramos juntos.

Ella lucharía.

Ella lucharía por nosotros.

Porque si ella no sobrevivía, yo no sabía cómo iba yo a seguir adelante sin ella. No podría soportar una vida sin ella a mi lado.

—Hijo, es hora de que te despidas—dijo el padre de Megan, intentando aguantarse las lágrimas, mientras me ponía una mano en el hombro.

Le miré, y vi que tenía los ojos rojos. Me recordaban mucho a los de su hija.

—No —susurré, negando con la cabeza mientras las lágrimas me surcaban el rostro.

No se iba a morir.

No podía.

Nos íbamos a casar.

Miré hacia el dedo vacío en el que había puesto su anillo de compromiso hacía dos semanas. Los médicos se lo habían tenido que cortar para la operación, y nunca se lo habían devuelto.

Esto no podía estar pasando. En cualquier momento, me despertaría, y para entonces estaría estrechando a Megan entre mis brazos. Estaría feliz y completa, y todo esto no sería más que una horrible pesadilla.

Pero en el fondo sabía que no me iba a despertar.

«Te dejaremos solo unos minutos para que puedas despedirte de ella», escuché a la madre de Megan decirme antes de que se cerrase la puerta.

A mi alrededor, solo había una habitación prácticamente vacía. La máquina pitaba y zumbaba mientras Megan dormía ante mí. Tenía la cabeza cubierta por vendajes blancos, y los moratones y cortes recubrían toda su piel.

Cogiéndole la mano con cuidado, acaricié las líneas que surcaban la palma y me quedé mirando sus rasgos buscando algún tipo de respuesta. Pero, igual que los cientos de veces anteriores, no hubo nada de eso.

—Por favor, vuelve junto a mí. No puedo hacerlo. No sé cómo decirte adiós.

Eché la cabeza hacia delante, y besé nuestras manos entrelazadas.

El sonido de una alarma y un pitido estridente me sobresaltó, y vi cómo la habitación se llenaba de enfermeras, intentando quitarme de en medio.

Los padres de Megan se apresuraron para entrar, y vi cómo su madre se desplomaba en el suelo, llorando en agonía.

Con mi mano aún unida a la suya, vi cómo todo se ponía borroso, y pronto, los doctores y las enfermeras detuvieron su ritmo frenético antes de girarse hacia nosotros con expresión neutra.

—Lo siento. La hemos perdido.

—Nunca pude despedirme —dije, mirando a Lailah mientras me cogía la mano—. Creo que me he estado negando a hacerlo desde entonces. He perdido la cuenta de las horas que me he pasado en este pasillo mirando esa puerta desde este banco. He malgastado años aquí. —Se me escapó una risita irónica—. Joder, ella me pegaría una patada en el culo si supiera en qué me he convertido.

—Ya no eres esa persona —me recordó Lailah—. Ella estaría orgullosa del hombre que eres hoy, y del viaje que has hecho hasta llegar a serlo.

Alzando la mano, acaricié la suave piel de sus mejillas.

—Me ha llevado hasta ti. Pero ya es hora de decir el último adiós. Perdí todo el contacto con los padres de Megan después de negarme a ir al funeral. Yo no estaba bien entonces, y la única manera que encontré para poder soportarlo fue alejándome de todo el mundo. No se lo merecían, siempre habían sido muy buenos conmigo. Cuando se enteraron de que yo seguía aquí, pidieron instalar este banco. Supongo que pensaron que eso podría hacer que llevase el luto mejor. Ni siquiera estoy seguro de que entendiera el significado de esa palabra hasta hace poco.

Se sentó, y vi cómo trazaba con los dedos la placa dorada que había sido colocada allí el día antes.

—«La vida sigue.» Es una cita de Robert Frost —dijo mientras tocaba la inscripción.

Me senté a su lado en el banco y sonreí.

—Sí, a ella le encantaba esa cita. Tenía una pegatina con esa frase pegada en la luna trasera del coche como recordatorio de que hay que seguir adelante cuando las cosas se ponen feas. Ella era una constante fuente de energía positiva, y nunca hubiera querido que me pasase la vida sentando en este pasillo, esperándola.

—Gracias por compartir esto conmigo —respondió ella, pasando los dedos por el latón brillante una vez más—. Gracias por compartir lo que le pasó conmigo. Pero, como tú mismo has dicho, es hora de que le digas tu último adiós, y me parece que eso es algo entre vosotros dos. Llora lo que tengas que llorar y vacíate, Jude. Yo estaré esperándote fuera.

Me dio un beso en la mejilla antes de desaparecer por el pasillo.

No sabía cuánto tiempo me había pasado allí sentado. Miré la puerta cerrada, pensando, meditando, esperando a que me salieran las palabras.

La gente pasaba de largo mientras yo intentaba buscar las palabras necesarias para despedirme de la mujer y de la vida que había estado intentando retener por tanto tiempo.

—Te lo hubiera dado todo, Megan. Hubieras sido mi mundo, mi esposa, y mi razón de ser. No hubiera habido ni un solo momento del que me hubiera arrepentido —susurré, con el rostro enterrado entre las manos—. Pero la vida tenía un plan diferente para nosotros. Para mí. Y ahora, ha llegado el momento de despedirme. —La voz se me quebró mientras decía estas palabras—. He conocido a una chica. Me ha sacado de la oscuridad, y ya no puedo seguir aquí. No puedo seguir aquí contigo y amarla al mismo tiempo. Se merece todo lo que yo pueda darle, y yo quiero dárselo todo. Así que, por favor, créeme cuando te digo que te amo. Te amo lo suficiente como para recordarte como la mujer que fuiste y por la maravillosa vida que compartimos juntos. Te amo lo suficiente como para dejarte ir, para así poder vivir la vida que tú querrías que llevase. Cada minuto que viva será más hermoso solo por el tiempo que pasé a tu lado. —Me levanté, echando una última mirada a la placa que yo mismo había puesto ahí en su memoria. Besé mis dedos, y los puse contra el frío metal—. La vida... de verdad sigue, y yo voy a empezar a vivir la mía ahora. Adiós, Megan.

Cada paso que daba por el pasillo me parecía definitivo. Cada paso que daba me alejaba más hasta mi futuro. Cuando monté en el ascensor, tenía los ojos secos. Cuando salí, la vi sentada en el banco de hormigón, esperándome.

Dios, es preciosa.

Nuestras miradas se cruzaron cuando ella se levantó, y yo salí por las puertas dobles con una zancada. La rodeé entre mis brazos.

—Te quiero, Lailah —dije, sin aliento—. Te he querido desde hace más tiempo del que puedo recordar, pero no he sabía cómo decírtelo hasta ahora. Ahora, solo quiero decírtelo una y otra...

—Para de balbucear, y bésame —me interrumpió, con una sonrisa.

Junté mis labios con los suyos, y la levanté suavemente, dándole vueltas. Su risa y chillidos llenaron el aire.

—Venga, volvamos a casa —dije, volviendo a ponerla en el suelo.

—Me gusta cómo suena eso.

—Sí, a mí también.

25

La noche de la cita

Lailah

—Vámonos a comprar —dijo Jude un día que estábamos sin saber qué hacer viendo una película en el sofá.

—¿A comprar? —dije, parando la película. Le miré desde la cómoda posición en la que estaba, desde su regazo—. ¿Por qué? Ya fuimos a comprar comida ayer.

—Quiero comprarte un vestido y llevarte a cenar por ahí —respondió mientras se echaba hacia delante para besarme en la frente.

—No tienes por qué. Ya has hecho bastante por mí.

Había pasado algo más de una semana desde que me mudé al pequeño apartamento de Jude. Había pasado una semana desde la última vez que hablé con mi madre. Me encantaba vivir en este apartamento, pero no podía evitar sentirme culpable por varias cosas. Un sentimiento de culpabilidad y añoranza me inundaba cada vez que me acordaba de mi madre, y me preguntaba cuánto daño le había provocado a nuestra relación al alejarme de ella aquella noche. Pero, aunque me sentía fatal, no era capaz de descolgar el teléfono y llamarla. Tenía que disculparme, pero mi maldito orgullo no me lo permitía.

¿Por qué tenía siempre que protegerme tanto?

Cuanto más lo pensaba, más me daba cuenta de que en realidad no me estaba protegiendo a mí, sino a ella misma.

Vivir con Jude también me hacía sentir culpable por no poder contribuir financieramente. Odiaba esa sensación. Tenía veintidós años, y nunca había tenido un trabajo o ido a la universidad. No tenía nada a mi nombre. Me sentía una gorrona. Puede que Jude estuviera acostumbrado a tener un buen nivel económico, pero ya no llevaba un estilo de vida ostentoso. No podía permitirse tirar el dinero, y una parte de mí se preocupaba de cómo conseguiría permitirse tener a otra persona más a su cargo.

—Quiero hacerlo. Además, no puedes decirme que tener una cita no está en esa lista.

Una sonrisilla pícara se le dibujó en la cara.

—Bueno, teniendo en cuenta que te conté la lista entera anoche, podría decirse que ya sabes la respuesta a esa pregunta.

Su sonrisa se hizo más grande.

—Sí, ya la sé, por eso quiero que nos vayamos de compras. Venga, levántate. ¡Vámonos!

—Vale, vale —dije entre risas levantándome del sofá—. Nunca tendría que haberte enseñado esa libreta.

Sentí su cálido aliento en mi oreja cuando habló.

—Recuerdo que fui muy persuasivo, y quería asegurarme de que un número en concreto estaba tachado como es debido.

Dio la vuelta lentamente, y quedamos cara a cara. Sus manos recorrieron mi espalda.

—Sí, me parece que hemos hecho un muy buen trabajo en ese punto a lo largo de esta semana.

—Solo quería hacerte sentir lo más normal posible. —En su mejilla apareció un hoyuelo—. Con una tía buena como tú, ¿cómo no iba a querer follarte a cada segundo si estamos juntos todo el día?

Sus palabras atrevidas me dejaron sin aliento.

—¿Ves? Solo estoy intentando que parezca real.

—Ajá —conseguí decir.

Me dio un azote que me sacó de mis pensamientos pervertidos.

—Vamos —me dijo entre risas.

Se hizo con las llaves y salimos, sintiendo inmediatamente la cálida brisa de verano cuando salimos del apartamento. Allí, en el sur de California, habíamos tenido una ola de calor durante la semana anterior. En lugar de sentirnos refrescados por la fresca brisa proveniente del mar, que era una de las ventajas de vivir tan cerca de la costa, nos sentíamos abochornados por el calor sofocante.

—¡Qué calor! —dije cuando entramos en el coche, que estaba al sol.

—Voy a poner el aire. Al menos eso sí funciona en este montón de...

—¡Eh! ¡Sé amable con Yertle! Te va a oír —le interrumpí, acariciando con cariño el cuero desgastado de la guantera.

Jude sacudió la cabeza mientras salíamos a la carretera.

—No entiendo por qué te gusta tanto este trasto.

—Es tuyo. ¿Por qué iba a no gustarme?

No me respondió, pero pude ver una sonrisilla aparecer en las comisuras de sus labios.

Al cabo de unos minutos, llegamos a una zona de Santa Mónica que era famosa por tener pequeñas tiendecitas y restaurantes muy buenos. No se molestó en preguntarme adónde quería ir yo. Sabía que le diría algún sitio barato como Old Navy, o que le preguntaría si había por allí cerca un Target. Cuánta razón tenía. Ya estaba mirando el sitio por todas partes buscando el emblema del gran ojo de toro rojo.

Una manzana más abajo, me condujo hasta una tienda más o menos grande. No me dio esa sensación aburrida y sofocante que me habían dado las demás tiendas al ir pasándolas de largo, y los dependientes no estuvieron atosigándonos desde el momento en el que llegamos, lo cual era una ventaja extra. También tenían artículos en liquidación.

Premio.

—¿De verdad? ¿Te vas derechita a las rebajas?

—No puedes culparme por ser ahorradora. Además, qué más da si tiene un 5% de descuento, pero es así de bonito —levanté el primer vestido que vi nada más llegar.

—Pruébatelo. Ahora.

Busqué los probadores y me dirigí hasta la entrada. Establecí contacto visual con la dependienta, que me instó a que pasase. Jude tomó asiento justo enfrente. Cerré la cortina, me levanté la camiseta y dejé que mis pantalones cortos resbalaran por mis piernas.

—Bien —le oí decir desde detrás de la cortina.

Solté una risotada, y sacudí la cabeza mientras le quitaba al vestido la cremallera para sacarlo de la percha.

Me cubría la cicatriz a la perfección, y se ataba con un lazo en el cuello. Tenía la espalda prácticamente descubierta; y el estampado vibrante y veraniego se apretaba en mi cintura para acampanarse después de forma asimétrica. Me pareció ligero, y le sentaba genial a mi figura escueta.

Tomé una bocanada profunda de aire al girarme para abrir la cortina. Tiré de ella lentamente hacia atrás, dejando que Jude me viera. Levantó la mirada, y vi cómo su expresión cambiaba de sorprendida a hambrienta.

—Me parece que la cremallera no está subida del todo —dijo, levantándose de golpe de la silla.

Yo inmediatamente me giré para comprobarlo.

—¿Qué? Sí que lo está. Oh.

La cortina se cerró de golpe, y sus labios se juntaron con fuerza con los míos. Me apretó contra el frío espejo, y sus ansiosas manos subieron por el vestido. Yo le agarré del pelo, acercándolo más a mí, y su lengua se movió contra la mía, implacable, una y otra vez.

—¿Va todo bien por ahí? —preguntó la dependienta por detrás de la cortina.

Me quedé congelada, y el beso se detuvo. Una sonrisa pícara apareció en el rostro de Jude. Estiró la mano para mirar la etiqueta del vestido.

—Ve a pagar —dijo, dándome su cartera—. Yo ahora salgo con tu ropa. Dame un minuto.

Miré abajo para ver el impresionante bulto que se había formado en sus pantalones; y tuve que morderme el labio para no reírme cuando salí a pagar.

—¡Dios mío, por poco lo hacemos en un probador! —dije con una sonrisa mientras íbamos caminando por la calle hombro con hombro unos minutos después.

—Yo lo tenía todo bajo control. No sé cuál era tu problema.

Continuamos nuestro parloteo sin sentido hasta llegar a un pequeño restaurante italiano. Estaba un poco lleno, así que nos sentamos en la barra.

—Puedes pedirte algo si quieres —le dije, haciendo referencia al hombre que estaba detrás de la barra.

—No necesito nada.

Apoyé mi mano en la suya.

—Que yo tenga ciertas limitaciones no significa que tú las tengas que tener también.

—No es eso. No he probado una gota de alcohol desde la noche del accidente. Sencillamente no puedo.

Asintiendo, sonreí.

—¿Entonces pido dos aguas?

Encogió los ojos.

—Creo que me atreveré a pedir una Coca-cola.

—Qué locura.

Pedimos las bebidas, y al cabo de veinte minutos, Jude empezó a impacientarse.

—Voy a mirar qué pasa con nuestra mesa. Ahora vuelvo.

Su mano se deslizó por mi espalda antes de perderse entre la multitud.

Me quedé removiendo el hielo que quedaba en mi vaso, esperándole.

La gente se sentaba en la barra, riendo y bromeando, sin ser conscientes de la suerte que tenían de tener momentos como ese. No tenían ni idea de la suerte que tenían de ser tan normales.

Yo también estaba teniendo suerte al fin.

—Parece que estás muy sola —dijo detrás de mí una voz profunda.

Me di la vuelta sonriendo, pensando que era Jude, que me estaba gastando una broma. Sin embargo, a quién vi fue a un hombre de hombros anchos. Tenía el pelo oscuro cortado a la perfección y su sonrisa era cegadora. Me asusté, y por un momento pensé que no se estaba dirigiendo a mí.

—¿Disculpe?

—He dicho que parece que estás muy sola. ¿Puedo sentarme contigo e invitarte a una copa?

—Eh... en realidad...

—Está conmigo —dijo Jude con voz grave, poniendo una mano posesiva sobre mi hombro.

El hombre se quedó totalmente descolocado, y miró a Jude.

—Es que ella no tiene opinión, ¿o qué? —respondió él, mirándome como si esperase que me levantase y me fuera con él.

—Estoy acompañada, gracias —salté yo, volviéndome hacia Jude y olvidándome del tío de la sonrisa cegadora.

Jude me puso las manos en la cara, y negó con la cabeza.

—Cinco segundos. Te dejo sola cinco segundos, y los buitres se ciernen sobre ti.

—¡Me han tirado los tejos! —exclamé, con sorpresa.

Él puso los ojos en blanco.

—Es un algo de tu lista que podría haberse quedado sin hacer. O mejor aún, podría haberlo hecho yo. De todos modos, podría decirse que yo lo hice antes, así que olvidémonos de que esto ha pasado.

—Oh, pobre Jude —dije, poniendo morritos.

Se echó hacia delante y me mordió el labio succionándolo.

—Mía —gruñó—. Vámonos a comer.

Mmvale.

—¿Has invitado a mi madre? —repetí por segunda vez desde que lo anunció.

Acabábamos de terminar nuestra maravillosa cena, y nos estábamos subiendo al coche cuando me soltó la bomba de mi madre.

—Ángel, Grace no se puede quedar contigo esta noche, y ya sabes que no te voy a dejar sola mientras yo estoy trabajando. —Puse los ojos en blanco mientras él salía del aparcamiento—. Llamé a tu madre esta mañana, y te echa mucho de menos.

¿Culpabilidad? ¡Mesa para uno!

—Bueno, ni siquiera se ha molestado en preguntar —repliqué yo visiblemente molesta, cruzando los brazos.

—Dijo que quería darte el espacio que le pediste, pero que le está siendo muy duro. Creo que ha estado usando a Marcus para que le cuente cosas.

—Sí, eso tiene sentido —protesté.

Nos paramos en un semáforo, y me lanzó una sonrisa cálida.

—¡Está bien! —dije, cediendo a su silenciosa tortura.

—Sé que tienes ganas de verla.

—Sí —admití.

—Bien. Solo serán un par de horas. Me las he apañado para tener un turno corto esta noche, así que debería estar en casa sobre las doce.

Asentí mientras veía como paraba el motor y abría la puerta. Miré a mi alrededor y vi el coche de mi madre aparcado unos metros más allá. La puerta del conductor se abrió, y la vi.

—Hola, Lailah.

Subimos las escaleras hasta llegar al apartamento de Jude. Nos paramos en la puerta, y ella entrelazó los dedos visiblemente incómoda, sin saber qué hacer.

—Hola, mamá —respondí, dando un paso adelante para abrazarla.

Me correspondió, sus manos me rodearon la espalda, con seguridad.

—Te he echado de menos —dijo, separándose para mirarme—. Estás muy guapa.

—Gracias. Adelante.

Asintió mientras Jude abría la puerta y entrábamos. Vi cómo examinaba el apartamento. A lo largo de la última semana, había intentado hacerlo parecer menos lúgubre, colocando unas cuantas almohadas y mantas en el sofá, y quitando las cajas.

Le estaba ofreciendo asiento a mi madre cuando Jude empezó a hablar.

—Tengo que irme ya a trabajar, pero quería darle esto a tu madre antes. —Le dio una bolsa de plástico y un papel—. Aquí están sus medicinas, y te he escrito lo que necesita tomar y cuándo, por si ha cambiado desde la última vez que estuvo en tu casa.

Creo que el respeto que mi madre sentía hacia Jude se vio triplicado en ese preciso momento. Echó un vistazo dentro de la bolsa y asintió.

—Gracias.

—Ahí tienes.

Le miré, y me acarició brevemente la barbilla.

—Tengo que cambiarme de ropa en el trabajo, así que me voy ya. Que paséis una buena noche.

—Qué obsesión tiene —dijo, soltando una risita mientras una lágrima le surcaba el rostro.

—Igual que tú —contesté, antes de ver cómo se desmoronaba—. ¿Mamá? —Me acerqué—. ¿Qué te pasa?

—Nada, nada. Nada que no pueda arreglar.

Supe por su expresión que era mentira. Estaba claro que había hecho todo lo posible por mantenerse firme, pero era como con un castillo de arena: podía parecer sólido, pero se derrumbada con un simple toquecito.

—Mamá, por favor. Te has pasado la vida ocultándome cosas para protegerme, y mira a lo que eso nos ha llevado. Cuéntamelo.

Sus ojos se encontraron con los míos, y lo que vi fue una expresión completamente devastada.

—Te han negado el trasplante.

Me quedé devastada. El ambiente se volvió demasiado pesado como para que me fuera posible respirar. Mi mirada se dirigió hacia la puerta por la que Jude acababa de salir hacía un momento, y yo solo quería abrirla de par en par y gritar su nombre hasta que volviera.

Le necesito.

Le necesito, ¿para qué? ¿Para que me dijera que todo va bien? Porque eso no es así.

Nada va bien.

Miré a mi madre otra vez, con los ojos como platos y llorando, mientras ella estaba esperando que dijera algo.

—¿Negado? —repetí, para escucharme decir la palabra.

Asintió.

—Pero lo vamos a solucionar. No nos pueden hacer esto. No pueden. Lucharemos. No entienden por lo que hemos pasado, por lo que tú has pasado. Se lo explicaré. Se lo explicaré todo. Haré que lo entiendan. Marcus se lo explicará, y haremos que cambien de opinión.

Todas sus palabras me sonaban vacías. Lo único que yo oía era un pitido, cada vez más fuerte, más intenso.

Necesitaba que parase.

Necesitaba que todo parase.

La rodeé con los brazos y dejé que llorara mientras me decía una y otra vez que ya buscaría una manera de salvarme.

Yo no la escuché. No escuché nada de lo que me dijo.

Ya me había cansado de que me salvaran.

26

Decisiones

Jude

Dejar a Lailah fue mi parte menos favorita de todo el tiempo que habíamos pasado juntos desde que se había mudado a mi apartamento. Había pensado en pedir que me dieran el turno de mañana, pero como su madre y Grace estaban disponibles por la noche, me parecía más lógico seguir trabajando en el turno de noche.

Aun así, lo odiaba.

Odiaba no poder dormir con ella por las noches, y odiaba saber que estaba durmiendo sola.

Bajé corriendo los escalones de nuestro apartamento, y sonreí al pensar en lo rápido en que todo se había convertido en «nuestro».

Habíamos estado prácticamente dos semanas juntos, y ella me había marcado. Incluso la idea de mandarla a casa de su madre me parecía tan horrible que le pedí a la mujer que viniera a casa para no tener que dormir sin Lailah.

Abrí el cerrojo de seguridad y entré. Molly estaba dormida en el sofá, y después de un par de toquecitos, se despertó.

—Ey, estoy aquí. Puedes quedarte si quieres.

Se frotó los ojos, que estaban enrojecidos e hinchados, y bostezó.

—No, me voy a casa. Me parece que necesitáis estar los dos solos —dijo ella, poniéndome una mano en el hombro.

Miré su gesto sobre mi hombro con curiosidad.

«Mmm... valedale».

Salió, y cerré la puerta detrás de ella, sacudiendo la cabeza por su comportamiento extraño.

Quizás estaba muy cansada, o a lo mejor había decidido que le gustaba.

No creo que fuera eso.

Al fin y al cabo, estaba acostándome con su hija.

Quitándome la camiseta, me metí en la habitación, y me paré cuando vi que Lailah estaba despierta, sentada en el filo de la cama.

—Eh, ¿qué haces despierta? Es tarde.

—No podía dormir —dijo distraídamente.

Uniéndome a ella en la cama, me metí debajo de las sábanas y la cogí suavemente de la barbilla para que me mirara.

—¿Va todo bien entre tu madre y tú? Estaba un poco rara cuando se fue hace un momento.

—Sí... no —respondió ella, con calma—. Siempre soy un problema que hay que solucionar. ¿Por qué no puedo simplemente ser su hija?

—Ángel, por favor, dime qué pasa.

—Me han negado el trasplante.

—Lailah, no... —Se me quebró la voz.

La envolví en mis brazos, y ella se entregó a mí dócilmente. Intenté deshacerme del pánico que se había apoderado de mí con la noticia.

—Lo solucionaremos, ¿vale? Esto no ha terminado. Estoy convencido de que encontraremos la manera de solicitar otro.

—Es que yo no quiero solicitarlo.

El corazón se me encogió al oír esas palabras, y me eché hacia atrás para ver esos ojos azul cielo.

—¿Cómo que no quieres solucionarlo?

—Estoy cansada de luchar, Jude. Ya me lo han negado una vez. ¿Por qué habrían de aprobármelo de golpe? Esta nueva compañía de seguros no es como la que tenía antes. No quieren ir regalando dinero. ¿Cuánto tiempo voy a tener que estar agonizando por una solicitud para ver que me la niegan otra vez? Ya no puedo más.

—¿Te estás rindiendo? —susurré, completamente sorprendido.

—No me estoy rindiendo. Estoy aceptando lo que es.

Me levanté de la cama, con un enfado creciente que me hacía querer darle un puñetazo a la pared.

—¿Y qué es exactamente lo que estás aceptando? ¿Qué te estás muriendo? —grité, volviéndome hacia ella.

Ella se encogió.

—Quiero disfrutar el tiempo que me queda, Jude.

Empecé a sacudir la cabeza violentamente.

—No, no, no, no. No lo acepto.

—No es tu decisión.

Se me llenaron los ojos de lágrimas.

—Todo esto es por mi puta culpa.

Me tocó tiernamente en el hombro.

—Esto no es tu culpa, Jude. Nada de esto tiene que ver contigo.

—Todo tiene que ver conmigo —respondí, separándome de ella—. Yo soy el motivo por el que no te concedieron el primer trasplante, Lailah. Yo soy el motivo de que sigas aquí, esperando uno.

Ladeó la cabeza.

—No lo entiendo.

—Megan. Megan iba a ser tu donante. Dijiste que pasó hace tres años, en el fin de semana del Día de los Caídos. Ese fue el día en el que tuvimos el accidente. Los padres de Megan querían donar sus órganos, los que no estaban dañados. Tenía muchos daños cerebrales, pero el corazón estaba en perfectas condiciones.

—No, no es posible —dijo ella con voz distante.

—Sí, sí lo es. Sabían que se había ido, pero yo no. Les pedí y les supliqué que se lo pensaran mejor. Les dije que la estaban matando, y que yo podría traerla de vuelta. Hice todo lo que pude para hacerles cambiar de opinión, y funcionó. Yo tengo la culpa de que no te dieran ese trasplante.

No sé durante cuánto tiempo estuvo ahí sentada, mirando las costuras del edredón mientras yo esperaba a que me dijera algo, lo que fuera.

—Por favor, Lailah. Grítame, chíllame, mándame a la mierda, pero haz algo. Lo que sea menos quedarte en silencio —supliqué.

Su mirada se encontró con la mía, y casi me mata.

—Cuando viniste a mi habitación, ¿sabías quién era?

Arrodillándome ante ella, le cogí la mano.

—Dios, no. No tenía ni idea. Lo averigüé todo un tiempo después.

—¿Qué era yo? ¿Algún tipo de proyecto? ¿Una manera de que tuvieras menos remordimientos? —masculló entre dientes.

—Joder, Lailah. —Apoyé la cabeza en la cama—. No. Bueno, a lo mejor. No lo sé. —Levanté la cabeza—. Al principio, sí. Quizás me sentía culpable, intentando compensar lo que había hecho, pero ya no. Ya no.

Su pelo largo se sacudió hacia delante y hacia atrás mientras su cabeza se movía entre sus manos.

—Ya no sé qué pensar.

Me puse a su lado, cogí sus manos, y las puse contra mi pecho.

—Piensa que te amo. Piensa que esto es real, lo que siento por ti es real. Piensa que puedes luchar por ello. Lucha por nosotros, Lailah, no te rindas.

—Que quiera pasar el resto de mi vida a tu lado no es rendirme, Jude. Eso no es rendirme. Eso es vivir.

—Sí que es rendirte cuando esa vida se corta de repente. ¿No lo entiendes, Lailah? ¿No lo entiendes? Eres mi puta vida. Puede que haya sobrevivido a la muerte de Megan, pero si me dejas, eso me destruirá. La vida... no sigue sin ti.

Las lágrimas le surcaron el rostro, y me besó. Nuestro beso se intensificó, y dejó de ser delicado. Con nuestra ropa por el suelo y nuestros cuerpos haciéndose uno, la miré a los ojos, directamente a su alma, y le supliqué que se quedase conmigo, que no me dejase en ruinas.

No sé por qué me desperté, pero, unas horas antes del amanecer, me invadió un sentimiento de terror. Mirando alrededor, toqué a tientas hasta que encontré el cuerpo dormido de Lailah. Estaba rígida, demasiado rígida. Sus respiraciones eran profundas y cortas.

—Lailah —dije, sacudiéndola un poco.

Abrió los ojos, y ahí fue cuando me hice presa del pánico.

—No me encuentro bien —dijo, llevándose la mano al pecho.

—¿Dónde está tu bombona de oxígeno? —pregunté, saltando de la cama para encender la luz.

La bombona estaba en una esquina, y la preparé con prisas, poniéndole la mascarilla.

—Mis pulsaciones son arrítmicas —dijo a través del plástico que le cubría la boca.

—Voy a llamar a Marcus —dije, cogiendo mi teléfono, que estaba en la mesilla.

Cinco segundos después, perdió el conocimiento.

—Mierda. ¡Lailah! —grité, llamando al 911.

Me mantuve calmado y sereno gracias a mi entrenamiento mientras la sostuve entre mis brazos. Estaba respirando, menos mal, pero leve e insuficientemente.

—Vamos, ángel. Quédate conmigo —le pedí antes de besar sus labios pálidos.

Esperé a que llegasen los paramédicos. La ambulancia llegó al cabo de unos minutos, y nos llevaron al hospital. Le sostuve la mano todo el tiempo mientras le daban terapia por vía intravenosa y le comprobaban las constantes vitales.

Nos encontramos con Marcus a la entrada de urgencias, llegando corriendo después de mi llamada de pánico. Me permitieron que estuviera con ella cuando la llevaron a una habitación, pero me dejaron solo cuando se la llevaron para hacerle pruebas.

Escuché el sonido de pasos apresurados que venían hacia la puerta, y vi cómo llegaba Molly, sin aliento.

—¿Dónde está?

—Se la acaban de llevar para hacerle unas pruebas.

Asintió, viniendo hacia mí para sentarse en el asiento vacío que quedaba a mi lado. La verdad es que estaba sorprendido de que no me estuvieran puteando. Me esperaba que se me culpase de todo lo que había pasado. Pensando en la nochecita que habíamos pasado, me preocupó haber sobrepasado sus límites: compras, cena y falta de sueño, por no hablar de cómo nos habíamos destrozado el uno al otro hacía solo un par de horas.

—¿Qué ha pasado? —preguntó Molly.

—Me desperté y estaba petrificado. Miré a mi alrededor y vi que estaba respirando mal. La desperté, y cuando estaba llamando a Marcus, se desmayó.

Sacudió la cabeza antes de enterrarla en sus manos.

—Es culpa mía, por contarle lo del trasplante. Ha sido demasiado para ella. Nunca debí habérselo dicho.

—No. Merecía saberlo.

—Es tan difícil no protegerla de todo...

—Lo sé.

Nos sentamos allí en silencio, esperando a que volviera. El reloj de plástico barato marcaba lentamente los segundos desde la pared, recordándonos exactamente dónde estábamos y por qué estábamos allí.

—Quería odiarte —dijo Molly de pronto.

La miré y vi cómo fruncía el ceño.

—Cuando te vi aparecer la primera vez, tan joven y atractivo, creí que ibas a romperle el corazón. Nadie podría entender el precio que hay que pagar para amar a una chica como ella. Y sin embargo, tú te has quedado a su lado; y ayer me di cuenta de algo: tú y yo queremos exactamente lo mismo.

—¿Y qué es?

—Que se quede, cueste lo que cueste.

Puse mi mano en la suya.

—No vamos a perderla. Pase lo que pase. Te lo prometo.

Abrió la boca para responder, pero de pronto se abrió la puerta, y apareció una mujer llevando a Lailah en una silla de ruedas.

—Hola —dijo Lailah débilmente.

Esa única palabra fue para mí como una bendición celestial.

—Hola —respondí, levantándome de la silla para cogerle la mano—. ¿Cómo estás?

—Bien. He estado mejor, pero también mucho peor. Marcus dice que me excedí: quizás fue que tomé un poco más de sal de la cuenta en la cena, o que dormí poco. De todas formas, me ha hecho pruebas por si acaso.

Cerrando los ojos, sacudí la cabeza.

—Lo siento mucho. Es culpa mía. Tendríamos que habernos quedado en casa.

—No vamos a jugar al juego de la culpabilidad, Jude. Conmigo es así: algunas veces, tengo días malos, y ayer fue un día malo. Y va a pasar más a menudo teniendo en cuenta que...

Di un respingo y abrí los ojos de golpe.

No podía estar todavía pensándoselo. No después de lo de anoche, que me había abierto a ella y le había mostrado mi alma. Miré a Molly.

Ella miró a Lailah, y después a mí. Echó la cabeza a un lado, como intentando averiguar qué estaba pasando.

—Jude, ¿podrías dejarme un minuto a solas con mi madre?

Mi mirada se paseó entre ella y Molly, posándose finalmente sobre Lailah, suplicándole en silencio. «Por favor, no lo hagas», le rogué con la mirada.

Salí de la habitación aturdido y caminé hasta el otro lado del pasillo, donde me deslicé apoyado en la pared hasta acabar sentado en el suelo. Mirando la puerta cerrada, esperé, preguntándome qué estaba diciendo, y qué era lo que había decidido.

Al cabo de tres minutos, obtuve mi respuesta.

Tras las devastadoras noticias de Lailah de abstenerse de seguir intentando lo del trasplante, el eco del llanto de Molly resonó por todo el pasillo.

Sentado en el suelo de un solitario pasillo de un hospital con la espalda apoyada en la pared, sentí cómo mi vida se acababa. Por segunda vez.

Qué ironía más perra.

No puede hacer esto. Que le den a ella y a su sentido de la independencia. Hice la promesa de mantenerla con vida, cueste lo que cueste.

Cueste lo que cueste.

Levantándome, metí la mano en uno de mis bolsillos delanteros. Saqué el móvil, y tecleé el único número que pensaba que nunca más necesitaría.

Dio tres toques hasta que el imbécil contestó.

—¿Hola? —respondió la voz familiar.

—Román, soy yo.

—¿Jude?

—Vuelve el hijo pródigo —respondí entre dientes.

—¿Significa esta llamada que estás listo para volver arrastrándote?

—He visto las noticias, gilipollas. No hagas como que no me necesitas.

—Escucha, hermanito. Nos dejaste tirados. La cabeza de papá se ha ido a la mierda durante los dos últimos años. Tiene ataques de demencia. Los miembros de la junta quieren mi cabeza, así que discúlpame por no besarte los putos pies.

—¿Papá está enfermo?

—Sí, capullo. Lo sabrías si te molestases en comprobar qué tal está tu familia.

—¿Por qué no está eso en las noticias?

—Pues porque me he asegurado de que no esté en las noticias.

Por supuesto.

—Mira, siento no haber llamado para comprobar qué tal iba todo. Estaba jodido, pero ahora estoy listo para volver.

—No nos haces ningún favor, Jude. No necesito una visita. Necesito a alguien que esté dispuesto a seguir aquí, aunque las cosas se pongan feas. Si has visto las noticias, solo sabes la mitad.

Respiré hondo.

—Volveré, para bien. Pero con condiciones.

—Te escucho.

—Vamos a hacerlo a mi manera esta vez. Haremos lo que yo diga. ¿Entiendes?

—Si puedes salvar esta compañía, sin que nadie se quede sin empleo, hasta te haré el puto café por las mañanas si hace falta.

Su preocupación por los empleados me sorprendió. Quizás era verdad que mi hermano había madurado desde que me fui.

—Y también quiero tener acceso a todas mis cuentas. De inmediato. Sin preguntas.

—Hecho.

—Bien —dije con alivio, volviendo a apoyarme en la pared—. Te veo en unos días.

—Estás tomando la decisión correcta, Jude.

Colgué, considerando la llamada antes de cambiar de opinión.

No había buena o mala decisión. De todos modos, estaba jodido.

Lailah viviría. Acababa de garantizarlo.

Solo que yo no estaría aquí para verlo.

—Ella no puede saberlo —presioné a Marcus cuando estábamos sentados en la oscura cafetería.

—Todo este tiempo —dijo, mirándome de forma distinta—. Tendría que haberlo sabido. Tú nunca encajaste en este lugar.

—Yo estaba justo donde tenía que estar.

Asintió.

—Ella nunca se lo creerá. La compañía de seguros nunca le aceptaría la petición, al menos no ahora. Ella lo sabe. ¿Por qué crees que ha tirado la toalla ya?

—Haz que se lo crea, Marcus. No me importa lo que hagas. Miente, llámalo un milagro divino, di que tú mismo llamaste para que te hicieran un favor personal. Me importa una puta mierda. Hazle creer que ha pasado lo imposible. Con respecto a Molly...

—Ya me ocupo yo de Molly. Es terca como una mula, pero a la hora de la verdad, hará lo que haga falta para salvar a su hija —puso el café en la mesa y me miró—. ¿Por qué no se lo dices?

—Porque nunca me dejaría hacerlo. Vi la convicción en sus ojos anoche, Marcus. Ella está en paz, ha aceptado su destino. No puedo permitirlo.

—¿Qué pasa si acabas con ella en el proceso?

—Tú y Molly estaréis a su lado para apoyarla. Pero vivirá.

—Sabes que no podemos evitar que vaya detrás de ti una vez se haya curado.

Sacudí la cabeza, con el estómago encogido por el disgusto.

—No hará falta. Después de mañana, no querrá volver a verme.

27

El resultado

Lailah

Contárselo a mi madre resultó más duro de lo que pensaba.

Ver cómo se le rompía el corazón delante de mí, sabiendo que era yo quien lo estaba provocando, estuvo a punto de partirme por la mitad. Yo he sido todo su mundo desde hace tanto tiempo como sería ella capaz de recordar.

Mantenerme con vida se convirtió en el propósito de su existencia; y yo, básicamente, le había tirado eso a la cara con un «no, gracias».

Era consciente de que todos pensaban que me había dado por vencida. De algún modo, supongo que así era.

Pero aquella era mi decisión.

Mía.

Se acabó el que me mimasen y me contasen medias verdades. Yo era una mujer adulta y ya era hora de empezar a actuar como tal. Si tenía los días contados, sería yo quien decidiese cómo gastarlos.

Yo.

Nadie más.

En el breve tiempo transcurrido desde que conocí a Jude, él me había dado a probar lo que pudo llegar a ser mi vida si las cosas hubiesen sido diferentes. Si yo hubiese sido normal. Saber qué clase de vida podríamos haber tenido me dejaba un sabor agridulce, y me dolía en el alma asumir que aquello era algo que jamás tendríamos. Pero por haber crecido de un modo alejado de lo normal, apartada de la sociedad... era consciente de que debía dar gracias por el tiempo que me había sido concedido.

Quería pasar lo que me quedase de ese tiempo con Jude y no luchando por algo que no me estaba predestinado.

Un golpecito en la puerta me hizo levantar la vista y ver cómo entraba Jude en la habitación, lo que me trajo a la memoria todas las ocasiones en las que había hecho eso mismo en el pasado. Me habían trasladado una planta más arriba, de vuelta al área de cardiología. Aunque estaba en una habitación distinta a la que había ocupado con anterioridad, aun así, seguían despertándose en mí tiernos recuerdos al verle entrar.

Mi día había transcurrido entre brumas, pasé la mayor parte durmiendo. Ahora la luz de la luna iluminaba la habitación, cubriendo con un brillo cálido su piel bronceada.

—Sencillamente, no podía estar lejos —me dijo, acercando una silla a la cama. Su estado de ánimo parecía grave aun cuando sus palabras eran ligeras y en tono de broma.

—Hombre, desde luego aquí te dan natillas —respondí de broma, intentando sacarle una sonrisa de los labios—. Marcus ha dicho que todas mis pruebas han salido bien, así que con un día más debería estar lo bastante bien como para marcharme.

—Bien.

Sus dedos se entrelazaron con los míos y vi que fruncía el ceño.

—Cuéntame, Jude. Sé que estás molesto por lo que he decidido, pero yo...

Se levantó de la silla y se metió con sigilo en la cama, pegado a mí.

—Ahora mismo no quiero hablar —susurró mientras tiraba del borde de su camisa para sacársela por la cabeza y arrojarla al suelo.

Mis manos se abalanzaron ansiosas por tocarle, moviéndose sobre sus líneas cinceladas y sus músculos definidos.

—¿Y si alguien entra y nos descubre? —pregunté mientras mi mirada ascendía lentamente para reunirse con la suya.

—He mandado a tu madre a pasar la noche en casa, y Marcus está de descanso. En cuanto al resto del mundo, sencillamente me importa un bledo.

Sus osadas palabras me excitaron y me moví para quitarme la ropa rápidamente, pero su mano me detuvo.

—No, déjame a mí —me dijo.

Como si dispusiésemos de toda la eternidad, se tomó su tiempo para quitarme todas las prendas que llevaba puestas, contemplándome con absoluta fascinación conforme iba siendo revelada cada diminuta porción de mi piel.

—Podría pasarme toda la vida sin apartar los ojos de ti —me dijo él, respirando contra mi piel.

Sus labios besaron cada milímetro de mi piel hasta que no pude evitar comenzar a rozarme sin control contra él. Sacó un condón de su cartera y se arrancó lo que le quedaba de ropa. Tiró de la manta para cubrirnos con ella y se colocó con delicadeza sobre mí. Cada caricia parecía estudiada, como si estuviese memorizando cada curva y cada valle con la palma de su mano. Como si hubiese asumido que ya me estaba perdiendo.

—Eh —dije mientras le alzaba la barbilla—. Aún estoy aquí. Quiero que estés aquí conmigo.

No dijo nada. En lugar de ello, me respondió con un tortuoso y prolongado beso que me hizo derretirme de arriba abajo. Mis dedos bucearon entre sus cabellos y tiré de él contra mí, necesitaba más.

—Despacio —dijo pegado a mi garganta—. Necesito que esta noche vaya despacio.

Estaba resultando tan distinto del modo apasionado y delirante con el que hicimos el amor la noche anterior. Él se había mostrado casi frenético, sobrepasado por las emociones y el ansia. Esta noche aún sentía sus emociones arremolinándose bajo su superficie, pero eran distintas.

Mientras él sostenía mi rostro entre sus manos, mirándome a los ojos colmado de amor y devoción, yo me esforzaba en encontrar la pieza del rompecabezas que, aparentemente, me estaba pasando desapercibida.

—Te amo, Lailah Buchanan —dijo con voz melodiosa.

Se introdujo profundamente dentro de mí, provocándome espirales de éxtasis que rebotaban por todo mi cuerpo.

Sin romper en ningún momento su cadencia agónicamente lenta, permaneció del mismo modo, hundiéndose profundamente dentro de mí mientras su boca mantenía secuestrada a la mía. Sus manos acariciaron mis hombros níveos y amasaron mis pechos redondos antes de, por último, deslizarse hasta mis caderas mientras seguía moviéndose sobre mí. Sentí cómo mi cuerpo se tensaba y gemí. El beso amortiguó mis gritos de pasión mientras Jude se sacudía contra mí, encontrando él también su clímax segundos más tarde.

Nos volvimos a vestir y de nuevo me acurruqué a su lado, embelesada por el calor que desprendía su cuerpo. Nunca sentía frío estando entre sus brazos. Comencé a quedarme dormida, con sus brazos rodeándome, y me sentí a salvo.

Tuve un sueño.

«Jude y yo íbamos caminando de la mano por un aeropuerto. Con una sonrisa inmutable en nuestros rostros, entregábamos orgullosos el pasaporte para que nos lo sellaran.

Recogíamos las llaves de nuestro coche de alquiler y, sin más instrucciones ni dirección alguna, nos metíamos de un brinco en nuestro diminuto coche de juguete muertos de la risa porque a Jude le chocaba la cabeza contra el techo. Estábamos exhaustos por el vuelo, pero tremendamente entusiasmados y felices. Estábamos allí... al fin.

Él echó mano a una mochila y sacó mi antiguo cuaderno para pasar páginas y más páginas de sueños tachados.

—El último —dijo él mientras me ofrecía un bolígrafo.

Bajé la mirada y vi, entre las líneas negras y azul oscuro, que la entrada número veintisiete permanecía sin tachar.

—Que me rompan el corazón —leí, y levanté la vista hacia él, sin lograr comprender.

Él sonrió y asintió con la cabeza.

—Esta es la última anotación. No queríamos dejar nada sin hacer.

—Pero, yo pensaba que... —Las palabras se me atragantaron al ver cómo su expresión se iba tornando siniestra—. Me lo prometiste... —susurré.

—Mentí.

Me levanté, sobresaltada. Extendí los brazos... buscándole. Se había marchado.

Me acaricié los brazos, con nerviosismo, tratando de entrar en calor tras el escalofrío que me provocó su ausencia. Miré alrededor de la habitación a oscuras, con la esperanza de encontrarle durmiendo en alguna parte, pero no estaba.

De reojo, reparé en algo que había en la mesa auxiliar que estaba junto a mi cama. Al mirar hacia allí vi una pequeña copa de natillas con una cucharilla de plástico a su lado.

Sonreí y la agarré, para luego apretarla contra mi pecho como si fuese mi posesión más preciada. Fue entonces cuando vi la carta que había debajo.

Mi nombre estaba escrito en el sobre con la letra angulosa de Jude.

Me temblaron las manos al abrirlo.

> Lailah,
>
> Por favor, entiende que esto es lo más difícil que jamás he hecho.
>
> El tiempo que he pasado amándote ha sido el más apacible y lleno de luz de toda mi vida.
>
> Perder a alguien a quien amas... no soy capaz ni tan siquiera de comenzar a describirte lo que eso supone. Cuando Megan falleció, yo morí con ella. No creía que pudiese jamás recuperarme de aquello. Hasta que te conocí.
>
> Tú me has mostrado cómo volver a amar de nuevo, cómo volver a vivir de nuevo.
>
> Me has dado un motivo para seguir viviendo.
>
> Es por esto por lo que no puedo quedarme aquí y verte morir.
>
> Porque, si lo hago, no creo que yo pudiese sobrevivir.
>
> Lo siento.
>
> Jude

La nota se me cayó de entre las manos cuando las lágrimas comenzaron a bañar mi rostro.

Al cerrar los ojos, recordé la expresión torturada de su mirada y las persistentes caricias mientras hacíamos el amor la noche anterior. Él ya lo sabía. Mientras yo trataba de adivinar por qué estaba tan melancólico, él había estado despidiéndose con cada beso y cada una de sus caricias finales.

Ahora, se había marchado.

El eco de un sollozo rasgó el silencio conforme la realidad de mi situación cristalizaba.

Me había dejado completamente sola.

No, cambiará de opinión. Tan solo necesita tiempo.

Busqué mi teléfono por toda la habitación.

Le mandaré un mensaje al móvil y le diré que vuelva, para que podamos hablar de ello.

Una vez le haya explicado de nuevo mis motivos, lo entenderá.

Salté de la cama y encontré la mochila que Jude había preparado para mí. Rebusqué dentro con ansia y encontré ropa, artículos de baño, una revista y mi cuaderno.

Pero ningún teléfono.

Ya no estaba.

Se lo había llevado.

Como un bulto muerto que me cortaba el paso en mitad de la habitación, la dimensión de lo que acababa de ocurrirme, finalmente, impactaba contra mí.

Jude se había marchado... y no iba a regresar.

Me di la vuelta, sintiendo que me tambaleaba sobre mis temblorosas piernas, y saqué el cuaderno de la mochila, que se encontraba en el suelo. Caminé como alma en pena de vuelta a la cama. Saqué un bolígrafo del cajón que había cerca y busqué la línea con la que acababa de soñar. Mientras se me derramaban las lágrimas sobre la página, arrastré el bolígrafo por el papel y taché aquella única cosa que Jude me había prometido que él jamás permitiría.

Apreté el cuaderno contra mi pecho, me hice un ovillo y me quedé dormida con mi corazón recién partido.

Las acogedoras paredes del cuarto de mi infancia me provocaban ahora una sensación de claustrofobia y aprisionamiento.

Solía pasar el rato tendida en el hospital soñando con el tacto suave de mis propias sábanas y el fresco aroma en mi almohada del suavizante para tejidos que usa mi madre.

Ahora, mientras permanecía con la mirada clavada en el blanco techo que parecía estar hecho de palomitas de maíz, el sentir mis piernas rozándose contra las suaves sábanas recién lavadas solo servía para recordarme todo cuanto había perdido.

Las sábanas de Jude nuca olían a nada que no fuese Jude, y eran cualquier cosa menos suaves. Eran baratas y rasposas, la tela azul tenía varios agujeros de tantos años como llevaban en uso. Pero nada de eso me había incomodado jamás porque estaba entre sus brazos, a salvo entre la calidez de sus brazos.

Después de que él se marchase no volví a sentir calor. California estaba al borde de alcanzar la máxima temperatura registrada y, mientras tanto, yo me enterraba bajo pilas de mantas tratando de reproducir la sensación de su cálido abrazo.

Nada daba resultado.

Nada podría jamás reemplazarlo.

Nadie sabía dónde se encontraba. Había dejado su trabajo en el hospital y Marcus decía que el apartamento de Jude estaba vacío.

Se había desvanecido sin dejar rastro.

Un golpecito en mi puerta anunció la revisión que mi madre realizaba cada hora. Entre ella y Grace nunca permitían que me quedase sola. Me encontraba en un perfecto estado de salud... para alguien que se está muriendo lentamente. Pero mi estado de salud emocional era muy preocupante, según Marcus.

No me estaba permitido estar desatendida.

Así que tenía asignadas dos canguros... otra vez.

—Oye, cariño, te traigo la cena —dijo mi madre mientras balanceaba una bandeja entre las manos.

—No tengo hambre.

—Lailah, tienes que comer —insistió, dejando la bandeja a mi lado.

Me senté con las piernas cruzadas y miré el plato.

—¿Macarrones con queso? —inquirí—. Yo no puedo comer eso.

Ella sonrió.

—He encontrado una receta en internet. He podido hacer una versión baja en sodio.

—Impresionante —dije con una mueca de ironía en la cara.

Se enojó.

—Lailah, por favor. Lo estoy intentando. Apenas comes. No quieres hablar con nadie y lloras hasta quedarte dormida. No sé qué hacer. Desde que él...

—¡No! ¡No vamos a hablar de él! —exclamé alzando las manos en señal de protesta.

—Está bien. Pero, al menos, tienes que comer. Me tienes preocupada.

Las lágrimas comenzaron a caerle por las mejillas y a mí se me encogió el pecho.

—Mami, lo siento. Voy a volver a estar bien, lo prometo. Tan solo necesito tiempo. Mira, ¿ves? —Agarré el tenedor—. Estoy comiendo.

—Bien. —Me devolvió una sonrisa débil—. ¿Puedo quedarme aquí contigo?

Asentí con la cabeza y, rápidamente, me hice a un lado para dejarle sitio en la cama. Agarré el mando a distancia y fui saltando de una canal a otro en la televisión. Supuse que ver algún programa insustancial sería mucho mejor que conversar.

Pues no. Totalmente equivocada.

Comencé a sentir retortijones en las tripas cuando, de repente, la comida se tornó ácida en mi estómago.

Allí, en el telediario de la noche, con la radiante calidad de imagen de alta definición aparecía Jude vistiendo un impecable traje de tres piezas mientras caminaba hacia la entrada del rascacielos de Cavanaugh Investments. Le metían por la cara las cámaras y los micrófonos, y él los apartaba. En el titular al pie de la imagen se leía «El esquivo hijo de los Cavanaugh vuelve a acaparar el foco de atención».

—¡Jude! —le espetó un periodista—. ¿Dónde ha estado?

—¿Ha sido la reciente quiebra económica de la empresa de su familia el motivo de su reaparición repentina? —le gritó otro.

Él se giró de repente para enfrentar a la multitud con una confianza que saltaba a la vista. Sus ojos se clavaron en la cámara que estaba plantada justo enfrente suyo y, al verlo, me dio un vuelco el corazón.

Su aspecto era regio. Sus tatuajes quedaban ocultos bajo la costosa tela de su traje gris de sastre. Llevaba el pelo más corto, lo que destacaba su mandíbula cincelada y sus ojos verde claro.

—Si bien es cierto que Cavanaugh Investments ha sufrido su cuota de dificultades, como la mayoría de los estadounidenses, puedo asegurarles que estamos solucionándolo. En estos momentos, mi prioridad principal es mi familia y los millones de empleados que trabajan para nosotros. Gracias —dijo, y se dio la vuelta, privándome de contemplar su rostro.

Vi los últimos segundos en los que las cámaras le seguían, y entonces desapareció tras las puertas dobles.

El televisor se apagó, pero me quedé con la vista clavada en la pantalla en negro.

—¿Estás bien? —me preguntó mi madre.

—No —respondí con franqueza.

Al menos obtuve mi respuesta. Ya sabía dónde se encontraba. Había vuelto a su casa, de vuelta a su vida habitual y muy lejos de mí.

Era demasiado duro amarme, demasiado difícil tenerme cerca.

Él escogió el camino fácil, la ruta segura.

Supongo que yo también.

28

Cajas

Jude

El sonido del minutero marcaba el paso del tiempo mientras yo permanecía sentado en mi oficina, con la mirada fija en la pantalla del ordenador.

Las cosas estaban bastante peor de como las había dejado Roman.

Respecto a las finanzas, la familia aún tenía las espaldas bien cubiertas, pero la compañía se estaba hundiendo.

De no haber vuelto cuando lo hice, los despidos habrían sido inminentes. Aun así, no me quedaría más remedio que ser creativo de narices para que la gente no perdiese su puesto de empleo actual.

Mis ojos volvieron a alzarse hacia el reloj y luego bajaron de nuevo hacia el teléfono.

Cinco minutos.

Di golpecitos con el bolígrafo sobre el escritorio negro mientras esperaba en silencio conforme transcurrían los últimos minutos, sabiendo que no sería capaz de hacer una mierda hasta que sonase el teléfono.

Las siete en punto. El nombre de Marcus se iluminó en la pantalla.

Descolgué de inmediato y respondí:

—¿Qué hay?

—¿Qué pasa, Jota?

—¿Qué tal se encuentra hoy? —quise saber.

Casi pude escucharle sonreír a través del teléfono.

—Pareces un disco rayado.

—Marcus.

—Está bien, maldita sea. Ella se encuentra bien. Por fin está comiendo. Grace y Molly han estado con ella las veinticuatro horas del día, y está volviendo lentamente al mundo de los vivos.

—Han pasado tres semanas.

—Ya, lo sé, pero la dejaste... en mitad de la noche. ¿Cómo esperabas que reaccionase?

Recostándome en el respaldo de mi sillón de cuero ridículamente caro, me pellizqué el puente de la nariz.

—¿Cuando vas a contárselo?

—Mañana. Va a venir a cenar y Molly va a decirle que presentó la apelación y la han aceptado.

—¿Crees que Lailah se lo creerá?

—No lo sé, pero por eso mismo estaré yo allí, para respaldarla.

—Bien.

—No es feliz —confesó, su voz sonaba cargada de cansancio y remordimiento.

—Ya somos dos. Pero prefiero que me odie y viva una vida larga y llena de salud a que me ame y muera mañana, sabiendo que pude haber hecho algo para detenerlo.

—Espero que sepas lo que haces, Jude —recalcó.

Hice caso omiso por completo de su comentario. Ya no tenía ni idea de qué demonios era lo que estaba haciendo.

—Tienes el dinero. Haz que ocurra. Hablaré contigo mañana —dije antes de finalizar la llamada y tirar el teléfono sobre el escritorio.

—¿Sabes? Cuando solicitaste el acceso inmediato a tus cuentas de banco, no me lo pensé dos veces —dijo mi hermano conforme entraba en la oficina. Con las manos en los bolsillos, caminó con actitud ociosa hacia mi escritorio y tomó asiento frente a mí—. ¿Un chico millonario viviendo por el mundo durante varios años? Sencillamente di por hecho que ya habías tenido bastante. Pero ahora me pregunto... ¿para qué necesitabas todo ese dinero, Jude?

—Eso no es asunto tuyo —le respondí levantándome de mi sillón.

Sus ojos deambularon sobre mis antebrazos, allí donde la tinta negra de mis tatuajes hacia acto de presencia.

—Muy bien, pero será asunto mío si esto resulta ser ilegal.

Me incliné apoyando las manos sobre el escritorio que quedaba justo frente a mí, de modo que pudiera interceptar su mirada presuntuosa.

—En eso podrías instruirme tú, ¿no, imbécil?

Saltó de su silla y se quedó con la cara a unos centímetros de la mía.

—No te atrevas a juzgarme, Jude. Tú no estabas aquí. Me dejaste con un jodido pirado por padre y una junta directiva que pensaba de mí que era idiota. Bueno, pues resultó que estaban en lo cierto. Soy bueno para una cosa: las relaciones públicas. Exhíbeme en una revista, colócame frente a una cámara y soy oro puro. Pero pídeme que dirija una compañía y esto es lo que obtienes: auténtica mierda. Así que, enhorabuena, hermano. Espero que hayas disfrutado de tus extensas vacaciones, haciéndote pasar por un plebeyo en California. Todo esto es por tu puta culpa. Que te diviertas mucho limpiando el desastre.

Salté por encima del escritorio y mi puño salió volando, estampándose con fuerza contra su mejilla. Salió despedido.

—¡No tienes ni puta idea de por lo que he estado pasando, ni de a qué he renunciado para volver aquí! —rugí, mientras le clavaba contra el suelo.

Le sangraba el labio y en sus ojos brillaba una furia hostil.

—Parece que tenemos mucho con lo que ponernos al día el uno al otro —dijo siseando.

De un empujón me aparté de él y comencé a deambular por la habitación.

—Tan solo lárgate de una puta vez de mi despacho... y déjame en paz.

Limpiándose la sangre del labio con el cuello de la camisa, se puso en pie y se dirigió hacia la puerta. Entonces se detuvo.

—¿Sabes? Si esto funciona vamos a tener que trabajar juntos. Puede que seas inteligente, Jude, pero no sabes una mierda sobre la faceta pública de la empresa. Por lo que a todo el mundo concierne, tú has estado metido en una cueva durante los últimos tres años y todos se mueren por saber por qué. Tenemos que darles algo.

—Estoy seguro de que algo se te ocurrirá —respondí con deprecio.

Y yo estaría jodido de lo contrario.

A la mañana siguiente, nada más despertarme vi mi cara plasmada en todos los noticiarios nacionales.

«A continuación, el tortuoso pasado de Jude Cavanaugh. Una mirada profunda acerca de cómo la pérdida de su prometida convirtió a este joven en un ermitaño.»

—No me jodas —murmuré, y lancé el mando contra el otro lado de la habitación.

Salí de la cama y me deslicé entre las cajas sin abrir en dirección a la cocina. Desde mi llegada a Nueva York unas cuantas semanas atrás, había estado alojado en aquel apartamento de lujo amueblado que Roman me había buscado y aún no había deshecho ni una sola caja.

Materializar la mudanza convertiría todo aquello en algo demasiado real, demasiado definitivo, y estaba teniendo problemas para acoplarme a mi nueva realidad. Aquella era la razón por la que cada día contaba los minutos que faltaban hasta la llamada de Marcus para comprobar que todo iba bien, y aquella era también la razón por la cual aún no había visitado a mis padres, después de llevar tres semanas en casa.

Vestido con un pantalón de pijama holgado, me abrí paso hacia la cocina contemporánea, de líneas puras, negando con la cabeza al pensar en su tamaño. Por qué Roman asumió que yo necesitaría todo aquello escapaba de mi comprensión. Él siempre se había movido en los niveles más altos. Su propio apartamento era dos veces más grande que este y estaba tres plantas por encima. Éramos prácticamente compañeros de piso.

Comencé a beber una taza de café y caminé deprisa hacia la puerta, donde habían dejado el periódico del fin de semana. Durante tres años había vivido, prácticamente, al margen de lo que ocurría en la actualidad, y ahora no podía pasar ni cinco minutos sin recoger el periódico o encender el televisor para ver las noticias.

Me hice un desayuno rápido, agarré el café junto con el periódico y me senté a la mesa, dispuesto a leerlo todo sobre mí y sobre cualquiera que fuese la brillante historia con la que mi hermano se las había arreglado para salir al paso la noche anterior. Mis dedos iban pellizcando las páginas para pasarlas velozmente. Entonces tuve un brevísimo fogonazo de memoria sobre Lailah, estaba tendida sobre la cama del hospital leyendo uno de sus libros de bolsillo desgastados, toqueteando los bordes deshilachados con los pulgares. Adoraba los libros, los libros de verdad, tanto como adoraba yo los verdaderos periódicos. Hay algo en el aroma y el olor de las palabras que están justo frente a ti que es irremplazable.

Tal como lo es ella.

Se me agarró un dolor en el pecho a causa de aquel diminuto pedazo de memoria, y dejó de importarme lo que pudiera decir el periódico. Roman podía hacer lo que le diese la gana. Hacerme ver como un hombre desgraciado, que sufría el luto. Pero eso no cambiaría nada.

Yo estaba allí, y ella no.

Puede que fuese aquel hombre destrozado después de la muerte de Megan, pero Lailah me había salvado y ahora era yo quien la estaba salvando a ella... al estar allí.

Una vez cumplido el trámite del desayuno, fregué los platos y me acerqué a una caja solitaria que se encontraba en una esquina de la inmensa sala de estar. Tomé aire profundamente, la abrí con un cuchillo y di comienzo pausadamente al proceso de hacer las paces con mi nueva realidad.

Desembalé la última de las cajas. Las pocas prendas que había ido dejando por uno y otro lado las colgué y las doblé en el armario, al lado de los trajes que mi hermano ya había dejado preparados antes de que yo llegase. Nunca sabré cómo consiguió mis medidas.

Ver mi antigua ropa guardada al lado de la nueva se me hacía raro. Mis viejas camisetas raídas, desgastadas y desteñidas por los años de uso, al lado de aquellos trajes infinitamente caros de los mejores diseñadores. Mientras permanecía allí con la toalla del baño, arreglándome para la primera visita que hacía a la casa de mis padres en tres años, me parecía estar mirando dos mitades de mi persona: la antigua y la reciente.

Pero ¿cuál era la antigua y cuál la reciente?

Durante toda mi vida, había sido criado para una única cosa: los negocios de la familia.

«Tú eres el futuro de esta compañía», me decía mi padre cuando, de pequeño, le seguía a todas partes.

Aquello era lo que yo había deseado, era lo que se me daba bien, hasta que la presión llegó a ser más de cuanto podía soportar.

Los tres años en el hospital me enseñaron que podía ser algo más que aquello para lo que me habían educado.

La cuestión ahora es, ¿puedo ser ambos? Aún más ¿quiero ser ambos?

Mirando de nuevo al armario, eché mano a la camiseta en mejores condiciones que pude encontrar, decidido a posponer el debate interno para otro día. Tenía una reunión familiar a la que acudir.

Desde que tengo uso de razón, nuestra vida se había repartido entre Manhattan y aquello a lo que mis padres denominaban «el campo». Durante la mayor parte del año, mi padre vivía y respiraba trabajo. Durante aquellas épocas, que siempre parecían coincidir con los periodos de escuela, vivíamos en la ciudad. A pesar de que mi padre hubiese estado ausente la mayor parte de aquellas etapas, mi madre había sido una mujer muy atípica dentro de su estilo de dama de la alta sociedad, metiéndose de lleno en mi vida y la de mi hermano. Cuando no estábamos con un tutor o la niñera de turno, estábamos con mi madre. Crecer en un lugar como Nueva York puede resultar estresante para un niño tímido, pero ella lo transformaba en un juego, un gigantesco misterio que los tres habíamos de resolver.

Sin embargo, durante el verano, cuando mi padre se tomaba sus más que merecidas vacaciones, nos escapábamos a la casa de verano que teníamos al norte del estado. Era allí, en el campo (tal como lo llamaban mis padres), donde encontré mi verdadera casa de la infancia. Lejos del ruido y el caos de la ciudad, todo se movía a un ritmo más pausado allí. Incluso las implacables maneras de mi padre se suavizaban en aquella casa. Le observaba dando paseos al atardecer junto a mi madre, cortando rosas para ella en el jardín, y riendo con ella mientras tomaban una limonada.

Mientras conducía saliendo de la ciudad aquella tarde de sábado, recorriendo las tortuosas carreteras que conducían a la casa que había construido mi abuelo y que mi familia había heredado, caí en la cuenta de que jamás podría llevar a Lailah allí. Nunca pasearía con ella a través de los jardines que mis padres adoraban ni cogería rosas para ella, tal como había hecho mi padre para mi madre. Fue la primera vez en la que dudé de mi decisión.

Dos largas vidas sin la compañía del otro... ¿merece la pena?

Giré para abandonar la carretera y me introduje en el camino arbolado que conducía hasta la puerta principal. Con la esperanza de que mi código de seguridad no hubiese sido anulado, introduje la combinación de seis dígitos y aguardé. El chasquido de la puerta me puso de nuevo en marcha. Por lo visto, aún guardaban alguna esperanza, después de todo.

Una vez traspasada la puerta, la vista resultaba tan sobrecogedora como yo recordaba. Un pavimento de elaborados ladrillos creaba un camino circular hacia el palacio de mis recuerdos de infancia. Seguía recordándome más a un castillo que a una casa, pero cuando era un niño que jugaba al escondite en armarios y pasillos no tenía importancia cómo lo llamaran siempre y cuando no fuese yo a quien atrapaban. De no haber sido por mi madre, no creo que hubiese podido disfrutar de aquellos momentos lejos de tutores y libros de texto.

Las puertas de la entrada principal se abrieron nada más detuve el coche frente a ellas, y vi las lágrimas de mi madre rodando por su cara mientras se cubría la boca con las manos. Había envejecido desde la última vez que la había visto. La estilosa melena de color rubio oscuro que siempre había llevado perfectamente peinada era más corta y mostraba ahora canas en las raíces. Unas diminutas arrugas se habían instalado alrededor de sus ojos verdes y había cambiado su traje de diseñador por algo más informal.

Salí del coche y caminé despacio la corta distancia que me separaba de donde se encontraba ella, en pie.

—Mi niño —dijo sollozando, abalanzándose hacia mi fuerte abrazo.

—Lo siento muchísimo, mamá —dije, disculpándome por todo: desde ser una persona egoísta hasta un hijo horrible.

—Ahora estás aquí —respondió, dando un paso atrás. Sus ojos me recorrieron de arriba a abajo—. Eso es cuanto importa. Pasemos dentro, ¿te parece?

Con su brazo enganchado al mío, la seguí a través de las puertas dobles, tomando una profunda bocanada de aire conforme las atravesaba. Siempre había un delicado aroma a limón y flores frescas en la entrada. Conforme el aroma golpeó mis sentidos, no pude evitar sino viajar hasta esos días de verano olvidados mucho tiempo atrás en los que Roman y yo nos dedicábamos a atormentar al personal de limpieza que pasaba horas puliendo la barandilla de madera ornada.

—No ha cambiado ni un ápice —dije, echando un vistazo al vestíbulo circular.

Un enorme ramo de alegres flores reposaba en el centro de una antigua mesa que había pertenecido a mi abuela.

—No, aquí no —respondió ella con tristeza—. Pero en otros sitios, sí. Tu padre y yo ahora vivimos aquí de manera permanente. Vendimos el ático de la ciudad hace dos años, cuando...

Asentí con la cabeza, no necesitaba más explicaciones. Roman ya me había puesto al corriente del deterioro físico de mi padre, antaño formidable. Los signos tempranos de la demencia habían aparecido en un plazo de pocos meses tras el accidente, y mi madre tomó la decisión de que se mudasen al campo, alejándolo así de la junta directiva. Debió de resultar obvio a los inversores que mi padre no se encontraba en buen estado, pero Roman creía que la junta aún conservaba la esperanza de que yo regresase y tomara el control de las manos de mi hermano.

—Te he echado de menos —me dijo.

Nos sentamos uno al lado del otro en la inmensa sala de estar.

—Lo sé. Yo también te he echado de menos. Solo necesitaba... no podía regresar.

—No me debes una explicación, Jude. No puedo ni comenzar a comprender por lo que debiste pasar cuando murió Megan. Me dolió que no acudieses a mí, pero nunca te he guardado rencor. Un corazón hace lo que necesite con tal de curarse. Por favor, dime que te has permitido hacerlo.

—Sí —contesté—. Al final, fui capaz de decirle adiós.

Ella tomó mis manos entre las suyas. Me resultaron más suaves y delgadas de lo que recordaba.

—Entonces, ¿por qué pareces tan derrotado?

—Es una larga historia.

—Ninguna historia es lo bastante larga para los oídos de una madre —me dijo, y me sonrió.

No sabía por dónde empezar, así que comencé por el mismísimo principio. Le conté el accidente y cómo perdí a Megan. Cómo nunca pude llegar a decirle adiós y el daño que causé a sus padres al presionarlos para que no donaran sus órganos.

—¿No lo reconsideraron una vez había fallecido ella?

—No —contesté—. La madre de Megan estaba destrozada por su muerte. No creo que a ninguno de los dos les quedase mucho que ofrecer en aquel momento.

Le hablé acerca de mi trabajo en el hospital, acerca de cómo fui subiendo puestos y obtuve mi licencia. Ella sonrió, y pareció francamente orgullosa.

Entonces, le hablé sobre Lailah.

Le conté el modo en el que ella podía iluminar una habitación con su mera presencia, el modo en que balbuceaba cuando estaba nerviosa y que tenía el corazón más increíble... el corazón roto más increíble que el de cualquier otra persona que haya conocido.

—Se está muriendo —logré decir al fin.

Continué la explicación, detallando nuestra conversación sobre las natillas de la última noche y cómo descubrí que yo había sido la causa de que perdiese la oportunidad de su primer trasplante.

—¿Cómo se enteró ella de eso?

—Por su médico. Es su tío. En su amor ciego hacia ella, se lo contó antes de que fuese oficial.

—Ella nunca debió saberlo.

—Lo sé, pero lo supo, y no puedo culpar a Marcus por quererla. Es algo muy fácil de hacer —respondí.

Seguí adelante. Le conté lo que Lailah había decidido después del rechazo por parte de la compañía de seguros y el porqué me marché.

—Jude, admiro lo que hiciste, y estoy profundamente agradecida por tenerte de vuelta en nuestras vidas de nuevo. Pero ¿estás seguro de haber tomado la decisión correcta?

Su expresión inspiraba calidez y consuelo.

Bajé la mirada al suelo para poner en orden mis pensamientos.

—Si tuvieras que elegir, en este preciso instante, entre pasar toda una vida sola o un solo año con papá, ¿qué elegirías?

—El año —respondió ella sin dudarlo.

Asentí con la cabeza sin levantar la vista del suelo.

—Pero, ¿y si fuese al contrario? —le pregunté mirándola a los ojos—. ¿Y si tuvieras que elegir por él? ¿Un solo año o toda una vida a tu lado, mamá? ¿Sería diferente tu elección?

Apretó los labios, y entonces supe que me había comprendido.

—¿Por qué ha de ser una cosa o la otra, hijo? ¿Por qué no puedes tener ambas?

—Porque no puedo estar en dos lugares a la vez —respondí.

29

Es la hora

Lailah

—¿Habéis tramitado una apelación? —bramé, estampando mi tenedor de ensalada contra la superficie de madera de roble maciza de la mesa del comedor de mi madre.

Ella se sobresaltó ligeramente con el ruido y vi cómo abría los ojos de par en par por la sorpresa.

—Sí, um...

Titubeó antes de secarse los labios con su servilleta de tela y tomar asiento en su sitio. Fijó la mirada sobre Marcus, quien, curiosamente, había venido a cenar con nosotras. Con un gesto de asentimiento con la cabeza, se giró hacia mí.

—Sé que nos pediste que no lo hiciésemos, cariño, pero es de tu vida de lo que estamos hablando y yo... no podíamos quedarnos sentados sin más y no hacer nada.

Me quedé mirándolos a los dos.

—Así que, ¿esto es cosa de vosotros dos?

Ambos asintieron con la cabeza.

—¿Cuándo?

—¿Cuándo qué? —Marcus frunció el ceño.

—¿Cuándo tramitasteis la apelación?

—Un día o dos después de que Jude se marchase —respondió.

El corazón se me derrumbó al oír su respuesta. Por una décima de segundo, cuando mencionaron la apelación, pensé que Jude también estaba detrás de aquello. Se enfadó tanto, estaba en contra de mi decisión con tal firmeza, que sencillamente pensé que posiblemente hubiera hecho algo al respecto.

Yo no quería que él tomase cartas en el asunto, por eso no comprendía por qué me había entristecido tanto saber que no lo había hecho.

—Así que habéis tramitado una apelación. ¿Y ahora qué? —pregunté mientras tomaba mi tenedor para arrastrar un tomate cherry por el lecho de hojas verdes de mi plato.

—Nada.

Levanté la vista hacia mi madre y la encontré sonriendo.

—¿Qué quieres decir con nada? ¿Ya la han denegado?

—No, Lailah. La han aprobado.

El tenedor resbaló entre mis dedos y cayó al suelo con un estrepitoso repiqueteo. Sentí una punzada en los ojos, causada por las lágrimas reprimidas, mientras los arrastraba desde la expresión de júbilo de Marcus hasta la de mi madre.

—¿Aprobada?

Ambos asintieron con la cabeza, se levantaron de sus asientos con los brazos de par en par y me abrazaron.

—¿Estáis seguros? —pregunté cuando el dique emocional se rompió e inundó mis mejillas.

—Sí —se rieron—. Estamos seguros.

—Pero, ¿por qué?

—No lo sé. ¿Cambio de sentimientos? ¿Intervención divina? —respondió mi madre.

Me quedé mirándola con expresión de sospecha y ella se echó a reír.

—¿A quién le importa? ¡Está aprobado!

—¡Dios mío! ¡No puedo creerlo!

Mi madre me tomó de la mano y tiró de ella para levantarme del asiento.

—Ven. He hecho algo especial para ti. Está en la cocina.

Los dos la seguimos hasta la pequeña cocina y la observamos mientras movía cosas de sitio dentro de la nevera. Por fin, se dio la vuelta y la vimos de frente, sosteniendo con orgullo un cuenco de natillas de chocolate caseras.

Me quedé mirándolo fijamente, como si me hubieran congelado en el sitio.

—Siempre veía los envases vacíos en tu papelera del hospital, así que me di cuenta de que tenías fijación por ellos, a pesar de que esos, por no ser caseros, tienen un alto contenido en sodio... En realidad, Lailah, deberías haber sido más prudente.

En mi mente, fugaces recuerdos de Jude sacando pequeños envases de natillas, sus hoyuelos grabados en su enérgica sonrisa, antes de pasar la noche hablando de nuestras cucharadas de chocolate. La noche en que me dio de comer en el hospital y en mi estómago revolotearon las mariposas volvió de nuevo, ardiente, para luego desvanecerse en el momento, no tan lejano, en el que pasamos la tarde en su apartamento, lamiendo aquel postre pegajoso de nuestros cuerpos.

—En realidad, no tengo tanta hambre —exclamé, girando la cabeza para reprimir las lágrimas que ya habían empezado a derramarse por mis mejillas—. ¿Qué tal unas palomitas de maíz más tarde? —añadí de inmediato, alzando la vista con una sonrisa fingida plasmada en mi rostro.

Mi madre asintió con la cabeza y volvió la vista hacia Marcus, quien se encogió de hombros.

Nos sentamos juntos en el sofá y vimos una película. En cierto momento, Marcus efectivamente hizo un cuenco de palomitas. Nadie tocó las natillas. Creo que lo pusieron en la lista negra a pesar de que ninguno de los dos entendía el motivo.

Había pasado cerca de un mes desde que lo había visto por última vez, desde que había sentido sus caricias sobre mi piel y escuchado su voz profunda susurrarme al oído. Cada minuto me había parecido un año. Siempre creí que ver el tiempo transcurrir desde la cama de un hospital era una agonía. Ver la manecilla marcar los segundos sin Jude era el infierno.

No podía encender el televisor sin toparme en algún momento con su cara. Estaba por todas partes. Era como la ciudad perdida de la Atlántida del mundo de las finanzas. Incluso las revistas y los programas del corazón de Hollywood se interesaban por él, le sacaban fotos por la calle mientras contaban la historia de su trágico pasado.

«¿Volverá Jude Cavanaugh a encontrar el amor algún día?»

Todo el mundo quería saberlo.

—¿Vas a contárselo? —preguntó mi madre.

Alcé la vista y la encontré mirándome fijamente. El televisor estaba apagada y Marcus se había marchado. Habían transcurrido dos horas, que yo pasé perdida entre mis pensamientos.

—¿A quién?

Ella alzó el ceño como queriendo decirme «¿en serio?».

Le devolví un suspiro de exasperación.

—No —le respondí—. Me ha dejado, mamá. No fue lo suficientemente fuerte como para quedarse cuando las cosas se pusieron feas. Tan solo por haber recibido el visto bueno no significa que lo que queda por delante sea un camino de rosas. ¿Y si vuelve y el trasplante no va bien? ¿Se marcharía de nuevo?

—No lo sé —me respondió, con la pena marcada en sus facciones.

—Él escogió su propia vida. Ahora supongo que yo estoy escogiendo la mía... sola.

Esperar que aparezca un corazón compatible es muy parecido a esperar que ocurra un desastre natural. Sabía que, en algún momento, ocurriría. Pero no sabía cómo, ni sabía cuándo.

Durante semanas, estuve pegada al teléfono y al buscapersonas que el hospital me había proporcionado.

Tras la tercera semana, comencé a perder la esperanza.

No va a ocurrir jamás.

—Ocurrirá, Lailah. Dale tiempo —me dijo Marcus para darme ánimos una tarde que pasamos juntos, sentados en el sofá viendo *Crónicas vampíricas*.

—Lo sé. Pero ¿estaré totalmente sana para entonces?

—Probablemente no, sobre todo si continúas viendo esta serie tan ridícula. En serio, es horrible.

Detuve el vídeo con el mando a distancia y me giré hacia él.

—Di que no lo decías en serio.

—¿El qué? —dijo sonriendo.

—Vuélvete hacia la pantalla, mira bien los preciosos ojos azules de Damon y di que no lo decías en serio.

—Mmm...

—Empezaré a llamarte tío Marcus —dije canturreando, lo que provocó que se echase a reír.

—Está bien —gruñó.

Repitió las palabras, que resultaron ser apenas audibles dado que las pronunció mayormente murmurando.

—Ha sido un horror, pero lo acepto. Damon y yo te perdonamos. Ahora, quédate aquí tranquilito, tío Marcus, y acaba de ver la serie conmigo —le dije.

Debí de quedarme dormida antes de que acabase el capítulo porque, de repente, me estaban sacudiendo para que me despertase.

—Lailah, despierta.

—¿Qué? ¿Por qué? Dejadme dormir aquí y ya está —protesté.

—Acaban de llamar desde el hospital —dijo Marcus—. Es la hora.

Me incorporé de golpe, mirando a mi alrededor, hasta que lo encontré en pie frente a mí. Mi madre estaba corriendo por todo el apartamento, metiendo cosas en una bolsa de viaje. Una auténtica sensación de pavor se apoderó de mí al observarla.

—Lailah, respira profundamente —dijo Marcus con delicadeza mientras inclinaba mi cabeza hacia el suelo, entre mis rodillas—. Toma aire profundamente por la nariz, despacio —me indicó.

—No sé si voy a ser capaz de hacer esto —grité.

Cada uno de los procedimientos quirúrgicos, cirugías y pruebas médicas a los que me había sometido se precipitaron en mi mente en aquel momento. Recordé cada minuto de los periodos de recuperación, cada segundo de dolor.

—Ay, Dios —gemí.

De repente, ya no estaba mirando los zapatos de Marcus sino su rostro. Se había puesto de rodillas y me había agarrado por la mejilla para centrar mi atención.

—Eres la persona con mayor fortaleza de cuantas conozco, Lailah. La UCLA tiene algunos de los mejores cirujanos del país. Vas a estar perfectamente bien.

—Está bien —dije débilmente y asentí con la cabeza.

Él me acunó entre sus brazos, como si fuese una niña pequeña.

Mi madre nos seguía mientras nos dirigíamos hacia el coche. Él me dejó en el asiento trasero. Me tumbé y reposé la cabeza en el cojín mientras los veía a los dos trabajar en equipo, lanzando bolsas de viaje dentro del coche. Marcus se puso al volante y salió de la urbanización. Mi madre estaba inclinada sobre el teléfono. Sus dedos danzaban furiosamente sobre las teclas. No creo que la hubiese visto usarlo para otra cosa que no fuesen conversaciones breves antes de aquel momento.

—¿A quién escribes? —pregunté.

—A Grace —contestó deteniéndose un segundo para luego continuar de nuevo.

Me di cuenta, sentada en la parte trasera de aquel coche, de que aquella sería probablemente la experiencia más cercana a ponerme de parto que yo iba a conocer. Veía a mis seres queridos apresurarse por mi causa, hacer llamadas y enviar mensajes frenéticamente, antes de precipitarse por la carrera a altas horas de la noche hacia el hospital. La única diferencia era que, al final del día, la única vida nueva sería la mía.

¿Qué iba yo a hacer con ella?

Quince minutos más tarde, estábamos aparcando en el aparcamiento del hospital de la UCLA y atravesando las puertas de vidrio del pabellón de trasplantes. Tras firmar alrededor de un trillón de formularios a los que, sinceramente, no presté ninguna atención, nos dirigimos a una habitación y esperamos a que llegase el cirujano.

Unos minutos más tarde, acudió a saludarnos un señor de mediana edad ataviado ya con la ropa de quirófano. Me saludó con un firme apretón de manos y se presentó como el doctor Westhall.

—Encantada de conocerle —respondí con delicadeza.

Se giró y se presentó del mismo modo a mi madre.

Tras ello, se alegró al ver a Marcus.

—Me alegró de verte de nuevo, Marcus.

—Lo mismo te digo, Todd.

—Así que esta es tu sobrina —dijo el doctor Westhall tomando asiento en pose informal en la silla que quedaba libre junto a la puerta.

—Así es —contestó Marcus—. Es lo más parecido a una hija que tengo, así que cuídala bien, por favor.

Él sonrió y le guiñó un ojo.

—Te vamos a dejar como nueva, cielo.

Bueno, al menos uno de nosotros está seguro de ello.

El doctor Westhall se dispuso a explicarnos en detalle el procedimiento quirúrgico, perfilando el tiempo que duraría y lo que ocurriría durante la operación. Tras una serie de preguntas por nuestra parte, se disculpó y quedamos a la espera mientras él acababa de prepararse para la operación.

La espera era siempre la peor parte, con la vista clavada en la puerta cerrada mientras te preguntas cuánto tiempo pasará hasta que vuelva a abrirse de nuevo.

Pasó una hora hasta que una enfermera vino a por mí al fin. Tras una lacrimógena despedida que incluyó un largo abrazo en grupo, me condujeron en silla de ruedas a la sala de operaciones para comenzar a prepararme. Me lavaron y afeitaron el delicado vello del pecho antes de colocarme la intravenosa. Una encantadora enfermera me miraba con aire maternal y me acariciaba la frente mientras yo miraba al techo. Respirando por la boca, contaba las baldosas que veía sobre mi cabeza.

—Todos vamos a cuidar de ti, ahora duérmete —me susurró.

El mundo se desvaneció en la oscuridad.

Unas nubes blancas revolotearon sobre mí cuando mis ojos se entreabrieron por un breve instante. Escuché atronadores zumbidos y fuertes pitidos. Todo parecía distante y fuera de lugar, como si me escuchase a mí misma desde otra habitación con bolas de algodón metidas en los oídos.

—Está despierta —oí decir a mi madre—. O, al menos, lo estaba.

—No puede verme —dijo una voz grave.

—No recordará nada de esto. Tan solo tómala de la mano y háblale. Yo estaré fuera.

Un leve chasquido se añadió a los sonidos mecánicos y sentí una profunda calidez que se extendía por mis dedos.

—Te he echado tanto de menos, mi ángel.

Yo conocía aquella voz.

—Tanto que a veces me duele incluso el respirar.

No debería estar triste. Estoy aquí mismo.

—Yo no debería estar aquí, pero no podía mantenerme alejado de ti. Hoy no —me susurró—. Lo has conseguido, Lailah. Lo has superado, tal como yo sabía que harías. Ahora tendrás la vida que mereces. Es todo lo que siempre he querido para ti.

Traté de hablar, pero no salió nada. Ni palabras ni sonidos. No tenía otra cosa más que buenas intenciones. Quería decirle que sería un nosotros, juntos, no solo mi vida. Nosotros tendríamos la vida que merecíamos.

—Por favor, recuérdame cuando contemples las olas del océano y sumerjas los dedos de los pies en el agua. Quiero que sepas que mi amor por ti no cesará jamás. No hará otra cosa sino crecer con cada año que pase. Cuando taches ese último sueño de tu lista, recuerda cómo hicimos pizza en la cocina de la cafetería y cuando bailamos bajo la lluvia de tu ducha del hospital. Recuerda los debates de madrugada mientras comíamos natillas, y cuando hicimos el amor por vez primera y sentimos que nuestras almas se encontraron. Nunca olvides las interminables maneras en las que te amo y ten presente que nunca dejaré de luchar por ti, sin importar dónde me encuentre o a lo que me dedique. Siempre mantendré tus alas en vuelo.

Se escuchó el crujido de una silla y, mientras me esforzaba por abrir de nuevo los ojos, sentí la delicada caricia de unos labios besando mi frente.

—Te amo, Lailah —dijo con dulzura.

Mi conciencia se hundió a la deriva, a mayor profundidad, y me pregunté si mi Jude soñado seguiría allí cuando me despertase.

30

La vida es un baile

Jude

La banda de música se desvaneció en el fondo cuando clavé la mirada en el oscuro hueco de mi vaso. Encorvado sobre un taburete en la esquina de la barra, trataba de ocultarme del resto del mundo.

—Tomaré lo mismo que él —dijo una voz femenina tras de mí.

Me di la vuelta despacio y vi a Melody Scott. Ella era el motivo de que estuviese allí sentado dando sorbos a un refresco de cola en lugar de esconderme en mi apartamento, tal como hacía la mayor parte de los fines de semana por aquellos entonces.

—Probablemente será mejor que pidas otra cosa —contesté con cortesía—. Esto no es más que un refresco.

Ella me devolvió una mirada inquisitiva y sonrió.

—Debe haber una historia detrás de eso, pero estoy prácticamente segura de que no la vas a compartir conmigo.

Puedes estar segura.

Volví a girarme hacia la barra y vi cómo ella se deslizaba para sentarse sobre el taburete que había a mi lado. Continuó hablando con el camarero y cruzó las piernas con un pausado y bien estudiado movimiento, como si supiera que la estaba mirando. Volví la vista a mi vaso y luego miré mi reloj.

Joder, de verdad que llevo aquí tan solo una hora.

—¿Sabes? Podrías intentar mostrarte un poco más feliz, Jude. Mira a tu alrededor. Esta noche está siendo todo un éxito —comentó Melody, haciendo un barrido con la mano para mostrar el enorme salón de baile.

Había contratado a Melody hacía menos de tres meses y se las había arreglado para conseguir todo cuanto solicité que hiciese. Cuando regresé de la UCLA, estaba destrozado sin posibilidad de consuelo.

Sinceramente, todavía lo estaba.

Ver a Lailah en aquella sala de recuperación, sabiendo que el corazón que ahora latía en su pecho no acabaría con ella, hizo que cada minuto que habíamos pasado separados mereciese la pena. Cuando sostuve su mano y besé su piel, supe que ella tenía un futuro absolutamente brillante por delante y me dejó devastado saber que yo no lo vería. Dejarla por segunda vez había sido como dejar mi alma atrás.

Regresé aún más confuso.

Había hecho lo que necesitaba hacer. La cirugía de Lailah se había llevado a cabo, estaba pagada al completo y ella se iba a recuperar.

¿Podría ahora regresar con ella? ¿Tomar lo que es mío y seguir manteniendo a flote los negocios de la familia?

Conforme entré en el edificio de Cavanaugh Investments a la mañana siguiente de mi regreso desde Los Ángeles, encontré a mi hermano esperándome.

—Papá falleció anoche —me dijo—. La junta se reúne dentro de media hora.

Aquel día perdí a mi padre, y mi hermano y yo heredamos nuestro legado. Todo lo que ocurrió desde entonces transcurrió como una bruma de reuniones interminables, además de ayudar a mi familia a pasar el luto por un hombre del que apenas tenía recuerdos y ocuparme de todo el papeleo que aquello conllevaba.

No podía regresar con ella.

Ver a mi madre derrumbarse sobre el ataúd cuando lo comenzaron a deslizar dentro de la tierra hizo que lo viese claro. Entrar en una sala de juntas repleta de señores de mediana edad que esperaban de mí que salvase la compañía hizo que la idea solidificase. Yo había tomado la decisión al llamar a Roman, y había escogido mi destino.

Ahora, estaba viviendo aquel destino... a duras penas.

Cuando accedí a volver a casa, le advertí a Roman de que las cosas se gobernarían de un modo diferente. Se lo había impuesto, y desde el día en el que volví a casa reestructuré la manera en la que se desarrollaba el negocio en el plano financiero. Aún no era una máquina perfectamente engrasada, pero ya funcionaba mejor. Estábamos ganando dinero.

Ahí era donde Melody entraba en juego.

Todavía recuerdo la expresión de total asombro y estupefacción cuando le dije a Roman que, una vez nos hubiésemos recuperado económicamente, quería donar un porcentaje substancial de nuestros beneficios a la caridad. Es más, quería contratar a alguien para que se dedicara a las donaciones y también a encontrar fondos adicionales.

Nunca más estaríamos en aquello tan solo por los beneficios. Daríamos algo a cambio.

Si algo me había enseñado el trabajo en las trincheras de un hospital es que la gente siempre necesita ayuda.

Aquella noche se celebraba el primer baile de recaudación de fondos organizado por mi recientemente contratada directora de donaciones de caridad y, si el millón de dólares recaudados aquella noche significaba algo, diría que era buena en su trabajo.

Además de eso, también había estado tirándome los tejos con sutileza durante las últimas semanas.

Melody tenía la misma imagen de mí que el resto del mundo. Con un pasado tan trágico, yo era el cachorrito herido que tan solo necesitaba ser acunado y amado por la persona adecuada.

Todas y cada una de las mujeres de Upper East Side pensaban que ellas eran justamente esa persona.

Ninguna lo era.

Un aliento cálido me hizo cosquillas en la oreja.

—¿Quieres bailar conmigo, Jude? —susurró Melody.

Olía a perfume caro y a licor escocés.

Alcé la vista y la encontré mirándome fijamente con su mirada sensual. Había escogido un vestido ceñido y corto que exponía la perfección de las curvas que su cuerpo podía ofrecer.

No sentí nada en absoluto.

—Será mejor que me marche —le contesté, levantándome del taburete al mismo tiempo en que estampaba un billete de veinte en la barra.

—Pero si la velada no ha hecho más que comenzar.

—Tengo una montaña de trabajo esperándome, y aún tengo que ir a visitar a mi madre mañana —le contesté antes de añadir: —Lo siento. Todo está genial, Melody. En serio. Lo único que ocurre es que necesito salir de aquí.

Me largué de allí, aflojándome el nudo de la pajarita tan pronto como impacté contra el frío del exterior, y paré un taxi para que me llevase al centro. Se me hizo un nudo en el estómago cuando pasamos frente a un cartel publicitario cubierto de colinas verdes que promocionaba el turismo por Irlanda.

La vida era cruel.

Supongo que nadie dijo que ser un mártir fuese fácil.

Mi padre había hecho bien una o dos cosas durante sus treinta años de reinado en Cavanaugh Investments. Una de ellas fue reubicar la sede central a su localización actual.

Mientras miraba al exterior a través de los ventanales de suelo a techo que mostraban el perfil de edificios de Nueva York en pantalla completa, sentí una especie de empatía por el hombre al que apenas conocía. Me recordé entrando a su oficina, que era mía ahora, viéndole de pie en una esquina con una copa entre las manos, observando el resto de edificios, pensando, planificando, trazando un plan.

Nuestra vida familiar siempre estuvo dividida. Yo era el niño de mi madre y Roman el de mi padre. Ese es el motivo por el cual yo era compasivo y mi hermano avaricioso, y el motivo por el cual yo ponía a los demás por delante de mí mismo mientras que mi hermano se llevaría con gusto todo cuanto pudiese para él.

Pero nuestro padre había tenido algo de lo que Roman ni siquiera se había aún percatado. Papá tenía a mamá. Aquella mujer había mantenido su avaricia y codicia de poder a raya. Cuando se le iba demasiado de las manos, ella volvía a ponerle los pies en la tierra. Por descontado, no podía hacer mucho más que eso, pera aun así ella era su ancla.

Mi hermano no tenía nada.

Nada le mantenía bajo control, y me preocupaba que algún día pudiese traspasar demasiado la raya para conseguir algo que desease y acabara quemándose. Entonces, entendería realmente lo que significa una verdadera pérdida.

—Por algún motivo sabía que te encontraría aquí —dijo Roman con su voz grave cuando entró en la oficina a oscuras.

—¿Recuerdas que papá solía beber güisqui y contar en voz baja? —le pregunté sin ni tan siquiera molestarme en alzar la vista.

Sonaron unos pasos tras de mí y entonces vi el negro de la chaqueta de su esmoquin con el filo del ojo.

—Sí, se quedaba en pie ahí, justo donde estás tú, e iba bebiéndose el güisqui a sorbos, pausadamente, e iba enumerando. Una vez le pregunté por qué lo hacía y me respondió que, sencillamente, le mantenía cuerdo.

—Supongo que todos necesitamos algo —comenté mientras los dos observábamos a través del cristal cómo la vida continuaba su curso.

—¿Qué necesitas tú, Jude?

Me giré hacia él, sorprendido ante aquella pregunta.

—¿Qué quieres decir?

—¿Que qué quiero decir? —se burló dando un paso hacia atrás. Comenzó a deambular—. Me refiero a que estás ascendiendo en espiral, hermanito. Veo el trabajo que estás haciendo para la compañía y, joder, Jude, es impresionante. Pero entonces te encuentro aquí, bien entrada la noche, como si fueses un ermitaño espeluznante. ¿Por qué tengo la sensación de que volver a casa era lo último que querías hacer?

—Estoy aquí. ¿No es eso todo lo que importa?

—¡No, joder! ¡No lo es! —gritó, alzando las manos—. Sé que debes de pensar que soy una especie de imbécil sin corazón, y para la mayoría de la gente eso es lo que soy. Lo que te hice, después de morir Megan... llevo años viviendo con ese remordimiento. Debí haber tomado un vuelo hasta allí y haberte ayudado, debí haberte levantado del suelo, debí haber hecho algo más que pensar en mí mismo.

—¿Qué te lo impidió? Si estabas tan inquieto por mi causa, si te sentías tan culpable, ¿por qué no descolgaste el teléfono o tomaste un vuelo para verme?

—Porque estaba enfadado. Papá había caído enfermo. Tú no estabas aquí y mamá... bueno, ella no podía con todo. De repente, me convertí en todo con lo que podía contar... todo el mundo. —Dejó escapar una carcajada ahogada—. Una broma cruel, ¿no te parece? El tarambana, aquel a quien todos acuden para divertirse, estaba de pronto al cargo de todo. Todos querían que estuvieses tú, y todo cuanto yo deseaba era demostrarles lo muy equivocados que estaban acerca de mí. Cuando llamaste para decir que volvías a casa, pensé que era la repuesta a todas mis plegarias. Por fin, podría volver a la retaguardia y ser aquello que se suponía que era. Pero, ¿sabes qué? Aquellos tres años me han cambiado. Ahora no puedo dejarlo, no puedo dejar de preocuparme por esta compañía y por la familia que está entretejida con ella.

Alcé la vista hacia mi hermano y lo vi detenerse en seco en medio de la habitación. Éramos muy parecidos en muchos aspectos y, aun así, resultábamos tan distintos.

—No puedes limitar tu existencia únicamente a cuidar de nosotros, Roman. En algún momento habrás de ampliar tus horizontes e incluir unos cuantos extras por el camino.

Hizo caso omiso de mis palabras. Sus ojos parecían arder.

—¿Para qué necesitabas el dinero, Jude?

Le devolví una mirada de exasperación.

—¿Recuerdas el primer día en que fui a visitar a mamá y papá cuando acababa de regresar? ¿Sabes qué me dijo papá al verme?

Negó con la cabeza.

—Probablemente «¿quién demonios eres tú?». Hacía un año que no me reconocía.

—No —le contesté—. Sus ojos se abrieron de par en par cuando me reconoció nada más entré a la habitación, frunció los labios tratando de encontrar las palabras. Verle así, con ese aspecto tan frágil, después de haber pasado tantos años alzando la vista para contemplar a aquel hombre tan formidable, me resultó aterrador. Fue como ver a un dios caído sobre la tierra y convertido en un simple mortal. No me parecía real.

—Lo sé —me respondió.

—Cuando, al fin, encontró las palabras, las lágrimas le mojaban las mejillas y me dijo: «Lo siento tanto, hijo. Ha sido todo por mi culpa. Ha sido todo por mi culpa». Siguió repitiendo esa oración hasta que la enfermera lo consiguió apaciguar con una dosis de calmantes.

—¿De qué tenía él la culpa? —preguntó Roman frunciendo el ceño, confuso.

—Del accidente. Él nos envió a California. Nunca volví a casa. Mamá me contó que él, una vez superó el enfado que le produjo el que me negase a regresar, cayó en una grave depresión y fue entonces cuando comenzaron a aparecer los signos de la demencia. Me hablaba aunque yo no estuviere presente, disculpándose por todo.

—Aquello no fue culpa suya —dijo con delicadeza, moviendo la cabeza a un lado y otro.

—Lo sé —contesté—. Pero él no lo sabía. Por causa de las decisiones egoístas que tomé tras el accidente, por haberme quedado allí, cambié el rumbo de muchas vidas. Ahora estoy tratando de enderezarlo.

Se dirigió hacia la puerta antes de darse la vuelta.

—Sabes que tampoco fue culpa tuya. Ya es hora de que dejes de castigarte.

—El amor nunca es un castigo —le contesté.

31

La chica de rosa

Lailah

—¿Estás lista ya? —gritó Grace desde la otra punta de la habitación.

—¡Casi! Un momento. Se ha atascado la cremallera.

Me incliné hacia delante, tratando de comprimirme y de tensar el tejido para facilitar que la cremallera subiese.

—Os aseguro que he engordado desde la última vez que me tomaron medidas —me lamenté.

Tomé aire profundamente y los últimos dientecitos de la cremallera lograron unirse para cortar mi suministro de oxígeno.

—Venga ya, deja el tema. No has engordado y, aunque lo hubieses hecho, ¿a quién le importa? Los pocos kilos que has ganado a causa de los fármacos antirechazo han obrado maravillas en tu figura. Ojalá yo pudiese permitirme ganar unos cuantos kilos y convertirme en una diosa de la sensualidad.

Resoplé de incredulidad, alisando la tela alrededor de mi cintura.

—¿Diosa de la sensualidad? Me parece que estás delirando.

Sin ni tan siquiera tomarme la molestia de mirarme en el espejo, abrí la puerta de mi probador y me quedé allí parada.

Dos pares de ojos de par en par me contemplaban.

—Lailah, estás preciosa —dijo mi madre con lágrimas asomando en sus ojos.

—Yo hubiera dicho que estás cañón. Estás cañón, Lailah —dijo Grace riendo.

Caminé la corta distancia que me separaba del centro de la sala de probadores, subí el escalón y me situé sobre la plataforma enmoquetada de color rojo y, al fin, me miré al espejo.

—Tenías que elegir el color rosa, ¿no? —le dije con una sonrisa.

Grace vino corriendo hacia mí, chillando.

—¡Es perfecto! Y sí, tenía que elegir el rosa. Es el mejor color del mundo. Estás impresionante con este color. No me lo puedes discutir.

El vestido era realmente bonito, pero yo tenía que chincharla. Cualquier chica que escoja como temática para su boda la de «Princesa sofisticada» merece que le den la lata un poco. El escote en forma de corazón y el talle alto daban paso a una falda fluida del color del rubor de mejillas que me recordaba a los pañuelos de seda que a mi madre siempre le gustó llevar. Flotaba y caía conforme caminaba y... bueno, sí, me hacía sentir como si fuese una princesa.

—Me alegra que hayas escogido un tono sutil en lugar de algo dentro de la paleta de colores del algodón de azúcar.

—Dije «Princesa sofisticada», no «Barbie se casa».

Me eché a reír mientras ella jugueteaba con mi larga melena rubia, buscando ideas sobre qué hacer con ella.

—¿Lo quieres llevar suelto o recogido?

Miré a mi reflejo y tomé aire profundamente. El escote de aquel vestido no dejaba nada a la imaginación en cuanto a las cicatrices de mi pasado. La línea rosada que dividía mi pecho en dos se veía ahora más oscura a causa de la reciente operación, y destacaba prominentemente sobre el rosa del vestido. Llevar el pelo suelto sobre los hombros desviaría la atención de la cicatriz.

—Recogido —contesté, consciente de que debía empezar a enfrentarme a mis miedos uno a uno.

Mi vida ya no consistía en esconderme entre las sombras. Si quería experimentarla con toda normalidad debía abarcar los aspectos sombríos también, y aquello comenzaba por algunos susurros y miradas inquisitivas.

—Te quedará precioso —dijo Grace, retirando la melena de mi cara.

Las tres nos quedamos contemplando mi sonrisa de ojos llorosos. La chica que nunca lloraba ahora no parecía ser capaz de cerrar el condenado grifo en ningún momento.

Yo siempre había sido muy buena manteniendo el tipo y las emociones a raya. No me derrumbaría y jamás mostraría mis debilidades.

Pero ahora, dejaba salir todo afuera. Durante la recuperación, pedía ayuda a lágrima viva y maldecía mi destino por hacerme pasar por tantas dificultades. Una vez me recuperé, lloraba dando gracias por tener una segunda oportunidad. Por las noches, lloraba porque lo echaba de menos.

Habían pasado seis meses, y aún me despertaba cada mañana y extendía el brazo en busca de su calor. El sueño que había tenido en la sala de recuperación no fue el último. Lo veía cada noche, al cerrar los ojos, pero siempre eran recuerdos: pizza y natilla, risas bajo la «lluvia de interior» de la ducha, sentir la ternura de sus caricias al hacer el amor mientras me decía que jamás me dejaría.

Pero lo hizo.

—Bonito vestido —dijo una grave voz masculina desde el fondo.

Levanté la vista y se me cortó la respiración.

Jude.

Pero, al mirar bien me di cuenta de que su pelo era ligeramente demasiado oscuro, su mirada resultaba ligeramente demasiado dura y sus maneras eran diferentes.

—¡Madre mía! Es Roman Cavanaugh —susurró Grace, girándose a toda velocidad para comprobar si el reflejo que había visto en el espejo era, en efecto, real.

—Encantado de conocerte —me dijo, dando un paso al frente para tomar a Grace por la mano.

Le dio un pausado y sensual beso en el dorso de la mano, lo que la dejó pasmada y con la lengua hecha un nudo.

—Grace —murmuró—. Soy Grace.

Sus labios se curvaron y le sonrió al darle la mano. Sus ojos deambularon por su pelo y su figura sinuosa hasta que, finalmente, se toparon con el anillo de compromiso que llevaba en la mano izquierda.

—Un tipo afortunado —comentó.

Un leve rubor coloreó la tez de Grace mientras tiraba para liberar su mano, sacudiéndose de encima del trance en el que había caído.

—Gracias.

Él le devolvió una atenta sonrisa y entonces alzó la vista, posando su mirada sobre mí.

Sus ojos me recordaban mucho a los de Jude.

Acortó la distancia que nos separaba, levantó la mano hacia mí y yo la tomé.

—Roman Cavanaugh —se presentó—. Tú debes de ser Lailah Buchanan.

Su mirada se desvió fugazmente hacia mi cicatriz, haciendo que me sintiese desnuda incluso llevando aquel vestido.

—Así es —contesté.

—Bien. Bueno, entonces ¿ella es tu madre? —preguntó mirando hacia donde estaba mi madre, observándolo todo en silencio.

—Es ella.

—Genial. Me va a hacer usted un favor, ¿a que sí? —le preguntó, avanzando unos pasos hacia ella—. Vaya corriendo a casa, y hágale la maleta a Lailah. Lo suficiente como para tal vez una o dos semanas. Lo que sea que encuentre por ahí. Cualquier otra cosa que necesite, podemos proporcionárselo nosotros.

Los ojos de mi madre se abrieron de par en par ante aquella petición tan insolente.

—¿Disculpe? No sé quién se ha creído usted que soy, pero no pienso ir con usted a ninguna parte —exclamé.

Se giró por completo, la expresión de su cara se había transformado en una sonrisa abierta.

—Ah, cielo, después de oír lo que tengo que contarte vas a suplicarme que te monte en ese avión. Y si no lo haces supongo que, después de todo, no mereces todo lo que mi hermano ha hecho por ti.

Tras cambiarme el vestido, Roman y yo nos dirigimos a una cafetería al otro lado de la calle mientras mi madre y Grace volvían a casa. Él le prometió a mi madre devolverme sana y salva una hora más tarde, después de haberme explicado todo.

Puede que se pareciera a Jude, pero la actitud dominante que estaba tomando me daba ganas de pegarle una patada en el culo. Disponía exactamente de veinte minutos para revelar con claridad por qué había cruzado en avión todo el país para encargar que hiciesen mi maleta y mangonearme como si fuese otro más de sus empleados.

Nos pusimos en la cola. Yo iba alternando el peso de un pie al otro conforme leía el menú del cartel que tenía enfrente.

Número treinta y tres... pedir una taza de café con un precio ridículamente desorbitado.

Nunca antes había estado en una cafetería... ¿por mí cuenta, pidiendo un café. Los nombres me resultaban desconcertantes.

Por qué no pueden llamarlos pequeño, mediano y grande, sin más.

—¿Estás bien? —inquirió Roman, evidenciando que se había percatado de mi inquietud.

—¿Qué? —respondí sobresaltada—. Ah, sí. Mmm... ¿Qué vas a pedir? —le pregunté.

Llegamos hasta el mostrador y por poco no me acobardé y salí del paso con un «tomaré lo mismo que él». En lugar de ello, me las arreglé para sobreponerme y pedir un grande moka con esto y lo otro... ¿qué se yo? Aquello sonaba decadente.

Ambos pedimos también bollos y nos dirigimos hasta una mesa situada en una esquina, al lado de la cristalera. Sonreí, pensando en que ya podía tachar otra cosa más de la lista.

—Bueno, suéltalo ya —dije al fin.

Comencé a pellizcar los bordes de mi bollo de chocolate antes de levarme los pedacitos a la boca.

Delicioso. La comida real es impresionante.

Roman remedó lo que yo estaba haciendo y tomó un pedacito de su bollo de arándanos.

—Cuando Jude me llamó el verano pasado para decirme que iba a regresar a casa fue muy específico en cuanto a unas cuantas cuestiones. —Mientras daba un sorbo a mi café moka, observé cómo él recorría con sus dedos el borde de su taza—. Un par de cosas, en realidad. Una de ellas es que quería obtener mayor control, más poder sobre lo que haríamos... y sobre lo que no.

—¿Qué tiene esto que ver conmigo?

Odié cada palabra, cada oración que implicaba a Jude. Aquello era como clavarme una lanza en el corazón. Llevarme al pasado, hacerme recordar aquellos hermosos pocos meses en los que sentí que estaba amando a mi verdadera alma gemela... hasta que me dejó.

—Y la otra —continuó Roman sin molestarse en contestarme— fue un acceso inmediato a su cuenta, la cual yo había congelado años atrás. Pues bien, no le di muchas vueltas a aquello en ese momento y accedí a ambas peticiones en el acto. Habrás visto las noticias, estoy seguro. Cavanaugh Investments no estaba en buenas condiciones y yo habría aceptado casi cualquier cosa con tal de poder dejar el reino en manos de mi hermano pequeño.

—Repito, no entiendo a cuento de qué estamos teniendo esta conversación.

Él sonrió.

—Eres muy impaciente.

—Tú también lo serías de haber pasado tu vida entera anclada a un lado, contemplando la vida desde fuera.

—Todos nosotros tenemos prisiones y cadenas que nos apartan de lo que realmente queremos en la vida, Lailah. Las tuyas tan solo han sido más grandes y más fuertes que las de la mayoría.

—¿Y qué es lo que más deseas tú en la vida, Roman? —le desafié, alzando el ceño, y di un sorbo a mi café con parsimonia.

—Libertad —respondió—, exactamente igual que tú.

—¿Volcarle todo encima a tu hermano no ha resultado como tú esperabas? —me jacté, viendo cómo desaparecía la apacible sonrisa de su cara.

—Puede que él haya resuelto nuestros problemas, pero no es feliz. Es tremendamente desdichado.

Meneé la cabeza.

—No parece desdichado cuando aparece en las revistas del corazón. Por lo visto, está saliendo con una compañera de trabajo. Son muy felices.

Sonreí con desprecio.

Sus ojos se incendiaron de rabia.

—No creas todo lo que ves en la televisión o lees en las revistas, Lailah. Dejarte ha destruido a mi hermano. No es más que una carcasa vacía.

—Bueno, pues entonces ¿por qué no está él aquí, contándomelo por sí mismo? —quise saber en un tono de voz ligeramente demasiado alto, lo que causó que unas cuantas personas se girasen hacia nosotros.

Roman miró alrededor maldiciendo.

—¿No crees que podrías ser un poco más discreta?

—Perdón —murmuré.

—¿Para qué crees que necesitaba Jude todo aquel dinero en efectivo? ¿Tan de repente? Cuando regresó a casa y vi que había cambiado su ropa Polo y Sperry por pantalones vaqueros raídos y tatuajes imaginé que se había metido en problemas. Pero, cuanto más tiempo pasaba cerca de él, más me daba cuenta de que aquello tenía poco que ver con él... y mucho que ver contigo.

—¿Conmigo?

Mis ojos se abrieron de par en par conforme todo comenzó a asentarse en su lugar.

Nunca dejaré de luchar por ti.

—¡Oh, Dios mío! No era un sueño. Él estaba allí... después de mi operación. Estuvo allí —solté de golpe mientras mis ojos comenzaban a nublarse por las lágrimas.

—¿De verdad creíste que la compañía de seguros se retractó de su negativa tan rápido?

—¿Mi trasplante lo ha pagado él?

—Sí —me confirmó Roman—. Al final, realicé algunas pesquisas y descubrí a dónde estaba enviando todo aquel dinero. Con ayuda de unos cuantos amigos, logré seguir la pista del rastro bancario hasta ti. Mi madre rellenó los huecos que faltaban, estalló como una presa cuando le mostré todas las pruebas que tenía. Por lo visto, lleva guardándole el secreto a Jude sobre ti desde hace algún tiempo.

—¿Tu madre sabe de mí? —pregunté, tratando de contener las lágrimas.

—Desde luego —contestó—. Le encantaría conocerte.

—Él no me abandonó —dije conforme me invadía un sobrecogedor sentimiento de esperanza.

Por una vez en mi vida, aquel sentimiento no me causaba pavor. La esperanza suponía un riesgo aterrador para alguien como yo. Pero todas aquellas ocasiones en las que había sido decepcionada o en las que me había abrumado la alegría, todo, había servido para conducirme a aquel hospital por un buen motivo.

—Entonces, ¿ahora qué hacemos? —quise saber.

—Ahora, tomaremos un vuelo y salvarás a mi hermano del mismo modo en que él te ha salvado a ti.

—Muy bien. Adelante.

Número ochenta y siete... volar en avión.

Tachado.

32

Un futuro por escribir

Jude

La cálida luz de California se derramaba perezosa a través de la ventana, iluminando su larga melena de color rubio rojizo como un halo. Ella me sonreía mientras la piel desnuda de su hombro asomaba de la sábana color cobalto oscuro.

Era así como la recordaría por siempre.

Me separé del escritorio y le di la vuelta a la foto. La había colocado allí semanas atrás porque necesitaba ver su rostro de nuevo, necesitaba recordar por qué me encontraba allí y no en aquella cama, abrazando a la mujer a la que amaba.

Puede que parezca un tanto sádico conservar un recuerdo que me mostrase constantemente todo cuanto había perdido y jamás tendría. Pero cada día desde que realicé aquella llamada a Roman y me marché lejos de ella hacía exactamente lo mismo. Tan solo sentarme en aquel despacho ya me la recordaba lo suficiente.

Al menos, ver su hermosa sonrisa, su amor radiando desde sus tiernos ojos azules, reafirmaba todo lo que estaba haciendo, el motivo por el cual me encontraba allí.

Ella estaba viva.

En algún lugar de Santa Mónica en aquel preciso instante, estaba empezando de cero, viviendo la vida que siempre había deseado, y nada de eso habría ocurrido si yo no estuviese ahí sentado.

Me miré el reloj y me di cuenta de que estaba a punto de llegar tarde a mi reunión. Presioné el botón del intercomunicador y esperé a que Stephanie, mi secretaria, respondiese.

—¿Sí, señor Cavanaugh? —me respondió.

—Jude, Stephanie. Llámeme Jude, sencillamente —dije entre risas.

—Lo siento señor Cavanaugh... Jude, señor.

Stephanie fue secretaria de mi padre antes de heredarme a mí y encontraba que aquella falta de formalismos que instauré entre los pocos empleados con los que trataba de manera directa la hacía sentir confusa y asustada.

Cuando le comuniqué que, de ahora en adelante, era libre de vestir lo que fuera que le apeteciese para ir a trabajar su respuesta fue «Pero, ¿tengo que hacerlo?».

Siguió fiel a sus faldas de tubo y sus chaquetas entalladas mientras todos los demás aparecíamos de vez en cuando vestidos de manera informal.

Yo había sido «californizado»... o, al menos, eso es lo que decía el personal.

—¿Está preparado el almuerzo para mi reunión con Roman y la junta directiva?

—Eh... bueno, en realidad... —balbuceó—, su hermano, quiero decir, el señor Cavanaugh, canceló la reunión ayer a última hora.

Arqueé una ceja al escuchar aquello. Él nunca antes había cancelado algo que hubiese planificado yo.

—¿Que la ha cancelado?

—Así es, señor.

—¿Ha dicho por qué?

—Sí, lo ha hecho. Dijo que tenía un asunto que atender y que no regresaría a tiempo.

—¡Pero qué cojones! ¿Qué clase de asunto? —vociferé, arrepintiéndome de inmediato del tono empleado—. Lo siento, Stephanie. Le pido disculpas. Gracias por el mensaje. Me aseguraré de aclararlo de inmediato con mi hermano.

—Mmm.. bueno, en realidad...

—Gracias.

Presioné el botón de cierre antes de que la ira se alzase en mi tono de voz de nuevo. En seguida llamé a mi hermano a su teléfono móvil, pero saltaba directamente el buzón de voz.

No debería haber sido tan tonto como para confiar en él. Durante los últimos seis meses no se había mostrado de otro modo que no fuese entregado y devoto a nuestros planes para reavivar y renovar nuestra empresa. Habíamos estado en el mismo barco.

Ahora, lo había abandonado sin hacerme llegar noticia alguna, cancelando una reunión muy importante con la junta directiva.

Me levanté de la silla, caminé con paso regio hacia los ventanales y contemplé la bulliciosa ciudad que se extendía allá abajo.

—Uno... dos... tres... —comencé, tratando de vislumbrar el método que se escondía tras la locura de mi padre—. Seguramente se ha ligado a la primera mujer que se le ha puesto a tiro —murmuré. Vi la imagen de mi hermano en alguna isla remota, emborrachándose, mientras yo me sentaba allí devanándome los sesos.

—En realidad...

Una dulce voz resonó tras de mí.

Me di la vuelta y se me cortó la respiración.

—Probablemente, no fui yo la primera mujer. Le ha costado seis horas dar conmigo. Además, de hecho él vio a Grace primero, así que no sé en qué puesto me deja eso, pero desde luego no en el primer lugar —farfulló.

Me resultó imposible encontrar las palabras para responderle y, al mismo tiempo, hacerme a la idea de que estaba allí de pie, en la puerta de mi despacho en Nueva York. Había ganado algo de peso que rellenaba unas curvas de cuya existencia nunca tuve noticia. Vestida con un sencillo jersey de color verde, vaqueros ajustados y botas, era la imagen de la perfección.

—Estás aquí —logré decir.

—Sí —me contestó.

—Estás aquí de verdad —dije otra vez conforme la realidad iba tomando cuerpo. Me moví deprisa, dando varias zancadas hacia ella.

Levanté la mano y, con dedos temblorosos, le acaricié la mejilla. Cerré los ojos apretando los párpados, las emociones abrumaban mi alma llena de cicatrices.

—Santo Dios, si estoy soñando, no quiero despertar jamás —murmuré.

—Desde luego que no estás soñando, pero, si necesitas una prueba...

Mis ojos se abrieron justo a tiempo de ver la palma de su mano estamparse contra mi cara.

—¡Ah! —exclamé—. ¿A qué diablos viene esto?

No era exactamente el reencuentro que me había imaginado.

—Esto —contestó ella, con los ojos incendiados—, es por tomar decisiones importantes en la vida sin contar conmigo, Jude.

—Muy bonito —dijo la voz de barítono de mi hermano al tiempo que aparecía su esbelta figura detrás de ella—. Me gusta esta chica —dijo con una sonrisa burlona—. No lleva aquí ni cinco minutos y ya te ha puesto en tu sitio.

—Largo de aquí —gruñí.

—Claro que me voy. Que os divirtáis. Por cierto, Jude, de nada.

Dio media vuelta en el sitio y escuché cómo su alegre silbido se iba desvaneciendo por el pasillo.

Me giré y me dirigí a la zona de sala de estar que mi padre había incorporado dentro del despacho para pequeñas reuniones de trabajo. Yo mismo la había utilizado para dormir allí en varias ocasiones en las que no me había apetecido tomar un taxi hasta casa. En aquel momento, me pareció que a los dos nos vendría bien un sitio confortable en el que sentarnos y charlar.

Frotándome aún la cara para aliviar el bofetón, la observé mientras se sentaba con parsimonia sobre el sofá, sus hermosos ojos se encontraron con los míos una vez se hubo acomodado. En aquel preciso instante, todo aquello que había permanecido en estado de latencia dentro de mí durante meses volvió a la vida con un rugido.

Tómala.

Tómala ahora mismo.

Apreté los puños a cada lado de mi cuerpo mientras hacía gala del mayor control que había tenido que ejercer sobre mí mismo en toda mi vida. Había soñado, fantaseado con ella. La había visualizado casi cada segundo desde el día en el que la abandoné. Verla allí, sana y recuperada, me hizo desear hacerle todo el surtido de clichés de hombre cavernícola.

—¿Y bien, estás dispuesto a explicarme por qué lo hiciste? —me preguntó meneando un pie arriba y abajo, mientras permanecía cruzada de piernas.

—¿Por qué hice qué, Lailah?

—¿Por qué decidiste abandonarme?

—Obviamente, sabes el porqué —le respondí.

—Sí, lo sé. Tu hermano, por lo visto, es un buen investigador... o tiene amigos que lo son. Tampoco es que le haya preguntado al detalle. De modo que sí, sé exactamente por qué te marchaste. Pero sigo sin comprender por qué no pudiste contármelo sin más.

Dejé escapar un profundo suspiro.

—¿Me hubieras dejado marchar?

Su boca se abrió de inmediato y luego se cerró de nuevo.

—Exacto —dije yo—. Jamás me hubieras dejado marchar, Lailah. Habías tirado la toalla. Te habías rendido. Habías levantado tu banderita blanca en señal de rendición ante tu destino. Y yo podía entenderlo, de verdad. Habías pasado por más mierda de la que la mayoría de las personas experimentamos en toda nuestra vida. Pero entiéndelo desde mi perspectiva. Ponte en mi lugar. Estabas muriéndote, sin esperanza de curación a no ser que te sometieses a aquella operación. Hice lo que tenía que hacer para mantenerte con vida. Aquella era la única opción para mí.

Ella asintió con la cabeza. Sus ojos brillaban cargados de lágrimas.

—Pero, ¿por qué no regresaste? —quiso saber—. Ahora recuerdo... cuando estuviste en mi habitación del hospital después de la operación. Querías quedarte. ¿Por qué no te quedaste allí conmigo?

—Debí imaginar que recordarías aquello —dije con una leve mueca—. Quería quedarme, más de lo que puedas imaginar jamás. Separarme de ti por segunda vez, sobre todo después de que te hubieses sometido a una cirugía tan arriesgada, fue como si me disparasen una bala al corazón por cada kilómetro que ponía entre nosotros. Pero no puedo dirigir esta compañía desde Santa Mónica. Aquella fue la condición que me puso Roman para aceptar mi regreso, mi castigo por darte la vida que mereces. No puedo abandonar a mi familia, otra vez no.

—Así que, ¿dónde nos deja eso? —inquirió con los ojos clavados en los míos.

Tomé aire profundamente y dejé que saliese lentamente de mis pulmones.

—No lo sé, Lailah.

El silencio se asentó entre nosotros hasta que volví a escuchar su voz cantarina otra vez.

—¿Sabías que la Universidad de Nueva York posee un excelente departamento de cardiología?

El corazón me dio un vuelco.

—No tenía idea —contesté, tratando de calibrar su cara de póker.

—Así es. Marcus dice que trasladar mi expediente a la Costa Este sería relativamente sencillo si...

—¿Si te mudas aquí?

Acabé la frase, con los ojos abiertos de par en par.

Ella asintió, con una expresión que rebosaba entusiasmo.

—Ya está hecho. Mis cosas llegarán aquí la semana próxima. ¿Ves? No eres el único que puede tomar decisiones vitales por su cuenta y riesgo.

—¿Te mudas a Nueva York? —pregunté, perplejo.

No es posible.

—Sí. Pero no logro decidir dónde voy a vivir. ¿Crees que podrías ayudarme a encontrar un sitio donde quedarme? —dijo con una sonrisa burlona.

Alargué el brazo, la agarré por la cintura y la atraje hacia mí. Ella dejó escapar un chillido agudo y se echó a reír mientras sus piernas caían a horcajadas sobre mis muslos.

—Vas a vivir conmigo —le dije—. Para siempre.

Nuestros labios se encontraron, y me sentí de nuevo en el cielo con el dulce sabor de sus besos y el modo en el que su cuerpo se amoldaba al mío. Ella era mi salvación.

La vida... ciertamente siguió. Aún después de una aflicción insufrible, un dolor debilitante y una vida siempre a la espera de comenzar. Mientras fuésemos capaces de amar y ser amados en este mundo, ningún corazón estaría nunca desahuciado.

El amor me había llevado hasta ella y allí, entre sus brazos, encontré de nuevo la razón de mi existencia. Ella era mi ángel, mi Lailah, mi amor.

Epílogo

Lailah

Bip, bip bip...

Tenía los ojos todavía cerrados. Escuché, concentrándome en lo que me rodeaba, mientras sentía las sábanas, aspiraba los aromas del aire y hacía mi repaso mental.

—¡Dios mio, Lailah! ¡Apaga esa maldita alarma! —balbuceó Jude.

Me eché a reír al recordar el por qué había dejado de hacer mi repaso mental mucho tiempo atrás.

No había necesidad.

Cada mañana me despertaba en el mismo lugar.

En casa.

No importaba si estábamos en nuestro apartamento del rascacielos de Manhattan o en una habitación de hotel en la costa de California. El hombre que estaba a mi lado sería por siempre el único hogar que jamás hubiera necesitado.

Abrí los ojos y encontré a Jude enterrado bajo las mantas y con la almohada apretada con firmeza para taparse la cabeza.

—Podrías apagarlo tú, ¿sabes? —le sugerí con una sonrisa burlona.

La almohada se levantó y vi cómo cambiaba su expresión dubitativa al mirar el despertador, que quedaba a mi lado de la cama. Una sonrisa perversa se apoderó de su rostro y, de repente, saltó sobre mí, aprisionándome mientras alargaba un brazo para detener el estridente pitido. Su musculoso torso desnudo se rozaba contra mí y sentí de inmediato cómo se endurecían mis pezones.

—Me parece una idea excelente —dijo, inspeccionando sus nuevos dominios como lo haría un rey.

—Nunca es beneficioso ser un vago —susurré.

Su boca tomó la mía. Mis manos se hundieron entre sus cortos cabellos mientras mis piernas le envolvían la cintura.

Una hora más tarde, quedó demostrado con rotundidad cuán necesarios resultan los despertadores.

Corrí a la carrera por la habitación del hotel en busca de mi zapato perdido.

—¡Esto es culpa tuya! —grité mientras metía la cabeza bajo la cama buscando el zapato de charol de color carne que llevaba un buen rato en busca y captura.

—Anoche no te quejabas —se burló—. De hecho, creo recordar las palabras textuales fueron «Oh Dios, Jude, no pares... por favor, no pares». No puedes culparme por seguir tus indicaciones al pie de la letra.

Mi cabeza reapareció desde debajo de la cama y, tal como me puse en pie, me di la vuelta para esconder el rubor de mejillas que me había provocado. Sentí una tierna caricia envolviéndome por la cintura al hacer él que me diese la vuelta.

—Me encanta ver cómo te ruborizas. Ni se te ocurra ocultarlo —dijo sonriendo mientras me acariciaba la mejilla rosada con el pulgar.

—No consigo encontrar el zapato —dije con cara de enfado.

Su sonrisa se hizo más amplia mientras mantenía la mirada fija en mi labio superior.

—Machote, concéntrate —dije riéndome—. Zapato. Mío. Yo necesitar.

—Es verdad —contestó—. ¡De acuerdo, un zapato marchando!

Diez minutos después, estaba sentado en la cama con los hombros caídos en aparente señal de derrota.

—¿Estás segura de que no puedes ir descalza sin más?

Le devolví una mirada severa.

Sacudió la cabeza y levantó las manos como muestra de su rendición.

—Está bien, dame el zapato.

Le di el zapato izquierdo y le vi acercarse al teléfono de la habitación. Presionó un único dígito y quedó a la espera.

—Sí, hola. Necesito que alguien vaya a buscar zapatos. Talla treinta y ocho y medio. Color carne. ¿Con un tacón de entre cinco y ocho centímetros, tal vez?

Me miró buscando confirmación.

Mi rostro estupefacto tan solo consiguió asentir.

—Bien, gracias.

—Dios mío, ¿qué acabas de hacer? —le pregunté riéndome.

—Aprovechar las ventajas de esta habitación de hotel ridículamente cara.

—Ha sido como contemplar una escena descartada de Pretty Woman.

—Salvo por...

Se levantó de la cama y caminó con aire amenazante hacia mí.

—Salvo por el hecho de que tú estás mucho más bueno.

—Buena respuesta —Se detuvo a varios pasos de donde yo estaba y dio la vuelta—. Como te toque de nuevo no vamos a llegar a tiempo.

—Bueno, pues entonces quédate donde estás porque si volvemos a llegar tarde otra vez Grace nos va a matar.

—Era la cena de ensayo. Ni siquiera era un ensayo y duró como unos cinco minutos.

Agitó la mano con despreocupación, se dejó caer en la silla del escritorio y comenzó a atar el nudo de su corbata de seda.

Fui al baño y terminé de rizarme el pelo. Me encantaba el modo en que los suaves bucles caían por mi espalda. Había despertado en mí un nuevo interés por la ropa y el maquillaje que me convirtió en una chica bastante más femenina desde mi recuperación. Grace estaba entusiasmada con aquello y constantemente me enviaba correos electrónicos con las rebajas y las marcas que le encantaban.

Estando en el hospital, nunca tuve oportunidad de vestirme del modo en que me apetecía. Todo estaba supeditado a la comodidad y, aunque seguía adorando mis pantalones de yoga y mis sudaderas, disfrutaba arreglándome para salir por la noche. Este cuerpo mío había pasado un calvario y siempre me había sentido orgullosa de él, pero no como para sentir la necesidad de lucirlo.

Ahora, estaba orgullosa de él y lo lucía.

Terminé colocándome los pendientes de diamantes que me había regalado Jude varios meses atrás y me miré en el espejo una última vez justo cuando se oyó que golpeaban a la puerta principal de la habitación de hotel.

No es posible que sean los zapatos.

—¡Eh, ángel, tus zapatos ya están aquí! —me avisó Jude desde la otra estancia.

Salí y me encontré con una pila de al menos seis cajas de zapatos.

—La madre que... —dije, con la mirada petrificada ante aquel despliegue.

—Bueno, por la diferencia de horma he querido asegurarme de que tuvieses varias opciones. Así que elige el que prefieras llevar hoy y quédate con el resto.

Traté de evitar que las firmas de los diseñadores me influyesen.

El segundo día que pasé en Nueva York, Jude me llevó de compras. Por poco no sufrí una apoplejía que provocara un cortocircuito en este corazón mío recién estrenado cuando vi algunos de los precios escritos en las etiquetas que estábamos manejando.

Ahora, el dinero formaba parte de la vida de Jude. Le había llevado algo de tiempo adaptarse e ello de nuevo, tras haber vivido con tan poco durante tanto tiempo. Pero ahora lo veía de un modo distinto.

Aquello suponía un don, y él disfrutaba compartiéndolo, especialmente conmigo.

Encontrarlo vistiendo un pantalón vaquero y una camiseta raída durante el fin de semana aún hacía que se me acelerase el corazón, pero cambiaría un par de uniformes de enfermero por un traje cualquier día.

Aquel hombre había nacido para vestir trajes.

Cuando insistió en pagar mi matrícula de la universidad tuvimos una discusión. Aquello fue una batalla épica. Al final, acabó ganando él al argumentar que jamás lograría trabajar como terapeuta sin obtener un título. Por fin había decidido que mi vocación era la de ayudar a aquellos como yo: la gente que se sentía traicionada y sin esperanza porque había nacido siendo diferente del resto del mundo. Tuve un terapeuta fabuloso cuando era más joven y esperaba poder causar ese mismo impacto en la vida de otra persona algún día. Sería un largo camino pero, en algún momento llegaría a conseguirlo. En principio, tenía planeado trabajar para pagar mis matrículas. También podía solicitar préstamos y buscar becas. Jude me había ofrecido un no rotundo a todas esas opciones.

—Por mí, ve a trabajar a McDonalds, pero solamente si es eso lo que realmente quieres hacer. Has pasado tu vida entera enterrada. Ahora es el momento para que de una vez por todas lleves a cabo lo que sea que te haga feliz. Ve a la universidad, Lailah. Sé aquello que quiera que sea lo que estés destinada a ser.

Ahora mismo no tenía otra cosa más que tiempo, y qué regalo tan maravilloso era aquél.

Sin embargo, el tiempo no era nuestro amigo aquella mañana y tomé una decisión rápidamente eligiendo un par de zapatos acharolados con la puntera al descubierto, parecidos a los que había metido en la maleta... o creía que había metido en la maleta.

Atravesamos la puerta a la carrera y rezamos para que el tráfico estuviese de nuestro lado mientras conducíamos por la carretera hacia la playa.

Que día tan hermoso para una boda.

Jude

—¿Lo ves? Justo a tiempo —dije nada más aparcar el coche de alquiler en una plaza de aparcamiento del paseo marítimo.

Mirando hacia la orilla, los ojos de Lailah buscaban por los alrededores hasta que localizaron el pequeño grupo de sillas blancas. Entonces sonrió.

—Allí está —anunció.

—De verdad me hubiese gustado que nos dejasen ayudarles a montar todo eso anoche —contesté.

Salí de un brinco fuera del coche para abrir su puerta. Si no me daba prisa al hacerlo, ella siempre se me adelantaba. Entornó los ojos cuando lo hice, pero creo que en el fondo lo adoraba. Un ligero rubor le coloreaba las mejillas al salir, y era por eso por lo que continuaba haciéndolo.

—Puede que quieras quitarte esos zapatos cuando lleguemos a la arena —sugerí mientras caminábamos agarrados del brazo hacia las escaleras que bajaban hasta la arena.

—Ah, bien pensado. —Se agacho y se los quitó, dejando a la vista sus dedos con las uñas pintadas de algodón de azúcar rosa—. Me pregunto si debería ir a ver qué tal está.

Volvió la vista hacia el hotel que había tras de nosotros.

—¡Estás aquí! —gritó una voz llena de júbilo, corriendo hacia nosotros para darnos un achuchón.

—¡Tu barriguita! —exclamó Lailah mirando el pequeño abultamiento en la barriga de su mejor amiga.

—¡Por fin se me nota! —chilló mientras se pasaba la mano sobre su vientre abultado.

Lailah se echó a reír, poniendo sus manos sobre las de Grace.

—Creo que debías de ser la única mujer sobre el planeta que estaba disgustada porque no le saliese la barriguita de inmediato.

Los ojos de Grace se colmaron de emoción mientras Brian, su esposo, se acercaba a nosotros.

La envolvió por la cintura.

—Quería ir a comprar ropa premamá al segundo siguiente de que en el palito apareciera el color rosa.

Vi cómo Lailah sacudía la cabeza, riendo.

—Eso suena a algo típico de ti.

Grace estaba de tan solo cuatro meses y su pequeña barriga de embarazada encajaba a la perfección en el vestido de gasa con estampado floral que vestía. No me quedaba duda alguna de que lo había comprado hacía tres meses justamente para la ocasión. Esta mujer era una planificadora nata.

Tras un rato largo de la charla que teníamos pendiente desde hacía tiempo para ponernos al día, se nos solicitó que tomásemos asiento.

Lailah y yo nos disculpamos y nos dirigimos hacia el frente, donde nos salió al paso el pastor que iba a oficiar el enlace.

—No puedo creer que este día haya llegado de verdad —me dijo Lailah al oído con dulzura.

Todos nos dimos la vuelta, Marcus venía a nuestro encuentro.

Le dediqué un breve gesto de asentimiento con la cabeza y sonreí.

—Ha llegado la hora —le dije.

Su mirada se llenó de ternura y sentí que su mano se situaba justo bajo la mía. Al bajar la mirada, vi que me entregaba en la mano un elegante brazalete de oro blanco.

—No puedes ser el padrino sin esto —dijo—. Yo no estaría aquí de no ser por ti, Jota.

—Puede que no hoy, pero habría ocurrido más tarde o más temprano.

Mi mano se cerró con fuerza envolviendo la fría banda de metal justo cuando la música comenzó a tocar suavemente tras de nosotros. Eché un vistazo rápido hacia Lailah y observé su mirada. Ella sonreía, apretando entre las manos el pequeño ramo de girasoles que Grace le había entregado en el mismísimo último momento.

Los dos nos giramos justo a tiempo de ver a Molly recorriendo el camino de arena. Escuché a Marcus quedarse sin aliento al primer vistazo sobre su novia.

Ella llevaba el cabello hermosamente recogido en una trenza que le caía por la espalda, y la sencillez de su vestido de novia color marfil le daba un aire regio y sofisticado. Conforme caminaba pausadamente hacia el frente, pasó por el pequeño grupo de familiares y amigos íntimos. Después, el mundo entero pareció derretirse cuando Marcus y Molly se tomaron de las manos.

Lailah era todo cuanto era yo capaz de ver.

Mientras el pastor hablaba del amor y el compromiso eternos, yo veía brillar los ojos de Lailah mientras observaba cómo Marcus y su madre se intercambiaban los anillos. Mi corazón se aceleró conforme la ceremonia se acercaba a su fin y Marcus y Molly se besaban por primera vez como marido y mujer.

Todos aplaudieron y vitorearon, pero yo no podía pensar en otra cosa que no fuese Lailah y lo que estaba a punto de decirle en aquel momento.

Había tenido que planificar muchas cosas para llegar a aquel momento.

Se intercambiaron abrazos y felicitaciones mientras el reducido grupo de invitados se unía a la pareja bajo el arco.

Le estreché la mano a Marcus y él sonrió, sabiendo lo que yo estaba a punto de hacer a continuación.

—¿Ya tienes preparado todo el equipaje? —preguntó Molly mientras abrazaba a Lailah.

—¿El equipaje? —preguntó ella—. Pero si no nos marchamos hasta dentro de unos cuantos días.

Molly sonrió y se giró hacia mí.

—En realidad —dije mientras sacaba un sobre de mi bolsillo—, nos marchamos esta noche.

Se lo entregué a Lailah y ella lo abrió. Tras extraer los dos billetes en primera clase, sus ojos pasaron veloces sobre las palabras que estaban impresas en ellos. Sus labios comenzaron a temblar al tiempo que sus manos se agitaron.

—¿Nos vamos a Irlanda?

—Sí. Se acabó el posponerlo, Lailah —afirmé—. Nos vamos de verdad.

—Pero... —dijo ella dubitativamente, alzando la vista hacia su madre recién casada.

—Lo sabíamos desde hace semanas. Ahora, ¡saca el trasero de aquí!

Molly se echó a reír y Lailah la estrujó con un abrazo inmenso.

—No te olvides de mí —dijo Marcus.

Lailah lo incluyó dentro del abrazo familiar.

—Nunca podría olvidarme de ti... papá.

Las manos de Marcus se aferraron a ella antes de dejarla marchar.

—Venga, marchaos, vosotros dos —dijo con un nudo en la garganta y parpadeando repetidas veces, mientras trataba de contener la emoción.

La tomé de la mano y caminamos de vuelta al coche.

Ella me detuvo justo cuando estaba a punto de abrirle su puerta.

—No puedo creerlo. Estás lleno de locas sorpresas —dijo ella, con una expresión llena de dicha.

—Ah, pues te esperan aún más —repliqué con una sonrisa mientras la ayudaba a entrar en el coche.

Recorrimos el camino hacia el aeropuerto para hacer realidad otro de los sueños de Lailah.

Dos días más tarde, entre flores silvestres y castillos en ruinas, mientras el sol asomaba entre las nubes de nuestro perfecto día irlandés, me apoyé sobre una rodilla e hice realidad todos mis sueños con una sencilla pregunta.

Y ella contestó «Sí».

Lailah

Lista para algún día

1. Enamorarme.
2. Obtener un título universitario.
3. Conocer mejor a mi madre.
4. Conseguir un trabajo.
5. Hacer cola para alguna cosa.
6. Ir al carnaval.
7. Irme de vacaciones.
8. Pasar un día sin tomar medicación.
9. Ver un partido de fútbol del instituto.
10. Montar en una montaña rusa.
11. Solicitar plaza en una universidad.
12. Ver fuegos artificiales.
13. Cantar en un bar de karaoke.
14. Meter los dedos en el mar.
15. Cortar el césped.
16. Ser la mejor amiga de alguien.
17. Vivir por mi cuenta.
18. Teñirme el pelo de rosa.
19. Que me tiren los tejos.
20. Acudir a un partido de béisbol.
21. Hacer de carabina para una amiga.
22. Nadar desnuda.
23. Ir a la verdulería.
24. Comprar un coche.

25. Que me besen hasta dejarme sin aliento.

26. Pasar un día en el mercado.

27. Visitar un país extranjero.

28. Hacerme los agujeros en las orejas.

29. Montar en bicicleta.

30. Ir a la biblioteca.

31. Adoptar un perro.

32. Montar en hidropedal en un lago.

33. Pedir una taza de café ridículamente caro.

34. Cubrir una casa con papel higiénico

35. Jugar al minigolf.

36. Comer algodón de azúcar.

37. Ir al autocine y darme el lote durante toda la película.

38. Ir a un baile de promoción.

39. Experimentar una resaca.

40. Pagar facturas.

41. Comprarle a mi madre un regalo de cumpleaños.

42. Ir a una pista de patinaje.

43. Bailar bajo la lluvia.

44. Que me corten el pelo y no me guste.

45. Saltar en un castillo hinchable.

46. Dormir fuera de casa.

47. Depilarme las ingles.

48. Hacer el amor.

49. Bailar en el salón de mi casa.

50. Cantar en un coro de villancicos en Navidad por el vecindario.

51. Tener una conversación entera usando solo mensajes de texto.

52. Ir a comprar muebles.

53. Hacer de canguro.

54. Comprar ropa interior sensual.

55. Visitar un museo de arte.

56. Hacer ángeles de nieve.

57. Cenar a la luz de las velas.

58. Hacer un mojito.

59. Probar el sushi.

60. Ir a una heladería.

61. Aprender a patinar sobre el hielo.

62. Elaborar un menú de principio a final.

63. Ir a una despedida de soltera.

64. Hacerme la pedicura.

65. Pasar una tarde pescando.

66. Pasar todo un día fuera de casa.

67. Dar un paseo por el campo montada en un tractor.

68. Recibir clases de salsa.

69. Probarme trajes de novia con mi madre.

70. Hacer una tarta de manzana.

71. Ir a una sala de cine.

72. Que me rompan el corazón.

73. Aprender a usar un martillo.

74. Que me maquillen.

75. Comer comida basura.

76. Montar en una noria hasta arriba del todo.

77. Casarme.

78. Atrapar luciérnagas.

79. Ir de acampada y dormir bajo las estrellas.

80. Que me den un masaje.

81. Aprender a vivir por mi cuenta.

82. Hacer un pícnic.

83. Cambiar un pañal.

84. Hacer senderismo.

85. Suspender un examen.

86. Hacer recados por mi cuenta.

87. Volar en avión.

88. Adoptar un niño.

89. Tener a alguien a quien echar de menos.

90. Cultivar un jardín.

91. Hacer un castillo de arena.

92. Celebrar un aniversario.

93. Recibir una clase de yoga.

94. Hacer bodysurf.

95. Ir a algún lugar donde haga mucha humedad.

96. Hacer una excursión a pie.

97. Que me pongan una multa por exceso de velocidad.
98. Llamar un taxi.
99. Ir a un sexshop.
100. Ir a pedir golosinas en Halloween.
101. Hacer voluntariado en un hospital infantil.
102. Montar a caballo.
103. Ir al gimnasio.
104. Aprender a comer con palillos.
105. Tomar el metro.
106. Quemar toda una bandeja de galletas.
107. Hacerme un perfil en Facebook.
108. Andar un kilómetro y medio de principio a fin.
109. Leer un libro «guarro».
110. Ir a una fiesta de cumpleaños.
111. Salir una noche con amigas.
112. Tener una cita.
113. Ir a un club de estriptis.
114. Hacerme un tatuaje.
115. Ir a recolectar manzanas.
116. Conducir un coche.
117. Broncearme.
118. Ir a nadar.
119. Barrer las hojas del jardín.
120. Volar una cometa.
121. Montar en la parte trasera de un coche policial.
122. Votar en unas elecciones.
123. Tomar clases de escritura.
124. Dormir toda una noche completa.
125. Comer helado para desayunar, almorzar y cenar.
126. Hacer un salto en caída libre.
127. Ser donante de órganos.
128. Ver amanecer desde la cima de una montaña.
129. Ver una cascada de agua.
130. Hacer kayak.
131. Salvarle la vida a alguien.
132. Pintar las paredes de mi casa.

133. Ir a Disneylandia.
134. Practicar el buceo.
135. Meterme en un jacuzzi.
136. Ir a esquiar.
137. Pasar todo un día en la playa.
138. Visitar a alguien que esté en el hospital.
139. Aprender a disparar un arma.
140. Hacer un viaje por carretera.
141. Hacer de jurado en un juicio.
142. Hacer un nuevo amigo.
143. Vivir hasta haberlo visto todo.

Querido lector,

Las cardiopatías congénitas afectan a casi un 1% de la población. En los Estados Unidos, nacen cada año aproximadamente 40.000 bebés con una cardiopatía congénita. Si bien la situación de Lailah es ficticia, la enfermedad no lo es. Muchos niños sufren durante toda su vida mientras que otros no logran sobrevivir a su infancia.

Cuando comencé mi investigación acerca de las cardiopatías y las enfermedades crónicas, la cantidad de información que desenterré en un breve periodo de tiempo hizo que me diese vueltas la cabeza. Me resultó abrumador y absolutamente confuso porque era por completo un mundo aparte: una faceta de la vida en la que nunca me había parado a pensar.

El navegar entre las páginas relativas a la investigación en este campo y leer las interminables estadísticas me hizo percatarme de algo. No tenía ni la menor idea de cómo debe de ser que toda tu vida gire alrededor de algo tan crucial e inmenso que pueda eclipsar todo tu mundo.

Fue entonces cuando descubrí a Becca Atherton. Becca tiene veintidós años y lleva toda su vida viviendo con una cardiopatía congénita. Se enfrenta a la realidad inminente de un trasplante de corazón y pulmón, y es una de las mujeres jóvenes más valientes y radiantes con la que jamás me haya topado. Ir a parar a su blog «La vida como un joven adulto con una enfermedad crónica» fue como abrir un agujero hacia un mundo que yo apenas comenzaba a comprender y no puedo darle las gracias lo suficiente por haberme permitido echar un vistazo al otro lado.

Conocer a Becca, saber de su vida y de las dificultades que tiene que superar, supuso una verdadera fuente de inspiración para mí al describir a Lailah. Becca compartió sus vivencias conmigo, me brindó su propia «Lista para algún día» y me ayudó a asegurarme de que estaba retratando la vida de un paciente de cardiopatía congénita de manera fidedigna.

Tan solo espero haberle hecho justicia.

Puedes ayudar a Becca y a los otros miles que sufren de cardiopatía congénita realizando donaciones a The Children's Heart Foundation en www.childrensheartfoundation.org

Además de eso, si deseas visitar el blog de Becca y decirle con tus propias palabras lo increíble que es ella te animo a que lo hagas en http://lifeasachronicallyillteen.blogspot.com

Gracias por realizar este viaje junto a mí. Espero que hayas disfrutado leyendo la historia de Lailah y Jude tanto como disfruté yo creándola. El amor realmente lo puede todo.

J. L.

Lista de música para: *Entre estas paredes*

1. *Be the Song* — Foy Vance
2. *Mercury* — Sleeping At Last
3. *All of Me* — John Legend
4. *Layla* — Eric Clapton
5. *You're Beautiful* — James Blunt
6. *Holding a Heat* (Stripped Version) — Toby Lightman
7. *Dust to Dust* — The Civil Wars
8. *Human* — Christina Perri
9. *A Drop in the Ocean* — Ron Pope
10. *Beating Heart* — Ellie Goulding
11. *You Found Me* — The Fray
12. *When the Darkness Comes* — Colbie Caillat
13. *Angel* — Sarah McLachlan
14. *Lost* — Toby Lightman
15. *Bring Me to Life* — Evanescence
16. *Find a Way* — SafetySuit
17. *Story of My Life* — One Direction
18. *A Sky Full of Stars* — Coldplay
19. *Slow And Steady* — Of Monsters and Men
20. *Blue Ocean Floor* — Justin Timberlake
21. *Wings* — Birdy
22. *Only Time* — Enya My
23. *My Immortal* — Evanescence
24. *Breath of Life* — Florence and the Machine
25. *If I Die Young* — The Band Perry

Agradecimientos

Escribir un libro es como entregar una diminuta parte de tu alma. Cada palabra es un tesoro, cada oración es sagrada y, al llegar al final... todo cuanto puedes hacer es rezar y tener la esperanza de que el mundo se haga cargo del grado de responsabilidad que estás asumiendo al entregarles un regalo de tales características.

Cuando comencé este viaje de escritura alrededor de un año atrás, estábamos incluidos tan solo mi familia, quienes me han brindado todo su apoyo, y yo.

A mi marido, mi fan número uno para siempre. Te amo. Eres mi alma gemela, mi mejor amigo y siempre triunfarás sobre cualquier novio de ficción sobre el que yo escriba porque todos están basados en ti.

A mis dos preciosas hijas, gracias por ser las dos animadoras más increíbles que podría pedir una madre. Hannah, gracias por escribir el poema del panda. ¡Ahora eres un autor publicado! ¡Ve a presumir de ello ante tus amigos! Emily, nunca dejes de ser como eres y no, no puedes leer los libros de mami todavía.

Mis padres y demás familiares, muchas gracias por el apoyo y el amor sin fin.

Leslie, eres la amiga más radical que podría pedir una chica. Nunca dejes de enviarme chistes sobre pedos y vídeos inapropiados. Todo el mundo necesita chistes sobre pedos en su vida, especialmente yo.

Carey y Melissa, hemos creado el mejor trío que se ha hecho jamás. Gracias por las horas de charla, los viajes en coche y los consejos. Todo autor necesita amigas como vosotras.

Para mis impresionantes lectores de versión beta, Christy, Michelle, Danielle S., Danielle B., Carey, Melissa, Sarah, Jennifer, Staci, Shera,

Whitney y Becca. ¡Muchísimas gracias por ayudarme a hacer de este libro su mejor versión!

Bloggers, gracias, de verdad. Gracias por todo lo que hacéis por los autores indie por todas partes, las interminables horas de promoción, revisión y amor que dedicáis a los libros que escribimos. Lo apreciamos de todo corazón.

Jovana y Ami, gracias por ser increíbles. No podría haber escogido a un mejor equipo editorial. Vosotras dos perfeccionáis y dejáis inmaculado cada libro que escribo.

Sara Hansen, no sé cómo lo haces, pero, con cada libro, te las arreglas para captar exactamente qué es lo que quiero pero que aún ni siquiera he llegado a darme cuenta de que es eso lo que quiero. Eres un genio. Ah sí, y ¡AHHHHH! (¿te parece un buen ataque de nervios?)

Stacey Blake, muchas gracias por convertir cada libro que escribo en algo absolutamente espléndido. ¡Eres un genio del formato!

Tara (Y todos los demás en Inkslingers PR), gracias por ser los mejores publicistas que existen.

A mis maravillosas lectoras, tal como con los postres, siempre me reservo lo mejor para el final. Gracias por sustentarme a mí y a mi familia. Gracias por amar a los personajes y a las historias que creo. Pero, más que nada, gracias por ser como sois.

Nunca dejéis de soñar.

J. L.

Acerca de la autora

J. L. Berg es la autora de *USA Today* mejor vendida dentro de la serie Ready. Nació en California y vive en el histórico estado de Virginia. Casada con su cariñito del instituto, tienen dos preciosas hijas que los vuelven tarumba día sí día también. Cuando no está escribiendo, puedes encontrarla con las narices metidas en una novela romántica, en una clase de yoga o devorando cualquier cosa que lleve chocolate.

ECOSISTEMA DIGITAL